KB031049
못미더운
악녀
~추궁접서 교체전~
입니다만
8
Satsuki Nakamura
일러스트 : Kana Yuki
옮김 : 김예진

# 인물소개

## 황영림

황가의 추녀. 아름답고 자애롭다.
만인에게 사랑받으며 '전하의 호접'이라 불린다.
병약해서 늘 누워 지낸다.

뒤바뀜

## 주혜월

주가의 추녀. 주근깨투성이에 화장이 짙다.
'추궁의 시궁쥐'라 불리며 미움받는 존재.
영림을 질투한다.

## 영요명

황태자.
영림과는 사촌지간.

## 진우

후궁의 풍기를
단속하는 취관장.

## 리리

혜월 직속 상급 궁녀.

## 황동설

영림 직속 필두 궁녀.

## 황견수

황후.
영림의 백모.

## 금청가

금가의 추녀.

## 현가취

현가의 추녀.

## 남방춘

남가의 추녀.

## 황경행

영림의 큰오빠.
황가의 무관.

## 황경창

영림의 작은오빠.
황가의 무관.

## 단/아킴

황제 직속의 은밀부대원.

## 영현요

황제.
요명의 아버지.

# 《상관도》

서령을 다스리며 금을 관장하는 일족.
상징하는 계절은 '가을', 방향은 '서', 색은 '백'.
나무와 상극이며 또한 물을 낳는다.
현실적이고 상인 기질이 있는 자와
예술가 기질이 있는 자로 나뉜다.
직계일수록 예술가에 가깝고,
아름다움과 철학을 중시한다.
아름다움을 칭송하면서
그것으로 돈을 벌 수도 있는
사람들이 많다.

## 금가

(금(金)/서(西)/추(秋))

## 현가

(수(水)/북(北)/동(冬))

북령을 다스리며 물을 관장하는 일족.
상징하는 계절은 '겨울', 방향은 '북', 색은 '흑'.
불과 상극이며(이김),
또한 나무를 낳는다(도움).
냉담하고 비인도적인 행위를 태연하게
자행하는 자가 많다.
반면 특정 대상에게는 강하게
집착하는 일도 있다.
무예에 뛰어난 자가 많다.

## 남가

(목(木)/동(東)/춘(春))

동령을 다스리며
나무를 관장하는 일족.
상징하는 계절은 '봄',
방향은 '동', 색은 '청'.
흙과 상극이며
또한 불을 낳는다.
평온하고 수동적,
온화한 학자 부류의
인간이 많지만 반면
계산이 빠르고 뱃속이
시커먼 일면도 있다.

## 황가

(토(土)/앙(央)/변(變))

직할령을 다스리며 땅을 관장하는 일족.
상징하는 계절은 '환절기', 방향은 '중앙', 색은 '황'.
물과 상극이며 또한 금을 낳는다.
순박하고 솔직하며 남 돌보기 좋아하는 사람들이 많다.
직계일수록 개척정신이 왕성하고,
대지처럼 꿈쩍하지 않는다.
어떠한 천재지변도 '저런' 하고 넘기는 사람들이다.

## 주가

(화(火)/남(南)/하(夏))

남령을 다스리며 불을 관장하는 일족.
상징하는 계절은 '여름', 방향은 '남', 색은 '홍'.
금과 상극이며 또한 흙을 낳는다.
과격한 성격이며 화려한 것을 좋아하는 자가 많다.
감정의 기복이 격심하고 이치보다 정을 우선한다.
격렬하게 미워하고 격렬하게 사랑하는 사람들이다.

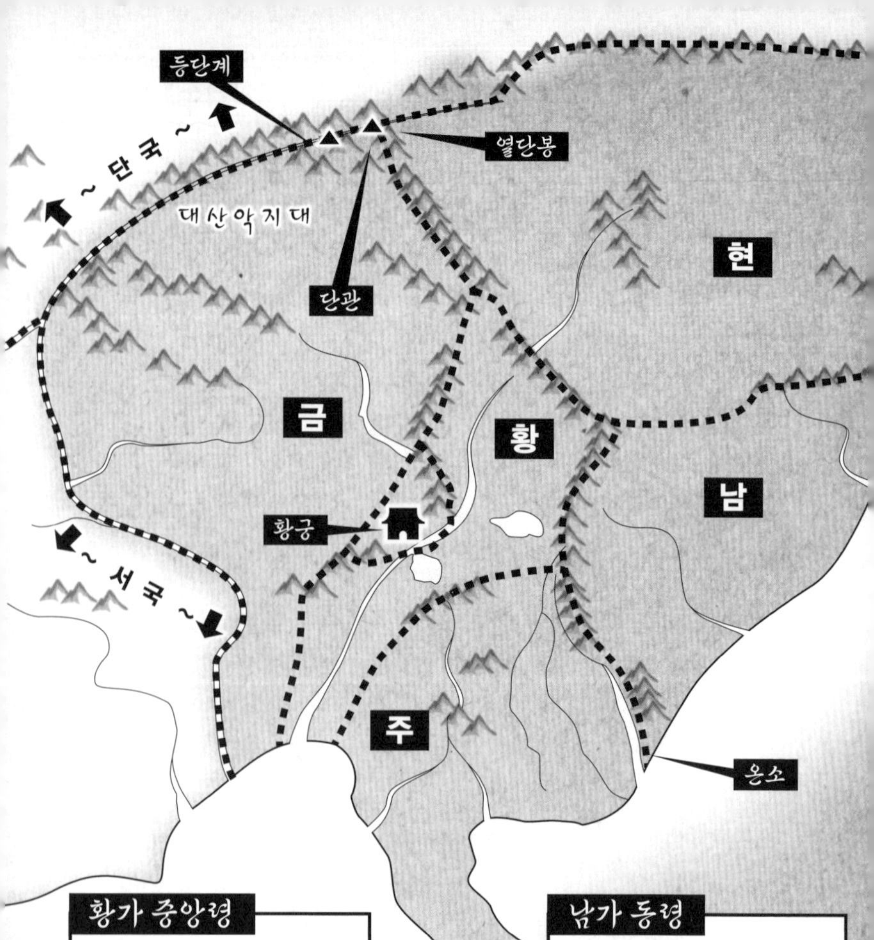


### 황가 중앙령

영국의 개국시조에게서 직할령을 물려받아, 영토와 왕도가 인접해 있다. 큰 강, 호수, 길, 비옥한 땅이 있고, 권세를 자랑한다.

### 주가 남령

강과 평지가 많고 온난하다.
토지가 넓지만 왕도로 가는 교통편은 불편하다.

### 금가 서령

서측의 여러 나라들과 이어지는 교통의 요지. 문화 융합의 땅으로 경제, 예술이 번성했다.

### 남가 동령

영국 내 최대의 곡창지대.
풍년이 잦아서 영국의 식량 산출을 좌우한다.

### 현가 북령

농사 지을 땅이 적고 무기 산업이 번성했다. 거의 산으로 둘러싸여 있으며 눈도 자주 내리는 험난한 풍토.

《영국 개략 지도》

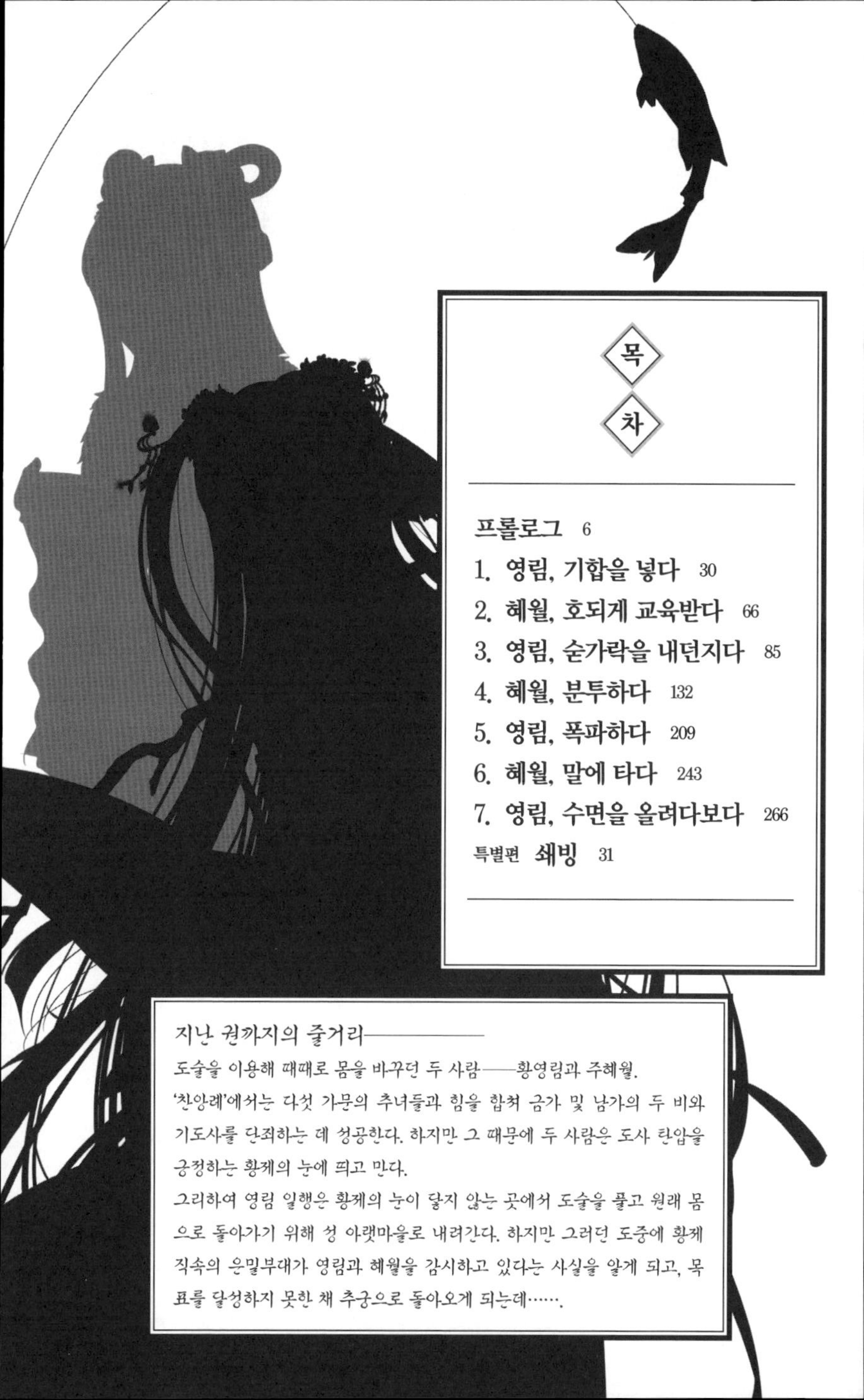

# 목차



## 지난 권까지의 줄거리

도술을 이용해 때때로 몸을 바꾸던 두 사람——황영림과 주혜월.
'찬앙례'에서는 다섯 가문의 추녀들과 힘을 합쳐 금가 및 남가의 두 비와 기도사를 단죄하는 데 성공한다. 하지만 그 때문에 두 사람은 도사 탄압을 긍정하는 황제의 눈에 띄고 만다.
그리하여 영림 일행은 황제의 눈이 닿지 않는 곳에서 도술을 풀고 원래 몸으로 돌아가기 위해 성 아랫마을로 내려간다. 하지만 그러던 도중에 황제 직속의 은밀부대가 영림과 혜월을 감시하고 있다는 사실을 알게 되고, 목표를 달성하지 못한 채 추궁으로 돌아오게 되는데…….

# 프롤로그

요명은 아침 식사로 나온 죽을 먹으며 성 아랫마을에서 먹었던 훠궈가 참 맛있었다는 생각을 했다.

아무리 은빛으로 빛나는 식기에 단정하게 담고 최고급 조미료를 정성스레 뿌린다 한들 다 식어버린 죽 따위가 맛이 있을 리가 없다.

"전복찜입니다."

찜 종류가 또다시 식탁에 차려졌으나, 은젓가락으로 여러 번 쿡쿡 찌르며 시간을 들여 독이 들었는지 확인된 그것은 완전히 말라붙어 딱딱해진 상태였다.

국물이 펄펄 끓어서 떡이 다 녹아버릴 듯했던 훠궈와는 천지차이다.

"맛이 어떠십니까, 황태자 전하."

"맛있군."

"기록. 전복찜, 양(良)."

"양."

거리에서 식사를 할 때는 옆에서 굳이 시중드는 자가 없으니 편하다.

일일이 맛과 반응을 기록하는 상식관(尙食官)이 없으니 편하다. 그리고 또 하나.

"왜 그러느냐, 요명. 젓가락이 통 움직이지 않는 모양이구나. 어디 몸이라도 좋지 않은 것이야?"

이렇게 동석한 상대를 경계할 필요도 없다.

"전혀 그렇지 않습니다, 아바마마."

상석에 앉은 상대——부친이자 황제인 현요 앞에서 요명은 날카로운 미모에 웃음을 띠며 대답했다.

"반찬 이상으로, 오랜만에 아바마마와 함께 식사하게 된 기쁨을 꼭꼭 곱씹고 있을 뿐입니다."

"이런, 누굴 닮아서 저리 말을 잘 하는지."

조의(朝議) 전인데도 이미 관까지 머리에 쓴 현요는 여전히 옅은 미소만 띠고 있을 뿐이었다.

요명은 자신의 부친이 미소 외에 다른 표정을 짓는 모습을 거의 본 적이 없었다. 언성을 높이거나 맛없는 아침 식사가 지겹다며 한숨을 쉬는 모습도.

현요는 후궁 안에 있는 거처 오동전(梧桐殿)에는 거의 가지 않고, 정무 공간인 본궁 안에 자우전(紫雨殿)이라 불리는 전각을 지어 그곳에서 숙식을 해결하고 있었다.

요명은 황태자로 일찍 책봉되기는 했지만 자우전에 자유로이 드나드는 일을 허락받지는 못한 상태였다. 그런데 갑자기 '가끔은 부자간에 한 식탁을 둘러싸고 앉는 게 어떠냐'라면서 초대를 받았으니 경계하는 것도 당연한 일이다.

물론 돌계단으로 가로막힌 두 개의 식탁에서 각자 식사하는 일을 '한 식탁을 둘러싸고'라고 표현할 수 있을지는 의문이지만.

현요와 요명은 부자 사이지만 그 이전에 군주와 신하에 가깝다.

“젊은 네게 죽이나 찜, 그것도 다 식은 음식으로는 아침 식사로 부족하겠지. 가끔은 백성들처럼 갓 만든 반찬을 시정에서 사 먹고 싶을 것이야.”

“아닙니다. 자고로 아침 식사는 간소하게 마치는 것이 평온한 하루의 시작을 맞이하는 방법이라 들었습니다.”

뭐, 마을에 내려갔던 일은 당연히 이미 들켰겠지. 요명은 웃는 얼굴 밑으로 생각했다.

황영림과 주혜월과 함께 성 아랫마을에서 만났던 것이 벌써 20일쯤 전의 일이다.

추궁을 감시하는 듯한 부친의 눈을 피해 두 사람이 비밀리에 원래 몸으로 돌아가는 의식을 치르기 위해서였으나, 그 자체가 현요의 덫이라는 사실을 깨닫고 결국 몸이 바뀐 상태 그대로 성에 돌아올 수밖에 없었다.

대규모 술법을 거행할 때는 아무래도 이상 현상이 발생하게 되고, 그것을 추궁당할 경우 처형을 피할 수 없다.

그래서 일동은 성 아랫마을에 갔던 다음날에 예정된 ‘진혼제’라는 국가 행사를 이용하기로 했다.

이상 현상은 의식으로 고양된 요명의 용의 기운 때문이라 위장하고, 그것이 작렬하는 순간에 맞춰 몰래 원래 몸으로 돌아가는 의식을 행할 계획이었다.

그로부터 20일간 영림과 혜월은 접촉을 피하면서 비밀리에 계속 의논을 주고받았고, 요명 또한 다대한 정무를 미리 해치우고 진혼제에서 실제로 '기적'을 일으킬 수 있도록 무대를 준비하고 있었다.

본무대는 앞으로 여드레 후. 의식 현장에서 용의 기운이 고양되는 현상도 자연스럽게 느껴질 수 있도록, 요명은 오늘 아침에도 지나가는 말인 척하며 진혼제에 대한 자신의 마음을 강조하기로 했다.

"게다가 피해자들의 영혼을 위로하는 진혼제도 이제 얼마 남지 않았습니다. 진혼 의식이 필요할 정도로 굶주리고 괴로운 백성들이 있는데, 그들을 생각하지 않고 호화로운 아침 식사를 갈구하는 일은 결코 용서받을 수 없을 것입니다."

"호오. 참으로 백성을 사랑하는구나."

현요는 조용히 죽을 뜰 뿐이었다.

"백성을 사랑한다고 말씀하신다면, 그것은 아바마마를 가리키는 말일 것입니다. 진혼제를 필두로 피해 지역과 전장에 적극적으로 지원품을 보내시고, 시찰까지 나가시는 것은 역대 황제들 중에서도 아바마마뿐이라 들었습니다."

"과분한 평가다."

칭찬에도 크게 마음이 움직이지 않는 듯, 그저 고개만 끄덕일 뿐이었다.

"과분하다니요. 위문을 간 곳에서 눈이나 몸이 불편한 자에게 친히 물을 먹이시고, 귀한 말씀을 내려 주시지 않았습니까. 아바마마의 깊은 자애에 백성들도 하루하루 깊은 감사를 드리고 있습니다."

"——피해 지역이나 전장에서는……."

요명이 다시 한 번 칭송하자 현요가 문득 숟가락을 내려놓았다.

"전신이 거의 말라붙다시피 하며 숨이 끊어져 가는 자가 있었다. 도저히 그냥 지나칠 수가 없었지."

"저도 불우한 처지의 백성들을 마찬가지로 아끼고 싶사옵니다."

황태자로서 빈틈없는 맞장구를 치며 요명은 남몰래 부왕의 눈치를 살폈다.

영국 황제, 현요.

감정을 드러내지 않는 단정한 외모와 학자에 가까운 조용하고 엄숙한 태도, 무예 이상으로 음악을 즐기는 성격 때문에 일반적으로는 '온화하고 사려 깊은 황제'라고들 생각하는 사내.

다섯 가문의 균형을 배려하고 가신의 의견을 순종적으로 받아들이는 모습은 안 좋게 말하자면 문약해 보이기도 한다.

한편, 과도한 이민족 배척과 이교 탄압을 삼가고 약자에게도 망설임 없이 손을 내미는 모습은 온건하고 관용적이라는 평가였다.

특히 피해를 입은 지역이나 전쟁터에 시찰을 나간 횟수는 역대 황제들 중에서도 타의 추종을 불허한다는, 그런 사실들만 나열하면 겁이 많지만 인정도 많은 황제라고 누구나 생각하리라.

'허나……「십성탈적(十星奪嫡)」.'

죽에 넣은 흑초를 휘저어 섞으며 요명은 생각했다.

십성탈적. 그것은 현요가 황제가 되기 전까지 일어났던 치열한 권력투쟁을 말한다.

명가의 비가 낳은 황제 일곱 명과 궁 밖에서 태어난 혼외자 세

명, 합쳐서 열 명이 황제의 자리를 두고 서로 죽고 죽이는 바람에 막내 황자였던 현요가 유일하게 살아남은 사건이다.

개중에는 경쟁에서 벗어나 계승권을 포기한 황자도 있는가 하면 이국에 있는 생모의 고향으로 도망쳐 변을 피한 자도 있었으나, 현요가 즉위하기 전까지 예외 없이 모두가 살해당했다.

아니, 기록에는 '병사', '사고사' 등으로 적혀 있으니 '살해당했다'라고 표현했다가는 그것만으로도 모반죄를 뒤집어쓰게 될지도 모른다.

'기록이 어떻든 간에, 살아남은 사람이 아바마마 한 명인 이상 **그런 것**이겠지.'

황제의 지위를 손에 넣기 위해 형제들을 몰살시켰다.

그것이 사실이라면 승자 측의 피를 물려받은 요명조차도 두렵게 느껴지지만, 현요가 죄책감이나 갈등을 드러내는 모습 따위는 본 적조차 없다.

당시에는 현요의 모친인 현 황후――지금은 현 태후다――가 현단궁에서 후궁 전체를 조종했다고 하니, 실제로 손을 쓴 사람은 권력욕이 강한 모후뿐이고 아들인 현요는 모친의 꼭두각시 인형이었을 뿐 전혀 몰랐던 걸까.

그러나 차분하기 그지없는 태도를 결코 무너뜨리지 않고, 언제나 미소를 띠고 있는 아버지의 모습을 보고 있으면 요명은 오히려 강력한 자제심과 끝없는 냉혹함을 느끼게 된다.

'애초에 이복형제들이 차례차례 죽어 나가는데 전혀 관심을 두지 않을 수가 있을까?'

현재 십성탈적에 대해서는 함구령이 내려져 있으며, 또한 함구령이 내려졌다는 사실 자체가 은폐되어 있다.

현요보다 먼저 태어난 아홉 명의 황자들은 부자연스럽지 않을 만큼만의 기록이 남아 있지만, 죽은 이유나 그 시기 등 중요한 부분만은 교묘하게 정보가 숨겨져 있다.

현요는 본궁에 거처를 둘 정도로 정무에 열심인가 하면, 정책은 또 가신들에게만 맡겨 놓는다.

적극적으로 백성들을 구하고자 하는 자비로움을 갖추고 있는가 싶으면, 형들을 몰살시키고도 태연하게 옥좌에 앉아 있다.

그리고——선제와는 달리 이교에 관심이 없나 싶었는데, 은밀부대를 동원해서까지 도술을 파헤치고 있다.

'모르겠다, 아바마마라는 인간을.'

지금까지는 그래도 상관없다고 생각했다.

어찌 됐든 그는 황제다. 평범한 아버지와는 다르다. 이 나라에서 가장 예를 갖춰야 할 상대이며 현요와의 사이에는 친근함도, 상호이해도 불필요하다고 생각했다.

하지만 이제부터 요명 스스로가 선택하게 될 가족, 즉 약혼자들을 현요가 상처 입히려 한다면 이야기는 달라진다.

"그런데 이렇게 아침부터 너를 부른 것은 바로 그 진혼제 일 때문이다."

죽을 다 먹은 현요가 그렇게 입을 열었기에 요명은 등을 곧게 폈다.

"예."

"우선 진혼제의 취지는 이해하고 있겠지?"

"본래는 연중 가장 음기가 강하여 영혼이 몸에서 빠져나온다고 하는 대음(大陰)의 날, 의식을 거행하여 육체의 안에 영혼을 가라앉히는 제의였습니다. 그것이 바뀌어 위령의 역할을 맡게 되었고, 전년도의 피해 지역과 전장에서 생명을 잃은 영혼을 위로하기 위해 매년 황성 안에서 이루어지고 있습니다."

매끄럽게 대답하며 요명은 머릿속으로 영국 지도를 떠올렸다.

북쪽은 이국에서 이민족이 유입되고, 남쪽은 냉해. 동쪽의 곡창지대는 때때로 가뭄이 들며 서쪽은 운송을 둘러싼 자잘한 다툼이 끊이지 않는다. 게다가 날씨가 좋지 않으면 각지에 수해와 황해가 추가된다.

영국은 대륙에서 가장 넓은 영토를 자랑하는 대국이지만 그 때문에 대처해야 할 재앙도 끊이지 않고, 그 재앙 때문에 목숨을 잃는 백성도 셀 수 없다.

그래서 황족은 각 피해 지역이나 전장에 아낌없이 후원을 하는 동시에, 미처 다 구제하지 못한 백성들을 위해서 대음일에 한꺼번에 추도 의식을 거행하게 되어 있다.

특히 작년에는 서쪽 전쟁터 지원이 겨우 끝난 한편 여름 태풍이 격렬하여 각지에서 수해가 잦은 해였다. 물가에 가까운 농촌에서는 토사가 붕괴되어 예년 이상으로 사망자가 많이 발생했다.

범람지역 사람들의 높은 지대 이주 및 토목공사를 진행시키고, 정기적으로 병단을 보내 시찰을 시키고 있으나 예산도 인원도 무한하지는 않다.

정치적 우선순위가 떨어지는 변경 지역은 좀처럼 수혜를 받지 못하는 일도 많아서, 요명의 입장에서는 늘 안타까움만 곱씹을 뿐이었다.

"진혼을 원하는 백성이 많을 것입니다."

황태자가 수심 어린 얼굴로 덧붙이자 부왕은 고개를 한 번 끄덕였다.

"그렇지. 심지어 이번 대음일은 25년만의 개기일식이 겹쳐, 음의 기운이 극에 달하는 극음일에 해당한다. 따라서 진혼제도 예년 이상의 규모로 집행할 필요가 있어."

"예. 이미 공물과 피해 지역에 내리는 물자도 예년의 다섯 배가 되도록 준비해 두었습니다. 진혼제의 가장 중요한 의식인 기도를 올릴 제단도 사상 최대의 규모로 완성해 놓았습니다. 또한 추녀들도 진혼제에 바칠 '봉가(捧歌)'를 행하게 되어 있는데, 이쪽 역시 예년 이상으로 연습에 힘을 기울이고 있습니다."

"아니, 추녀들만 노래를 한다는 말이냐? 내가 알기로 역대 황태자들 중에서는 함께 노래를 선보이는 자도 있었다만."

드물게도 현요가 놀리는 듯한 시선을 보낸 이유는 요명이 노래를 못 하기 때문이었다.

이 영국이 자랑하는 미모의 황태자는 전신에서 용의 기운을 내뿜으며 문무 양면으로 통달했지만 음악 재능만큼은 그리 뛰어나지 못했다. 호사가들 사이에서는 기예를 즐기지 않았던 황후의 피를 물려받은 모양이라는 소문이 있었다.

"웬일로 농담을 다 하시는군요."

하지만 요명은 딱히 부끄러워하지 않고 싱긋 웃으며 이야기를 받아넘겼다.

이 부자 사이에는 친근한 장난이나 그것을 대하는 쑥스러운 미소 따위가 끼어들 여지조차 없다.

현요도 딱히 아들과 다정하게 이야기꽃을 피우려는 의도는 아니었는지 금세 화제를 바꾸었다.

"봉가는 그것으로 충분하다. 단, 이번에는 그 곡목에 더해 진혼제 당일까지 음의 기운이 강한 피해 지역을 찾아가 '자죽례(慈粥禮)'를 행할 필요가 있다만."

매끄러운 대답을 엮으려던 요명의 입술이 아주 잠깐 움직임을 멈추었다.

"……'자죽**례**'라고요?"

이곳 영국에서 의식의 이름은 규모에 따라 세 가지로 구분된다.

종교적인 역할을 수행하며 국가의 위신에도 관련이 있는 중대한 의식은 '제(祭)'. 특정 형식을 요하는 전통적인 의식은 '의(儀)'. 그리고 그보다 소규모지만 사적인 측면이 있는 의식은 '례(禮)'라 한다.

대부분의 경우 '제'는 국가에서 주관하고 '의'는 황제나 황후 둘 중 한 명이 주도하며 '례'라면 황제 부부보다 격이 낮은 자에게 맡겨진다.

즉, 정무라면 황태자나 신하가.

그리고 후궁이라면 비나――추녀가.

불길한 예감 앞에서 요명은 침착한 목소리를 유지하느라 애를 먹었다.

"그것은 황태자인 제가 백성들에게 죽을 베풀어 주는 의식을 추가로 집행하라는 말씀이십니까?"

"아니, 양의 기운에 관련된 의식은 남자가, 음의 기운에 관련된 의식은 여자가 주관해야 한다. 백성을 위로하고 품어 기르는 이번 의식은 황태자가 아니라 그 아내인 추녀들이 맡아 할 것이야. 너는 왕도에서 진혼제 준비에 전념하여라."

간단히 말해 추녀를 피해 지역에 보내서 식사를 준비하게끔 한다는 말이었다.

동시에 그것은 진혼제 날까지 영림과 혜월을 왕도에서——즉 요명의 곁에서 떨어뜨려 놓는다는 의미이기도 했다.

그렇지 않아도 여드레 앞으로 다가온 중대한 의식인데, 거기다 새로운 행사를 추가하다니.

후궁 밖으로 추녀를 내보낼 준비를 온전히 갖추려면 본래는 한 달쯤의 기간이 필요하다.

아무리 준비를 서둘러도 먼 곳의 피해 지역이라면 이동하는 데만 해도 며칠은 걸린다. 그런 곳까지 가서, 영림 일행은 과연 무사히 진혼제 당일까지 돌아올 수 있을까.

자죽례의 도입은 원래 몸으로 돌아가려는 계획의 실패를 의미했다.

"……외람되오나 추녀들은 아직 아기 새일 뿐입니다. '의'로 격상시켜 비 전하들께서 주도하시게끔 하는 것이 좋지 않을까요?"

"사부인 중 세 명이 부재한 상황에서?"

싸늘한 물음에 요명도 입을 다무는 수밖에 없었다.

주 귀비는 고독 사용 사건으로 추방. 금 숙비와 남 덕비는 각각의 궁에서 '근신'중이다.

"하오나 자죽례가 추가될 경우 봉가를 올리기 전까지 추녀들이 왕도로 돌아와야만 합니다. 하다못해 자죽례는 반 달 후. 일을 서둘러 불충분한 물자를 하사한다 하더라도 백성들은 기뻐하지 않을 것입니다. 우선은 진혼제를 위한 봉가를 완성시켜야 하지 않을까요?"

"극음일이 있기에 진혼제가 있다. 그에 준하는 자죽례를 극음일에서 반 달이나 넘길 수는 없지. 애당초 미래의 황제와 그 아내가 될 자들인데 이 정도 변경에는 대응할 수 있어야 하지 않겠느냐?"

현요는 매끄럽게 반론하더니 "아, 그렇지" 하면서 환관을 시켜 지도를 가져오게 했다.

"이미 피해 지역 선정과 추녀의 담당 구역 결정은 끝났다."

"이곳은…… 단관(丹關)입니까?"

"음. 험준한 산과 거친 강이 있어 여름에는 매년 수해로 고통 받는 극음지지. 학자의 말에 따르면 올해는 특히 흉상(凶相)이 보인다고 한다."

내용을 보고 요명은 이를 갈 것만 같았다.

위문지로 선정된 곳은 왕도에서 비교적 가까운 북서부. 금가 서령과 현가 북령의 경계에 위치하는 산악지대였다.

산을 넘으면 나오는, 유목민이 많이 사는 지역인 '단(丹)'과 이어지는 장소이기 때문에 단으로 가는 관문――단관이라 불린다.

단관은 옛날부터 수해가 빈번하게 일어났지만 영지 경계가 되는 산속에 있는 곳이었기에 금가령으로도 현가령으로도 들어가지 못한 어려운 땅이다.

단관이 운송지로서의 가치를 발휘할 때는 양가 모두 통치권을 주장하고, 이민족이 몰려들거나 수해를 입어 지원을 요청할 때는 양가 모두 시선을 외면했다.

결국 이 땅은 어쩔 수 없이 황실에서 직접 관리하게 되었다. 상황에 따라 탐이 날 때도 있고 골칫거리로 여겨질 때도 있는, 정쟁의 씨앗이나 다름없는 땅인 셈이었다.

게다가 문제는 그 단관 내에 찍혀 있는 점의 위치였다.

자죽례의 담당 구역을 나타내는 붉은 점들 중 네 개까지는 '단원(丹原)'과 '단평(丹平)', '단앙(丹央)'이나 '단곡(丹谷)' 등 그나마 산기슭에 가깝고, 왕도에서도 찾아가기 쉬운 지역에 찍혀 있었다.

길도 넓고 숙영지도 정비되어 있다. 숙영지까지는 말을 타고 달려가면 왕도에서 이틀 정도, 마차로도 이틀 반. 거기서 각 피해 지역까지도 기껏해야 마차로 한나절 정도쯤 걸리리라.

하지만 마지막 하나——옆에 '주가, 주혜월'이라 표기되어 있는 점만이 '열단봉(烈丹峰)'이라 불리는 장소, 즉 험준한 산 속에 선정되어 있었다.

숙영지에서도 열단봉까지는 마차로 꼬박 하루 정도는 달려야 한다.

심지어 산 입구가 큰길과 연결되어 있지 않기 때문에, 숙영지에서의 전날 1박까지 합치면 더욱 긴 시간이 걸리는 형편이다.

그런 이유로 열단봉에 가려면 숙영지가 있는 곳과는 다른 길을 경유해야 하므로, 다른 추녀들보다 하루가 더 추가되어서 사흘 반쯤을 이동에만 소요해야 한다.

"가을의 풍년제에서 주혜월은 아주 훌륭한 활약을 선보였다지. 찬앙례에서도 실로 당당하게 무대에 서서 발표했다. 따라서 그 실적을 고려하여 가장 험난한 피해 지역을 맡기고 싶구나. 먼 땅이니 주혜월만은 숙영지에서의 1박을 포함하지 못하고 힘겨운 여정을 겪어야 하겠지."

마치 자상하게 칭찬하는 듯한 말투로 현요가 말했으나 그 진의는 명백했다.

'아바마마는 나와 추녀들을 떼어 놓기만 하려는 게 아니라, 「주혜월」을 고립시키려 하시는 거야.'

즉, 표적이 완전히 '주혜월'에게 집중되어 있다는 뜻이다.

요명의 보호 하에서 끄집어내서 홀로 산간지방으로 밀어 넣으면 심문이든 처형이든 얼마든지 할 수 있다는 뜻일까.

"자죽례는 추녀들에게 맡기면 된다. 너는 본제 준비를 **빈틈없이** 부탁한다, 요명."

의뢰를 빙자한 명령에 요명은 아주 잠깐 부왕을 마주보았다.

본제 준비를 내팽개치고 피해 지역으로 달려가는 일은 용서치 않겠다는 의미였다.

'——생각해야 해.'

여기서 겁먹으면 안 된다. 어차피 황태자가 반론한다고 뒤집힐 결정도 아니다. 그렇다면 어디까지나 엄숙히 명을 받고, 그 상태로 상대의 속내를 캐내야 한다.

'오히려 이건 기회일지도 몰라.'

현요는 왕도에서 본제 준비를 맡은 요명이 설마 피해 지역까지 추녀들과 동행할 리가 없다고 생각하고 있을 테고, 혼자 먼 피해 지역으로 쫓겨난 '주혜월'이라면 얼마든지 마음대로 주무를 수 있다고 여기고 있다.

그러나 현요는 아들의 실력을 얕보고 있는 모양이었다.

요명의 손에 걸리면 의식의 변경 따위는 하루 안에 어떻게든 처리할 수 있다. 게다가 몸이 바뀐 상태의 '주혜월'은 안타깝게도 쿨쿨 자는 사이에 목이 따일 만한 성격도 아니다.

'내가 정무를 전부 미리 해치운 뒤 서둘러 피해 지역으로 가고, 영림이 '주혜월'로서 재빨리 자죽례를 끝내면 숙영지에서 집합할 수가 있지. 그것도 이번에는 아바마마 본인의 눈이 닿지 않는 왕도 밖에서.'

즉, 오히려 원래 몸으로 돌아가기에 더 좋은 기회가 찾아온다는 뜻이다.

왕도 밖에서 각자의 몸을 되찾고 그 상태로 당일까지 왕도에 돌아와서 태평하게 진혼제를 집행하면 된다. 평범한 사람이라면 불가능할 계획이지만 다행히 방대한 정무를 해치우는 능력과 직접 준마를 탈 수 있는 기량은 뛰어나다.

빠르게 판단한 요명은 고분고분한 표정으로 예를 올렸다.

"……알겠습니다."

일부러 죽을 반쯤 남기고 "끝내야 할 정무가 있습니다"라며 양해를 구한 뒤 자리에서 일어섰다.

오히려 조급한 티를 내는 편이 상대도 방심할 터라고 생각했기 때문이다.

'상관없어. 어차피 죽도 맛없었으니까.'

거리에서 먹었던 훠궈의 맛이 떠올랐다.

억지를 써서 영림에게서 빼앗아 먹은 쫑즈의 감칠맛도, 경창과 함께 주혜월을 놀리며 입안 가득 베어 물었던 참깨 경단의 단맛도, 그때 추녀들이 지었던 생기 넘치는 표정도.

요명은 그것들을 지키고 싶었다.

유능한 황태자는 머릿속으로 계획을 짜며 재빨리 자우전 복도를 걸어갔다.

급한 발걸음으로 아들이 사라지는 모습을 현요는 싸늘한 시선으로 지켜보았다.

이윽고 다 먹은 그릇을 치운 궁녀도, 긴장하면서 식사의 평가를 기다리던 상식관도 공손히 뒷걸음질을 치며 방을 나갔다.

단 한 명, 상식관을 따라온 기록관만이 어색하게 붓을 정리하고 있었으나 그 역시 고개를 숙인 채 허둥지둥 퇴실하려 하자 현요가 불러 세웠다.

"기다려라, '단(丹)'."

"——알겠습니다요."

그 순간 단이라 불린 기록관은 그때까지의 겁먹고 움츠러든 분위기를 깨끗이 지우고 고개를 가볍게 들었다.

호색한 같은 두툼한 입술 끝을 미소의 형태로 치켜올린 그 인물은 얼마 전 도박장에서 영림을 상대했던 남자였다.

“부르셨습니까?”

주위에 아무도 없다는 사실을 확인하자마자 남자는 관을 벗더니 깔끔하게 틀어 올렸던 머리도 마구 헝클어뜨렸다.

아무래도 빈틈없는 변장이 싫은 모양이었다.

또는 옆머리를 크게 쓸어 올릴 때 오른쪽 관자놀이에 작은 문신이 엿보이는 모습으로 추측하건대, 머리를 내리고 있어야 정체를 들키지 않을 수 있어 안심이 되는 듯했다.

머리카락 속에 감춰진 채 부풀어 오른 그것은 한 번만 봐도 결코 잊을 수 없는, 불을 뿜는 도마뱀이었다.

“왜 기록관 따위로 변장하고 있었지? 대들보 위에라도 숨어 있는 줄 알았다만.”

“대들보 위에 있었어도 상관은 없는데요. 한 숨 자기도 편하고. 하지만 오늘 아침은 전하가 오신다기에 의심받을 것 같아서요. 용의 기운인지 뭔지 몰라도 인기척에 민감하시잖아요, 그분은.”

대국의 황제가 앞에 있는데도 마치 소꿉친구와 대화를 나누는 듯한 소탈함.

그러나 현요는 불경하다며 질책하지 않았다.

그것이 이 남자――은밀부대 두령의 성격이라는 사실을 알고 있었고, 그 뻔뻔함을 벌충하고도 남을 정도로 유능하다는 사실도 잘 알기 때문이었다.

"확실히 그 녀석은 똑똑해서 골치가 아파."

현요는 그 이상 반론하지 않고 식탁에서 일어나 천천히 옆방으로 이동했다.

황제가 조의 전에 쉬는 그 장소에는 조진경을 비롯한 최고급 장식품들 속에 섞여서 엄선된 악기가 줄줄이 놓여 있었다. 전부 황제의 수집품이었다.

그중에서 현요는 오늘은 피리를 집어 들더니 책상에 앉아 익숙한 손놀림으로 손질을 시작했다.

현요가 '음악을 사랑하는 황제'라 불리는 이유였다.

"그놈의 일을 늘려 놓아라. 숙영지까지 쫓아가지 못하게."

"이미 늘려 놨습니다, 두 배로."

눈도 마주치지 않고 내려진 명령에 현요를 따라 방을 이동한 은밀부대의 두령이 어깨를 으쓱했다.

그러더니 이거 놓고 가셨어요, 하고 식탁에 그냥 펼쳐 놓았던 지도를 책상으로 휙 집어던지다시피 건넨다.

"아무리 코앞에 추녀들의 자죽례를 쑤셔 넣어도, 전하라면 손쉽게 해치워 버리시지 않을까요?"

"그렇다면 다섯 배로."

손에 걸린 지도를 귀찮다는 듯 한쪽으로 밀어내고 현요는 계속해서 피리를 닦았다.

"적당한 뇌물 사건의 주범을 흔들어서 요명에게 조사를 시켜라. 황태자 앞으로 올라오는 상소의 일부를 숨겨라. 자객 경비를 허술하게 해라. 어차피 그놈은 웬만한 정도로는 죽지도 않아. 마침 잘 됐군. 금가와 남가에서 올라오는 탄원서도 전부 그놈에게 떠넘겨. 그리고 화재라도 일으키고 파발마도 죽여라."

아들을 방해할 계책을 차례차례 세우는 황제를 보고 은밀부대 두령이 저도 모르게 탄식했다.

"귀찮은데요. 의심스러운 추녀님들을 둘 다 그냥 고문하는 게 빠르지 않을까요?"

현요는 담담히 피리를 집어 들고 반짝반짝 빛나는지 확인만 할 뿐이었다.

"동감이다. 그러나 후궁 안에서 벌어지는 일은 황후가 늘 눈을 빛내며 감시하고 있지. 특히 황영림은 황후의 역린이야. 고문을 하든 처형을 하든, 궁 밖으로 끌고 나가야 편할 것이다."

"나 참. 황후라고는 하지만 아내잖아요. 남편이 아내를 그렇게 무서워해서야."

보통 사람이 그런 말을 내뱉었다면 한 명도 빠짐없이 일족을 몰살당했을 불경한 발언이지만 현요는 전혀 화내지 않았다. 아니, 그러기는커녕 어째서인지 옅은 미소를 지으며 살며시 피리를 쓰다듬었다.

"…나는 이번에야말로 신중을 기해야만 해."

자조라 불러야 할 미소였다.

"게다가 황후는 해하지 않겠다고 **그분**과 약조했다. 적어도 후궁 안에서 황가의 피는 흘리지 않을 것이야."

온화하지만 흔들림 없는 말투.

피리를 가만히 내려다보는 상대를 보고, 벽 쪽에 서 있던 남자는 작은 목소리로 "다르" 하고 중얼거렸다. 영국의 말이 아닌 이국의 울림이었다.

밝은 귀로 그 말을 들은 현요가 한순간 단을 돌아보았다.

하지만 금세 시선을 돌리더니 탁상에 방치해 놓았던 지도를 싸늘한 눈으로 내려다보았다.

"지도를 보니 고향이 그리워진 모양이지, **아킴**."

"이런, 웬일로 그리운 이름을. 이름의 원래 주인도 깜박 잊고 있었다고요."

"말은 잘 하는군. 아직도 모국어가 툭하면 튀어나오는 주제에."

은밀부대 두령——때로는 '단 나리'라 불리고, 때로는 '아킴'이라 불리는 남자는 확실히 피부색도 일반적인 영국 사람들보다 짙고 이목구비가 뚜렷하며 날카로운 얼굴을 지니고 있었다.

지금 입고 있는 수수한 관리복을 벗고서, 금실 자수가 반짝반짝 빛나는 해당 지방의 민족의상을 입고 그의 일족 사람들이 흔히 그러듯 폭 넓은 천으로 만든 이마 두건을 두르면 금세 이국 민족, 즉 유목민이 많이 사는 단 지방 사람이라는 사실을 금세 인식할 수 있었으리라.

이민족 출신의 밀정이라고 하면 드문 것 같지만 사실 그렇지도 않다.

각국의 동향을 파악할 때 편리하기 때문이다.

"일국의 황제에게 칼날을 들이댈 정도로 무모한 사내가 그리 쉽게 복수심을 포기할 것 같지도 않고."

"복수심? 으음, 영국 말, 어려워. 아킴, 하나도 몰라."

아킴은 뻔뻔하게도 영국 말에 익숙지 않은 외국인인 척하며 비난을 피했다.

하지만 현요는 그것을 그냥 넘기지 않고 나직이 중얼거렸다.

"……복수를 끝내기만 하면, 의외로 증오 따위는 쉽게 잊어버릴 수 있을지도 모르겠군."

"그렇게 에둘러 비난하지 마십시오. 미안하게 됐네요, 먼저 **끝내버려서**."

금세 원래 말투로 돌아온 아킴이 가볍게 양손을 들었다.

그래도 황제는 은밀 두령의 경박한 태도에 흔들리지 않고, 이번에는 창 밖으로 시선을 돌려 밖을 내다보았다.

"어떤 기분이지?"

"네?"

"복수를 마친 후의 기분은."

검은 눈동자는 창 밖에 펼쳐진 정원을 바라보고 있었다.

올해는 추위가 격심해서 이미 새해가 되었는데도 나무들이 검게 가라앉아 있었다.

잎사귀는 흔들리지도 않고 가만히 숨을 죽이는 듯했다.

"글쎄요."

아킴은 수염으로 덮인 턱을 살짝 긁으며 고개를 조금 갸웃했다.

말을 고르듯 "음—" 하고 입술을 뒤틀었으나, 잠시 후 포기한 듯 어깨를 으쓱했다.

"어떤 기분인지는 직접 확인해 보라는 말밖에 못 하겠는데요."

사람을 기다리게 해 놓고 결국 무성의한 대답이 날아오자 현요는 싸늘한 표정으로 돌아보았다.

얇은 입술이 비난의 말을 엮어내기 전 아킴은 임무 이야기를 꺼냄으로써 화제를 돌렸다.

"그래서 주혜월은 계속 감시하면 되는 거죠? 흥분시켜서 도술을 쓰는 순간 바로 포박하면 되는 거고. 황영림도 마찬가지고."

"아니."

하지만 그때 현요가 갑자기 목소리를 높였다.

"황영림은 네가 굳이 손을 대지 않아도 좋다."

"네?"

"내가 직접 황영림이 도술사인지 아닌지를 확인할 테니까."

말을 여러 번 곱씹어 본 아킴이 드물게 의아한 표정을 지었다.

"……폐하가 직접? 그것도 주혜월이 아니라 황영림을요?"

"그렇다. 성 아랫마을에 풀어 놓았을 때, 주혜월은 끝까지 도술을 안 쓰지 않았더냐? 지금 나는 주혜월보다 황영림을 더욱 의심하고 있다. 물론, 주혜월에 대한 의심도 풀리지는 않았다만."

"의심하는 건 상관없는데 그건 폐하도 자죽례에 동행하신다는 뜻인가요? 여드레 후로 다가온 본제를 내팽개치고?"

"그래. 거듭 말하지만 황영림을 심문한다면 궁 밖에서 이루어져야만 해. 황후의 눈이 닿지 않는 곳에서."

불온한 내용을 가볍게 내뱉은 현요는 천천히 일어섰다.

"게다가…… 25년만의 극음일이다. 이 희소한 기회에 **놈**은 반드시 극음지를 찾아올 것이야. 반드시 내가 가야만 한다."

현요는 일부러 수건을 꺼내서는 책상의 피리에 수건을 씌워서 집어들었다.

그리고 그것이 마치 옥새라도 되는 듯 공손하게 원래 자리로 돌려놓았다.

"내가 직접 간다는 사실은 당일까지 엄중히 덮어 두도록. 주혜월을 동요시키는 일은 네게 맡기겠다."

"예에, 알겠습니다요."

상대가 의욕 없이 한 손을 들자 현요는 못을 박듯 덧붙였다.

"이 건은 부하에게 맡겨서는 안 된다. 너 자신이 직접 나설 것."

"그야 뭐. 무엇보다도 황제 폐하께서도 친히 강림하시는 일이니까요."

살짝 비아냥거리는 말투였다.

현요가 그 말에 "가라" 하고 돌아보지도 않고 대꾸하자 아킴은 가볍게 어깨를 으쓱했다.

대국의 황제가 중대한 의식을 앞두고 먼 지방으로 행차하다니 있을 수 없는 일이다.

하지만 아킴은 그것을 질책할 입장이 아니었다.

복수가 어떤 절실함을 가져오는지 잘 알고 있었기에.

짧게 대답한 아킴이 이번에야말로 모습을 감추자 자우전에 정적이 찾아왔다.

현요는 한동안 악기 앞에 우두커니 서 있다가 아름답게 손질된 피리 쪽으로 살며시 손을 뻗었다.

그리고 피리 구멍을 하나하나 더듬더니, 대롱에 감긴 나무껍질의 섬유질을 다정하게 쓰다듬은 뒤 피리에 말을 걸듯 속삭였다.

"……벌써 25년이 되는군요. 겨우 찾아온 기회를 놈은 목이 빠져라 기다리고 있겠지만 그것은 이쪽도 마찬가지입니다. 겨우 꼬리를 잡을 수 있겠습니다."

피리에는 황금빛 술 장식이 달려 있었으나 아름다운 그 매듭에는 적갈색 얼룩이 묻어 있었다.

"결코 놓칠 수 없습니다. 황영림이 이 일에 엮여 있든 엮여 있지 않든, 반드시 술사를 잡아내고 말 것입니다."

감정이 드러나지 않는 얇은 입술이 이때만큼은 슬픈 목소리를 자아냈다.

"제가 반드시 돌이키겠습니다, 형님."

# 1. 영림, 기합을 넣다

"마차는 이쪽에 쭉 세워놔. 방에서 직접 옷궤를 집어넣을 수 있도록."

"짐꾼은 이게 전부야? 편성표는 어디 있지? 출발까지 이제 시간이 없어!"

오후, 주구궁은 난리가 났다.

그도 그럴 것이 진혼제까지 여드레 남은 그날 아침 황태자 요명이 찾아와 갑자기 '자죽례', 즉 피해 지역에 가서 음식을 배급하라는 명령을 내렸기 때문이었다.

왕도 밖의 피해 지역을 찾아가고, 심지어 진혼제까지 늦지 않게 황성으로 귀환하라니 정말이지 말도 안 되게 어려운 문제였다.

하지만 듣자하니 자죽례 추가는 황제 현요의 명령 때문이라고 하므로 거역할 수가 없다.

다른 가문의 추녀들에게도 같은 명령이 내려졌다고 하지만, '주혜월'의 담당 지역만은 유달리 먼 곳이어서 진혼제까지 귀환하려면 오늘 밤 안으로라도 왕도를 출발해야만 하는 강행군이 예고되어 있었다.

덕분에 최근 들어 추녀가 창고에서 근신하고 있었던 바람에 고요하기 짝이 없었던 주구궁이 지금은 위로 은주 궁녀부터 아래로 짐꾼 환관까지 난리법석을 떨며 복도와 정원을 뛰어다니는 형편이었다.

음식을 배급하려면 우선 피해 지역까지 가는 이동수단을 확보하고 대량의 쌀과 커다란 솥, 연료와 조미료, 궁녀와 호위까지 준비해야 하니 큰일이다.

"예무관 확보는 무사히 끝났습니다, 추녀님! 황경행 님이 맡아 주신다고 합니다."

"어머나, 고마워. 리리."

지금 그 복도 한구석에서 빨강머리 궁녀 리리가 서둘러 받은 전갈을 움켜쥐고 숨을 헐떡이고 있었다.

추운 시기인데도 이마에 땀방울까지 흘리는 은주 궁녀를 그 주인——의 얼굴을 한 황영림은 미소를 지으며 치하했다.

"갑작스러운 일이라 걱정했거든. 혜…… '황영림' 님 쪽은 무사히, 경창 님이?"

"네. 전하가 처음부터 '황영림' 님께 황경창 님을, 그리고 '혜월' 님께는 황경행 님을 붙이도록 지시해 주셨다고 합니다."

"정말 감사한 일이야. 전하께서도 바쁘실 텐데 이렇게 식량과 마차, 호위까지 준비해 주시다니 고개를 들 수가 없어."

영림은 리리의 말에 대답하면서 주구궁을 뛰어다니는 고용인들을 바라보았다.

그리고 순조롭게 준비되어 가는 모습을 확인한 뒤 주위에 양해를 구하고 다시 창고로 돌아갔다.

요즘 계속 창고에서 숙식을 하고 있어서 추녀용 짐의 대부분이 그곳에 있었기 때문이었다.

원래 버려진 식량 창고였던 그곳은 너무나도 허술하여 사람 하나가 몸을 숨길 곳도 없으므로, 그곳에서라면 누가 엿들을 걱정 없이 대화를 나눌 수가 있다.

사람으로 가득한 주구궁 본궁을 빠져나와 조용한 창고로 돌아오니 리리가 안심한 듯 어깨의 힘을 뺐다.

"엄청난 속도로 준비가 진행되고 있는데…… 정말로 오늘 밤 안에는 출발하나 보네요. 믿어지지가 않아요."

"응. 정말 예상도 하지 못한 전개였어."

영림은 창고에 놓아두었던 옷가지를 그러모으며 차분히 고개를 끄덕였다.

손은 시원시원하게 움직이면서도 눈이 빙빙 돌 듯한 전개를 돌이켜 보았다.

황제가 감시하고 있을지도 모른다——은밀부대가 이미 움직이고 있을지도 모른다는 눈치를 채고, 원래 몸으로 돌아가지 않은 채 비밀 나들이를 마친 후 어느덧 20일 가량.

요명과 오라비들과 의논해서 진혼제 때 몸이 바뀐 주술을 풀기로 결정한 뒤, 영림은 주구궁 창고에서 근신하고 혜월은 병을 핑계로 일과였던 추궁 예궐을 삼가고 자기 궁에만 틀어박힌 채 공공연한 접촉을 거의 거절했다. 은밀부대의 의심을 사지 않기 위해서였다.

동시에 다른 가문의 추녀들과도 몰래 이야기를 맞추어——아니, '도술 건이 알려지면 여러분도 모두 길동무가 될 거예요'라고 낭랑하게 협박해——, 도술과 몸이 바뀐 일을 감추기 위한 협력을 얻어냈다.

이후 준비는 순조롭게 진행되어, 이제 봉가 연습을 하면서 여드레 후의 본무대를 기다리기만 하면 될 뿐.

분명 그랬는데 느닷없이 자죽례라는 변칙적인 의식이 추가된 것이다.

덕분에 진혼제에 늦지 않도록 귀환하려면 오늘 밤 안에라도 왕도를 떠나야만 했다.

마치 진혼제 때 원래 몸으로 돌아가려던 계획을 방해하는 듯, 그리고 '주혜월'을 고립시키는 듯한 이 하명(下命).

황제 현요가 변덕을 부려 내린 명령이라고는 도저히 생각할 수 없었다.

"……역시 폐하는 도술의 존재를 확신하고 계신 걸까요?"

마찬가지로 짐을 싸던 리리가 조심스럽게 중얼거렸지만 영림은 잠시 생각하다 고개를 가로저었다.

"만일 도술 사용을 확신하셨다면 그냥 내버려두지 않고 바로 포박하셨을 거야. 그렇다면 상대방 쪽에서도 확신은 없다는 뜻이지. '주혜월'을 궁지에 몰아넣어서 꼬리를 내놓게 만들고 싶은 것뿐이라고 생각해. 도사는 기가 흐트러지면 술법이 폭주한다고 하니까."

적어도 요 20일간 '주혜월'은 단 한 번도 도술을 쓴 적이 없다.

그렇다면 느닷없이 중대한 임무를 내릴 경우 어떻게 될까, 왕궁 밖의 험난한 환경에 내던지면 어떻게 될까, 하면서 이쪽의 동향을 살피고 있으리라.

"조용히 지냈어도 이렇게까지 경계하는 걸 보니, 차라리 성 아랫마을에서 도술 해제를 강행했어야 했을지도 모르지만…… 이미 다 지나간 일이야. 매사의 좋은 면만을 보자. 이건 기회야."

"기회?"

눈을 빛내는 리리를 향해 영림이 생긋 미소를 지었다.

"그래. 사실 전하는 정무를 미리 해치우시고 숙영지로 달려와 주실 예정이거든. 나 또한 신속하게 밥 짓기를 마치고 여정을 전부 빠르게 끝낸 후 숙영지로 향할 거야. 거기서 추녀들이 백성들을 사랑하는 마음을 담은 노래를 바치고, 그러자 전하께서 감동하신 나머지 그만 용의 기운이 솟구치고 마는——그런 거지."

한 마디로, 라고 말하며 늘 명랑한 추녀는 보자기 매듭을 꽉 당겨 힘차게 묶었다.

"최선을 다해 일을 빠르게 끝내고 숙영지에서 모이기만 하면, 오히려 폐하의 눈이 닿지 않는 장소에서 원래 몸으로 돌아갈 수 있다는 뜻이야."

"그렇군요……."

"아직 조정 중이지만, 전하는 파발마를 타고 열단봉으로 날 데리러 와 주실 생각이야. 그럼 더욱 확실하게 숙영지에서 세 사람이 만날 수 있잖아. 이미 혜월 님과 이 작전으로 가자고 비밀리에 편지를 주고받았어."

감탄한 얼굴로 고개를 끄덕이는 리리를 보며 영림이 장난스럽게 한쪽 눈을 깜빡했다.

"이번에는 어떤 분을 **경유**한 건가요? 역시 그분?"

"……응. 뭐, 본의는 아니지만 그런 부분에 제일 능한 분이니."

리리의 질문에 늘 미소를 짓던 추녀의 얼굴에서 표정이 스윽 사라졌다.

창고 밖에서 조용한 발소리가 들려온 것은 마침 그때였다.

"혹여 안에 계신가요? 평안하시온지요. 출발 전 인사를 드리러 찾아왔답니다."

이어서 조금 어리광이 섞인 아름다운 목소리가 울려 퍼졌다.

목소리의 주인을 알아본 영림은 얼굴을 찌푸리며 마치 싫어하는 반찬을 먹어야 할지, 남겨야 할지 고민하는 듯한 표정으로 한동안 문을 응시했다.

"안타깝네요. 계시지 않는군요? 기껏 '황영림 님'께 선사해 드린 것과 같은 과자를 가지고 찾아왔는데 말이에요."

그러나 의미심장한 발언을 듣고는 체념한 표정을 지으며 창고 문을 열고 밖에 있던 인물——남가의 추녀 방춘을 안으로 들였다.

"방춘 님, 정말 잘 와 주셨어요. 환영해요."

"어머나……. 그런 것치고는 문 앞에서 한참이나 고민하시던 것 같은데요."

"단순히 움직임이 둔해졌을 뿐이에요. 아직 날이 제법 추운 시기니까요."

방춘이 생긋 웃으며 고개를 갸웃하자 영림 또한 뺨을 손으로 감싸고 비난을 피했다.

리리는 후후, 우후후, 하고 마주보며 미소를 짓는 추녀들을 살짝 턱을 당긴 자세로 지켜보고 있었다.

최근 이 두 사람은 계속 이런 상태다. 영림은 평상시 다정한 미소를 짓는 눈에 살벌한 기색을 보였고, 그러는 한편 방춘은 어째서인지 그게 기쁜 듯 얼굴을 반짝반짝 빛낸다.

리리는 만일을 대비하여 밖을 확인한 뒤 창고 문을 꽉 닫았다. 그 순간 방춘은 원래 말투를 되찾더니 심술궂은 미소를 띠었다.

"여전히 변명이 너무 어설퍼서 웃음이 나네요. 혜월 님의 편지를 갖고 왔다는 말을 들은 순간, 정말이지 그렇게 태도를 손바닥 뒤집듯 바꾸다니."

"방춘 님이 솔직한 분이었다면 제 쪽에서도 처음부터 손바닥을 내밀었을 텐데 말이에요. 오늘도 손목 단련에 도움이 되네요."

비아냥거리는 말에 영림은 근육 바보다운 발언으로 받아친 뒤 "그래서" 하고 방춘이 들고 있던 꾸러미로 시선을 던졌다.

"이번에는 그 과자가 '그것'인가요?"

"네. 밤떡을 가져왔답니다. 제가 잘라 드릴게요."

방춘은 익숙한 태도로 의자에 앉아서는 품에서 단도를 꺼내 솜씨 좋게 밤떡을 잘랐다.

그러자 떡 속에서 작게 접은 쪽지가 나왔다.

"점치는 것 같아서 재미있지 않나요?"

"식품에 이물질을 넣는 것은 좀……. 하지만 감사합니다."

영림은 다소 애매한 표정을 지었으나 예의에 따라 방춘에게 감사를 표했다.

그렇다. 공공연한 대화를 피하는 대신, 영림과 혜월은 이렇게 방춘을 비롯한 다른 가문의 추녀들을 통해 원래 몸으로 돌아갈 계획에 대해 계속 의논을 나누고 있었다.

무엇보다도 몹쓸 잔머리가 잘 돌아가는 이 추녀는 비밀 편지 교환이 특기였던 것이다.

어느 때는 주방 궁녀가 나르는 쟁반 밑에 편지를 숨기고, 또 어느 때는 신발 바닥에 문장을 적어서 상대가 읽을 수 있게끔 하고, 또 어느 때는 교본의 문장이 잘 이해가 되지 않는다고 묻는 척하며 거기에 씌어 있는 암호를 눈치채게끔 한다.

잔머리 굴리는 데 둔한 영림 입장에서는 '용케 그렇게까지 다양한 수법들이 끊임없이 떠오르네'라며 감탄이 나오기도 하고, 어처구니가 없기도 한 기분이었지만, 타의 추종을 불허하는 방춘의 잔꾀 덕분에 많은 도움을 받은 것은 사실이었다.

참고로 혜월 측의 편지 인계는 황기궁에서도 예쁨을 받는 금청가가 주로 맡고 있으며, 현가취는 세 사람만이 참석하는 다과회를 빈번히 엶으로써 방춘과 청가의 편지 교환 과정에 공헌하고 있었다.

전대 비들 사이에는 말다툼도 잦았다고 하지만, 적어도 지금 대의 추녀들은 모두 협조적이다.

영림은 자신들이 이 면면으로 추궁에 올라온 일을 감사하지 않고는 견딜 수가 없었다.

"방금 전에 보낸 편지의 답장이 바로 왔군요. 대체 뭐라고――."

"어머나, 영림 언니. 떡 속의 '소'만 먼저 꺼내려 하시다니 예의에 어긋나는 일이에요. 피도 전부 깨끗이 드셔야지요. 자, 제가 먹여 드릴게요."

영림이 재빨리 쪽지를 펼치려 하는데 방춘이 그것을 휙 빼앗고는 대신 밤떡을 집어서 입가에 들이밀었다.

아—, 하고 고개를 살짝 갸웃하는 상대를 보며 영림은 철벽같은 미소를 지었다.

"저보고, 당신의, 식사 시중을 받으라고요?"

그 무엇보다 자립을 중시하는 황가의 여자에게 그런 처사는 굴욕에 불과하다.

참고로 만일 혜월에게 이 행동을 한다면, 혜월은 한바탕 쑥스러워한 후 그리 싫지만은 않은 표정으로 받아들였으리라. 물론 그 모습은 무척 사랑스러울 테니 꼭 보고 싶다고 영림은 생각했다. 이 행위에 대한 분노와 기대는 영림의 내면에서 모순 없이 양립하고 있었다.

"손을 내리세요. 그것이 예의라고 말씀하신다면 당연히 밤떡을 먼저 먹어야겠지요. 제 손으로."

영림은 방춘에게서 밤떡을 빼앗아 들고 살짝 미간을 찌푸린 후 입에 넣었으나, 방춘은 그조차도 좋아서 어쩔 줄 모르는 표정으로 바라볼 뿐이었다.

상대가 싫어하는 일일수록 하고 싶어 하는——남방춘이 뼛속까지 고약한 심술쟁이 체질이라는 사실은 옆에서 지켜보는 리리도 충분히 알 수 있었다.

한편 밤떡을 씹어 삼키고 무사히 편지를 손에 넣은 영림은 이번에야말로 잔뜩 들뜬 표정으로 쪽지를 펼쳤다.

안에는 문장이 자꾸 오른쪽으로 올라가는 혜월 특유의 필적으로 작전을 다 이해했다는 말과,

『그나저나 갑자기 죽을 쑤라니 나한테는 너무 어려운 과제야.

봉가 연습만으로도 벅찬데 피난 지역 지원 준비까지 해야 한다니, 정말 나보고 어쩌란 거야? 뭘 준비해야 할지조차 모르겠어. 가르쳐 줘.』

라는 불만이 적혀 있었다.

"어머나, 혜월 님이 절 이렇게 의지해 주시다니."

"우와, 혜월 님은 또 이렇게 툭하면 응석을 부린다니까."

동시에 쪽지를 들여다본 두 사람 중, 한쪽은 가슴이 설레는 표정으로 입을 가렸고 다른 한쪽은 어처구니가 없다는 듯 고개를 뒤로 젖혔다. 물론 전자가 영림이고 후자가 방춘이었다.

답장을 쓰기 위해 재빨리 일어선 영림을 향해 방춘이 얼굴을 찌푸렸다.

"지금 본인 상황, 알고는 있어요? 우리도 내일 아침에는 출발해야 하지만, 언니로 말할 것 같으면 오늘 밤에 바로 왕도를 떠나야 한다니까요? 심지어 혼자만 멀리 다른 곳으로. 스스로가 곤란에 처했는데도 착취당하면서 기뻐하다니, 정말 특이한 분이시네요."

"착취? 그런 게 아니에요, 저를 의지해 주는 거랍니다. 왜냐하면 혜월 님도 스스로 준비하려 하고 계시잖아요."

어이없어하는 비난도 영림은 마이동풍으로 흘려들었다.

그리고 선반에서 필기도구를 꺼내서는 신이 난 얼굴로 혜월에게 보낼 자잘한 조언을 적어 내려갔다.

"혜월 님은 정말 굉장한 노력가세요. 그리고 노력할 때 다른 사람 아닌 저를 제일 먼저 떠올려 주시다니, 이렇게 기쁠 수가 없어요. 혜월 님의 매력을 언젠가는 반드시 모든 분들이 알아 주실 거예요."

"1년 반을 함께 지냈는데 저는 전혀 이해가 안 되거든요—."

아무리 찬밥 취급이어도 명색이 손님인데 완전히 방치당하고만 방춘은 뚱한 표정으로 턱을 괴었다. 자신도 출발을 내일로 앞두고 바쁜 가운데 이렇게 일부러 편지 중개까지 해 주고 있는데 말이다.

"아아, 나도 혜월 님만큼 바보 같고 무능했으면 영림 언니가 자기 일처럼 돌봐 줬을까요?"

"……방춘 님, 말이 지나치네요. 혜월 님이 뭐라고요?"

조용히 붓을 내려놓은 영림을 보고 방춘은 한순간 움츠러든 표정을 지었으나 금세 위악적인 미소를 띠었다.

"아니, 그렇잖아요? 가사도 제대로 이해 못 하는 그분 때문에 봉가 연습이 얼마나 늦어지고 있나요? 아무리 진혼제의 주된 목적이 기도에 있고, 추녀의 봉가 따위는 여흥에 불과하다 해도 중진 백 명, 내빈 천 명이 지켜보는 자리가 아닌가요? 이래서는 추녀의 격이 떨어질 거예요. 그것도 '황영림'의 격이."

상대의 표정이 험악해지는 모습을 보고 방춘은 잔뜩 들떠서 탁자 위로 몸을 내밀었다.

행실 바른 '전하의 호접'의 시선이 가능한 한 자신에게 못 박히고, 주혜월을 향하는 우정을 이쪽으로 쏟아 주었으면 좋겠다.

하지만 그것이 이룰 수 없는 소망이라면 차라리 끓어오르는 적의를 보낸다 해도 상관없었다. 영림과 나누는 설전도 자신은 무척이나 좋아하니까.

"영림 언니는 내내 창고에 '근신'하고 계셔서 모르셨겠지만, 추궁에서 합동 노래 연습을 할 때 분위기가 얼마나 엉망인지 모르거든요? 청가 님은 짜증을 내고, 가취 님은 강사의 눈을 얼버무리느라 고생만 하세요. 뭐, 덕분에 툭하면 화를 내는 청가 님의 평판이 떨어져서 저는 좋지만요."

사실 현재 추궁의 분위기는 그렇게까지 험악하지 않았다. 청가와 방춘은 비의 압박에서, 가취는 복수에서 해방되어 정신적으로 상당히 여유가 생겼기 때문이다.

청가는 사정없이 상대를 깎아내리지만 동시에 상대가 진지하게 기예에 도전하려 하는 한 결코 저버리지 않으므로 노래 연습에 몰두하는 일동의 분위기는 살벌하다기보다는 열정적이라는 말에 가까울지도 모른다.

그러나 물론 영림에게 그 사실을 알려줄 생각은 없다.

주혜월은 낙오자, 문제아여야만 한다.

그렇기 때문에 지식이 있고 머리를 잘 굴리는 남방춘의 친구로서의 가치가 빛나니 말이다.

"혜월 님도 '내내 병상에만 누워 있는 황영림'을 계속 고집하면 되는데, 진혼제를 코앞에 두니 갑자기 다급해져서 어설프게 연습에 참가하는 바람에 이렇게 된 거라고요. 지난번에도 여덕(女德) 문답 때 하나도 답변하지 못하고, 정말이지 지성 없는 분——."

"무엇을 말하는가가 지성, 무엇을 말하지 않는가가 품성이라고 하죠."

계속해서 말을 쏟아내는 방춘을 영림이 느릅한 목소리로 가로

막았다.

"경전의 내용을 이야기하지 못하는 혜월 님을 지성 없는 분이라 한다면, 그것을 고약한 태도로 선전하는 방춘 님의 품성은 과연 어떨까요."

거울을 가져다 드릴까요? 하며 영림이 미소를 짓자 방춘은 얼굴이 화끈 붉어지고 말았다.

그리고 그런 스스로를 보고 놀랐다.

여기서는 시원시원하게 오가는 비아냥의 응수에 흥이 달아올라야 하는데 말이다.

"……거울을 가져다주시는 것보다 여행 준비를 서두르시는 편이 좋을 거예요, 영림 언니. '주혜월'이 배정된 열단봉은 저희의 담당 지역보다 훨씬 열악한 환경이라고 들었어요."

반사적으로 비꼬는 말로 응전했지만 생각보다 그리 들뜨지는 않았다.

그러기는커녕 뭐야, 하고 까끌한 기분이 들었다.

입만 열면 주혜월, 주혜월. 상대의 격이 얼마나 낮은지를 가르쳐 줘도 우정에 금이 가기는커녕 점점 더 인연이 굳어지기만 할 뿐이다.

늘 태연하게 높은 곳에 앉아 있는 이 여자를 볼 때마다 방춘의 가슴속에는 어떻게든 붙잡고 끌어내리고 싶은 욕망이 솟구쳤다.

추하게 동요하고, 절망하고, 울부짖는 모습이 보고 싶다.

"수해라고는 해도 귀한 집안에서 자란 추녀님들은 그게 어떤 건지 상상도 안 되시겠죠—. 단순히 며칠 동안 가옥이 물에 잠기는 게 다가 아니에요. 토사가 무너지고, 강물이 오염되고, 물고기와 가축들이 떠내려 와 썩어서는 지독한 냄새를 풍긴다니까요."

남가는 지식을 관장하는 가문이다. 그리고 방춘은 창기의 딸이었다.

다른 추녀들보다 훨씬 세상물정을 잘 알고, 수해 지역에 대해서도 더 잘 이해하고 있다는 자부심이 있다.

그렇기 때문에 피해 지역이나 병을 향한 혐오감도 남들보다 강렬했다.

"물 자체는 빠지더라도 이질이 유행하고 눈병도 유행해요. 젖은 집에서 곰팡이가 피어서 퍼지고 그 때문에 기침병도 유행하죠. 그런 곳에 죽을 쑤어 굶주린 사람들을 먹이러 갔다가 무사히 돌아오면 다행이겠지만. 후후, 그 이전에 길이 너무 험해서 도착조차 못 할지도 몰라요."

방춘의 이야기를 듣고 겨우 수해 지역이 어떤 곳인지를 이해한 듯한 빨강머리 궁녀의 얼굴이 파래졌다.

그렇다, 그게 평범한 반응이다. 말과 상상력은 사람의 마음을 쉽게 궁지에 몰아넣는다.

그런데도 어째서 이 우아한 여자는 협박을 듣고도 손톱만큼의 동요조차 보이지 않는 걸까.

"수해 대책인 토목공사에는 막대한 비용이 들기 때문에 변경 지역은 언제나 뒤로 밀리곤 해요. 굶주린 백성들의 마음은 꽤나 사나워져 있을 테고요. 그런 곳에 죽 한 사발을 내민다 한들, 사람들이 과연 기뻐할까요? 오히려 역린을 건드리는——그런 일이 되지 말아야 할 텐데 말이죠?"

만일 상대가 주혜월이었다면 새파래진 얼굴로 제자리에서 무너져 내렸으리라.

황영림도 그렇다면 좋을 텐데. 그리고 그런 영림에게 방춘은 손을 내밀어 줄 것이다. 나무의 수호를 받은 동령에서는 고품질의 약초를 풍부하게 손에 넣을 수 있으니 말이다.

영림이 딱 한 마디만 부탁해 준다면 분명 자신은 아낌없이 원조를 보낼 것이다.

"뭐, 추녀란 건 결국 방긋 웃으며 춤을 추는 게 일이잖아요. 어차피 아무 것도 할 수 없는, 무력한 존재일 뿐이라는 현실을 곱씹는 훈련으로서는 마침 좋은 기회일지도——."

황영림이 자랑하는 자립심과 자부심을 뚝 부러뜨려 주려던 방춘이었으나, 그때 갑자기 입속으로 무언가가 밀려드는 바람에 "우우읍?!" 하고 비명을 질렀다.

"그 말씀이 맞아요. 사람은 굶주리면 마음이 황폐해지고 공격적인 태도를 취하는 법이죠. 방춘 님도 꽤나 배가 고프신가 봐요."

입 안에 쑤셔 박힌 것은 방춘이 가져온 밤떡이었다.

"꼭꼭 씹어 드세요. 피를 다 드신 후에는 소도 함께."

'소'라고 말하며 영림이 방춘의 손에 쥐여 준 것은 재빨리 완성한 답장이었다. 방춘이 처음 왔을 때 편지를 '소'로 취급했으니, 마찬가지로 '소'인 답장을 가지고 돌아가라는 뜻이리라.

방춘은 여기서 그냥 거절해버릴까 생각했으나 목소리를 내기도 전에 영림이 찬장을 돌아보더니 손수건으로 둘둘 싼 무언가를 꺼내 "자요" 하고 떠밀었다.

"뭔가요, 이게?"

"제가 독자적으로 배합한 약이에요. 항균작용이 뛰어나고 배도 금방 부르게 해 준답니다. 방춘 님 용이에요."

손수건을 펼쳐 보니 새까만 환약이 들어 있었다.

당황해서 미간을 찌푸리는 방춘에게 영림은 차분히 말을 걸었다.

"사실은 피난 지역에 가는 게 무서운 거죠?"

저도 모르게 고개를 들고 말았다.

"뭐라고요?"

"방춘 님은 궁지에 몰려 있을수록 나불나불 잘 떠드는 분이시니까요. 게다가 온소 사건 때도 부정한 것과 병을 몹시 두려워하셨죠. 본래는 이런 일을 굉장히 힘들어하시는 것 아닌가요?"

힘든 것은 아니고 싫을 뿐이라는 말이 방춘의 목구멍까지 치솟아 올랐다.

하지만 반론이 목소리를 얻는 것보다 먼저 손이 약을 싼 손수건을 움켜쥐고 말았다.

확실히 충분한 준비 기간도 없이 황폐해진 땅을 방문하는 일은 두려웠다. 황영림만큼 병약하지는 않지만 방춘도 가냘픈 편이다. 언변이 청산유수가 된 이유는 육체적 힘에 자신이 없기 때문이다.

남가 사람들은 대부분 몸집이 작고 연약하다.

"손가락의 꼼꼼한 소독, 깨끗한 물 확보, 그리고 이동 중에 충분한 수면을 취할 것을 명심해 주세요. 그러면 괜찮아요. 방춘 님의 자죽례가 무사히 끝나기를 기도할게요."

"……."

"방춘 님도 자죽례 준비에 바쁜 가운데 은밀부대의 눈을 피해서까지 편지를 중개해 주신 일, 이래 봬도 감사하고 있답니다."

이쪽의 눈을 똑바로 들여다보며 미소 짓는 모습은 그저 고결할 뿐이었다.

"……."

방춘은 잠시 입을 다문 후 손수건을 품에 넣었다.

환약에서는 희미하지만 독특한 풀 냄새가 났다.

그러나 싫지는 않았다.

"……뭐, 감사히 받아 가겠어요. 영림 언니도 부디 몸조심하세요. 피해 지역에서도, 은밀부대의 덫에서도."

방춘은 스스로도 놀랄 정도로 후련해진 기분으로 자리에서 일어섰다.

본래 내일의 출발을 앞두고 황기궁에 있는 황후에게 인사를 하러 갈 생각이었다. 그러는 김에 '황영림'의 얼굴을 한 주혜월에게 몰래 편지를 전달하는 일 따위는 식은 죽 먹기다.

"고마워요. 부디 혜월 님의 마음을 든든히 받쳐 주세요."

하지만 등 뒤에서 그런 한 마디가 날아오는 바람에 있는 힘껏 얼굴을 찌푸리고 말았다.

주혜월, 주혜월, 입만 열면 그 이름뿐.

문 앞에서 몸을 휙 돌린 방춘은 유치하다는 사실을 알면서도 혀를 내밀었다.

그리고 다시 문 쪽을 돌아본 뒤 한 호흡 쉬었다가 완벽하게 '겁먹은 얼굴'을 만들고 나서, 방춘은 이번에야말로 창고를 떠났다.

"정말 골치 아픈 분이네요. 인사하러 왔다면서 협박 같은 소리나 잔뜩 늘어놓고, 대체 뭐 하러 온 건지."

발소리가 완전히 사라진 후, 등 뒤에서 대기하고 있던 리리가 잔뜩 지쳐버린 표정으로 중얼거렸다.

"글쎄……. 전언, 겸 공갈 협박, 겸 격려가 아닐까? 방춘 님 나름대로의."

영림은 쓴웃음을 지으며 손으로 뺨을 감쌌다.

"금세 혜월 님을 바보 취급하는 태도는 용서하기 어렵지만, 피해 지역에 지원을 나가려면 각오가 필요하다는 이야기나 추녀가 큰 도움이 되지 않는다는 주장은 딱히 거짓말도 아니니까."

"맙소사, 영림 님."

"리리, 들르고 싶은 장소가 생겼어. 후궁 외곽에 있는 영묘에 다녀오자."

"영묘?"

드물게도 자학적인 태도의 주인을 위로하려던 리리는 생각지 못한 제안에 눈을 깜박였다.

"심지어 외곽에 있는? 왜요?"

"그야, 여행을 떠나기 전에 선조님과 시조신께 기도를 올려야 하니까."

질문에 대한 완벽한 답변은 아니었으나 영림은 장난스럽게 미소만 지을 뿐이었다.

리리는 당황스러워하면서도 재빨리 창고 밖으로 나서는 주인의 뒤를 따랐다.

＊＊＊

후궁 안쪽 깊은 곳에 있는 영묘는 낮에도 어두컴컴하고 음침한 분위기를 풍겼다.

그도 그럴 것이 이곳에서 모시는 대상은 당당하게 제사를 지낼 수 없는 고인의 영혼――즉, 태어나기 전에 유산되고 만 비의 아이나 불행한 죽음을 맞이한 황자, 요절한 공주 등――뿐이기 때문이었다.

말하자면 후궁의 어두운 부분을 한꺼번에 욱여넣은 듯한 영묘는 본궁에 있는 눈부시고 반짝이는 그것과 달리 장식품도 극단적으로 적고 인기척도 없었다.

도청당할 걱정이 없는 것은 고마웠지만 그 이상으로 무서움이 더 컸기에, 촛대에 불을 다 붙인 리리는 조마조마한 기분으로 팔뚝을 쓸어내렸다.

"뭐, 뭐랄까, 어둡기도 하고 틈새로 불어드는 바람이 사람 비명처럼 들리네요."

"그래. 우리 목소리를 지워 주니까 편리하지."

"아니, 편리하다는 얘기가 아니고……. 여기엔 불행하게 돌아가신 분들이 많이 모셔져 있잖아요? 왠지 저주받을 것 같다고요. 왜 그렇게 편하게 계신 거예요?"

느긋하게 영묘를 둘러보는 주인에게 저도 모르게 쏘아붙이자,

영림은 "후후" 하고 의기양양하게 웃었다.

"실은 말이야, 여긴 옛날부터 후궁 아이들에게 비밀리에 인기 있는 장소였어. 나도 어린 시절 황후 폐하께 인사드리러 후궁에 올 때마다 오라버니들이랑 모험을 했었지."

"네?"

멍한 눈빛을 짓는 궁녀의 모습에 영림은 "저기 봐"라며 기둥 뒤를 촛대로 비추었다.

거기에는 앳된 필적으로 '강의는 이제 지긋지긋해', '관리들은 다 대머리야' 등의 낙서가 적혀 있었다.

어두운 공간에서 눈을 커다랗게 뜨니 돌바닥 사이 움푹 들어간 곳에 색색의 조약돌이 채워져 있고, 기둥의 옹이구멍 무늬에는 익살스러운 표정이 그려져 있는 모습이 보였다. 더욱 대담한 것으로 말하자면 제단 나무틀에 시가 써 있을 정도였다.

시의 필적은 그리 달필이라 할 수 없었고, 글씨 연습이라도 한 건지 옆에 같은 한자가 여러 번 적혀 있었다.

작자는 어지간히 이 시가 마음에 들었는지 바로 옆 기둥에 같은 내용을 단순히 적기만 한 게 아니라, 심지어 칼로 판 듯한 글씨가 아로새겨져 있었다.

아주 제멋대로네, 하고 리리는 얼굴을 찌푸렸다.

"뭐예요, 이게?"

"황자나 공주들은 어린 시절을 후궁에서 보내잖아? 한가함을 견디다 못한 아이들이 담력 겨루기로 영묘에 숨어들어 여기저기 흔적을 남긴 거야."

이 낙서는 선대 제3황자의 작품, 이 조약돌은 선선대 제5공주의 소행, 이 초상화는 그보다 더 전 대의 제2왕자가 그린 것.

영림이 막힘없이 설명할 수 있는 이유는 마치 서화에 낙관이라도 찍듯, 낙서 옆에 자랑스럽게 이름이 적혀 있기 때문이었다.

신성한 영묘에 친 장난은 어느 시대든 후궁 아이들에게 각별한 훈장이 되었으리라.

"우리 오라버니들도 낙서를 했어. '최강 형제 등장'이라고. 나중에 황후 폐하께 들켜서 '황족도 아닌 주제에 기둥을 노리고, 심지어 그 나이에 최강을 자칭하다니 건방지다'라고 야단을 맞고 다 지워졌지만."

"아니, 기둥이라 안 괜찮고 다른 곳은 괜찮다는 문제가 아니잖아요."

후궁 거주자도 아닌 주제에 신성한 영묘에 낙서를 하다니 일반적으로는 처형을 당해도 이상하지 않은 짓이었다.

그것을 태연하게 해내는 형제도, 또 엉뚱한 부분에서 야단을 치고 끝낸 견수도, 리리로서는 등골이 서늘해질 뿐이었다.

하지만 가장 무서운 것은 얼핏 느긋해 보이는 이 영림이 그런 황가의 피를 빈틈없이 물려받았다는 사실일지도 모른다.

영림은 시원시원하게 향에 불을 붙이고 제단 앞에서 손을 모은 뒤, 재빨리 기도를 끝냈다.

이 속도를 보아하니 아마도 영림은 시조신이나 선조의 가호 따위는 전혀 원치 않을 테고 믿지도 않으리라.

'영림 님은 현실주의자니까……. 그런데 왜 그런 사람이 영묘를

찾아온 거지?'

리리가 의아하게 생각하고 있는데 영림이 어째서인지 제단 앞에 깔려 있던 기도용 방석을 들추고 그 아래의 나무판자를 더듬기 시작했다.

묘하게 익숙한 손놀림이었다.

"뭐 하세요?"

"잠깐만 기다려. 분명 이 근처에……. 아아, 다행이다. 아직 있었네."

손가락을 슥 집어넣자 놀랍게도 나무판자가 들어 올려졌다.

두툼한 판자 밑에는 책상 하나 정도쯤의 넓은 공간이 있고, 거기에는 접힌 종이와 책자가 대량으로 수납되어 있었다.

"뭔데요, 이게?"

"후후, 이것도 어린 황자들이 남긴 보물이야."

영림은 장난스럽게 웃더니 그중 한 장을 팔랑거리며 꺼냈다.

촛대를 비추자 거기에는 서투른 글씨로 쓴 시가 적혀 있었는데, 옆에는 '급(及, 좋지 않음)'이라는 평가가 붉은 먹으로 휘갈겨져 있었다.

"이건……?"

"후궁에서 학문을 배운 분들이 남긴――이라기보다는 숨겨 놓은 낙제점 답안지와 불필요한 교재야."

생각지도 못한 답변에 리리는 눈이 휘둥그레졌다.

"고귀한 혈통의 분들이라고 태어났을 때부터 반드시 우수한 건 아니니까."

영림은 궁녀가 놀란 걸 알아차린 듯 다정하게 미소를 지으며 답안지를 쓰다듬었다.

"이번 대에는 실질적으로 후궁에 황자가 요명 전하밖에 안 계신 상태지만, 선대까지는 정말로 많은 황자님들이 유년기에 후궁에서 학문을 배우며 서로 경쟁했다고 해. 궁끼리 경쟁이 워낙 격렬했기 때문에 낮은 성적을 거둔 분들은 답안지를 감추거나 교재를 분실했다고 거짓말을 했다지."

"고귀한 분들도 그런 일을 하는군요."

리리는 조금 흐뭇한 기분을 느끼며 어깨를 으쓱했다.

얼굴도 모르는, 저 높은 구름 위의 황족들.

고귀하다는 인상밖에 없었는데 그들 또한 낙서를 하거나 실패를 감추는 등, 똑같이 피와 살을 지닌 인간이었다.

"응. 하지만 여기에는 실패를 감추는 것 외에도 목적이 있었어. 황자들이 감춘 교본을 공주들이 몰래 이곳에 들어와서 읽었대. 황후 폐하도 추녀였을 때 툭하면 이곳에서 교본을 꺼내 읽으셨다고 들었어."

그러나 이어진 말에 리리는 또다시 눈이 둥그레졌다.

"그랬군요."

"응. 공주와 추녀는 남자분들이 듣는 강의에는 참가할 수 없었으니까."

당대 최고의 추녀라 불리는 여자는 살짝 눈을 내리깔고 미소를 지었다.

가부장제가 짙게 퍼진 이곳 영국에서 여자는 집안을 이을 수 없고, 학문을 갈고닦는 일도 그리 바람직하게 여겨지지 않는다.

요구되는 것은 그야말로 방춘이 말했던 것처럼 우아하게 미소를 지으며 노래하고 춤을 추는 일뿐.

여자들이 요구받는 '높은 교양'이란 결국 고전과 예술, 아내다운 도덕관에 깊은 조예를 갖는 것이지 정치와 경제를 움직이는 실질적인 지식을 익히는 일이 아니었다.

"'여자에게는 큰 흐름을 바꾸는 힘 따위가 없다'. 계속해서 그런 말을 들으면서도 포기하지 않았던 분들이, 큰 강의 작은 물 한 방울에도 의미가 있다고 믿으며 여기서 책을 읽으셨던 거야."

서로 다른 필적으로 덧씌워진 글씨, 수없이 넘기는 바람에 찢어진 종이. 영림은 그것들을 사랑스러운 듯 쓰다듬었다.

"이걸 좀 봐, 리리. 자세한 지형도가 있어. 우리가 이제부터 가야 하는 단관은 여기야. 열단봉은 이쪽. 어머나, 꽤나 커다란 강이 있네. 본류는 여기, 지류는 여기……."

두툼한 지형도를 발견한 영림은 방금 전까지의 수심에 찬 분위기는 완전히 벗어던지고 눈을 반짝이며 지도를 훑어보았다.

그 당시의 인구 규모와 주위 나라들이 이룩된 과정, 삼림 지도 등 옆에서 들여다보는 리리의 입장에선 너무 난해해서 어디서부터 읽어야 좋을지도 모를 정도였으나 주인은 더없이 흥미롭다는 표정으로 들여다보고 있는 듯했다.

"강의 깊이는? 헤엄치는 물고기의 종류는? 어머나, 어떤 종류의 나무가 자라고 있는지까지 기록되어 있어. 이걸로 우리가 찾아갈 땅에 대해 조금이라도 알 수 있겠네. 정말 멋져. 아주 훌륭해…….”

그랬다. 남방춘이 잔혹한 현실을 사정없이 눈앞에 들이댔어도 영림은 겁먹기는커녕 오히려 분발하여 대책을 세우기 위해 이곳을 찾아온 것이다.

“과거의 수해 시기는? 규모…… 위치……, 아아, 그렇구나, 알겠다.”

정신없이 푹 빠져 서적을 차례차례 뒤적거리는 모습을 보고 있으니, 이 주인은 정말로 배움을 즐긴다는 사실이 느껴진다.

“있잖아, 리리. 이 내용 전부, 이런 기회가 아니었다면 온통 몰랐을 것들뿐이야. 심지어 금세 현장에 가서 검증해볼 수도 있어. 조금은 도움이 될 수 있을지도 모르고. 열단봉을 방문하는 게 정말 기대돼.”

기쁜 듯 돌아보는 주인이 리리에게는 눈부셔 보였다.

‘이분의 넘쳐나는 탐구심은, 어쩌면 오히려 내내 침대에 갇혀 있었기 때문에 발현되는 건지도 몰라.’

영림이 탐욕스럽게 집어삼키듯 지식을 흡수하는 이유는 바깥 세계를 애타게 그리워하기 때문에. 마치 괴롭히려는 듯 억지로 욱여넣은 자죽례 일정에도 최선을 다해 도전하는 이유는 병약한 몸으로도 주위에 공헌할 수 있다는 사실을 실감하고 싶어서.

그렇게 생각하니 가슴속이 꽉 죄어드는 기분이었다.

제대로 준비도 하지 못한 상태로 피해 지역을 찾아가는 일은 무섭고, 황제의 함정이 어디에 숨어 있을지도 모를 일이지만 하다못해 이 경험이 영림에게 유의미한 시간이 될 수 있도록 가능한 한 협력하고 싶었다.

리리는 영림과 얼굴을 마주보고 야무지게 고개를 끄덕였다.

"네, 기대돼요."

"가는 길은 험난하겠지만 반대로 말하면 좋은 단련이 될 테고, 절벽을 타는 체험도 할 수 있겠지."

"그, 그런가요?"

아무리 반대로 말한다 해도 절벽타기가 정말 즐거운 체험일까.

"하지만……."

그때 주인이 '도무지 견딜 수가 없다'는 듯 어두운 표정을 짓는 것을 보고 리리는 정신을 바짝 차렸다. 한없이 명랑해 보이는 영림에게도 고민이 있을지 모른다.

"혜월 님과 한층 더 멀리 떨어지는 것만은 자꾸 마음에 걸려."

하지만 실제로 이어진 말을 듣고 리리는 입만 딱 벌렸다.

"네?"

"편지 이외의 교류를 모두 끊은 지 벌써 스무날이야. 자잘하게 주고받는 편지가 하루하루의 기쁨이었는데, 후궁을 벗어나면 그조차도 불가능하잖아? 심지어 내가 더 먼 곳의 피해 지역으로 가 있는 동안 혜월 님은 다른 추녀님들과 숙영지에서 사이좋게 묵으시겠지."

영림은 이미 지도를 다 파악했는지 교본을 바닥 밑으로 다시 집어넣고는 자못 안타까운 듯 한숨을 내쉬었다.

"분명 차를 마시거나 밤새 베개 던지기 등을 하며 지내실 거야."

"아니, 그 네 사람은 그런 사이가 아니잖아요. 특히 청가 님 같은 분은 매일같이 혜월 님과 서로 매도를 퍼붓고 있다고 아까 방춘 님도 말씀하지 않으셨어요?"

"매일같이 서로에게 매도를 퍼붓다니⋯⋯ 너무 부러워⋯⋯. 나도 하고 싶어."

"여보세요?"

으으, 하고 양손으로 얼굴을 가리고 만 주인을 리리는 실눈으로 째려보았다.

아무리 봐도 혜월과 다른 세 가문의 추녀들 사이는 그저 살벌하기만 할 뿐인데 설마 그 부분을 부러워할 줄이야.

'영림 님도 조금은 변하셨네.'

몸이 바뀌기 전까지의 황영림은 다른 가문 추녀들에 비해서도 한없이 고귀한 존재였고, 누군가가 영림을 부러워하는 일은 있어도 그 반대의 상황은 상상조차 되지 않았다.

그런데 설마 소풍 갈 때 조가 갈리는 바람에 친구와 떨어지게 된 어린애처럼 어깨를 축 늘어뜨리며 쓸쓸해하다니.

"모처럼만의 외출인데. 밤새워 수다 떠는 거, 해 보고 싶었어. 같이 버섯을 따기도 하고 장작을 패기도 하고⋯⋯. 야외 취사, 야영, 계곡 낚시. 얼음에 구멍을 뚫어서 낚싯줄을 드리우는 것도 해 보고 싶어."

"왜 그렇게 활동적인 일만 하고 싶어 하는 건데요?"

리리는 곤혹스러워하면서도 풀이 죽은 주인이 가엾어 보여서 이렇게 덧붙였다.

"자, 자. 자죽례를 빠르게 해치워버리면 숙영지에 들를 시간도 생길 거예요."

사흘 안에 현지로 달려가서 하루 안에 자죽례를 무사히 끝내면 혜월을 만날 수 있으리라.

"그래…… 그렇겠지. 백성들을 위해서도, 우정을 위해서도 기합 넣고 도전해야겠어."

위로가 성공했는지 영림은 고개를 홱 치켜들었다.

언제나 고난이야말로 영림을 빛나게 한다.

"최선을 다해 내 쪽으로 은밀부대의 시선을 끌고 백성들을 구하면서, 보란 듯이 원래 몸으로 돌아갈 거야."

영림은 목소리 한 번 내고 가자, 하고 중얼거린 후 소맷자락을 털고 우아한 동작으로 일어섰다.

***

같은 시각, 후궁에서 떨어진 본궁의 한구석. 그 외문 근처에 위치한 잡사방(雜事房)에 나른한 발걸음으로 들어가는 자가 있었다.

잡사방이란 이름 그대로 잡다한 허드렛일들을 하는 하인들이 모이는 장소다.

궁중 청소, 식품 운반, 조미료 제조, 횃불 관리 등 그들의 업무는 다각도로 뻗어 있기에 방 자체도 꽤나 넓다.

하지만 하인들에게 주어진 침실은 너무 좁아서 꾸역꾸역 몸을 맞대고 자야만 했다.

그들은 매일 밤 열악한 환경을 지긋지긋하게 여기면서도 피로

한 몸에 휴식을 주기 위해 기절하듯 잠들곤 했다.

그런 연유로 새벽녘 무렵 몰래 잡사방에 들어오는 자의 정체 따위는 아무도 신경 쓰지 않았다.

남자는 주위 시선을 경계하지도 않고 침실들이 줄줄이 늘어선 복도를 당당히 걸어갔다.

가장 안쪽 방 앞에 멈춰 서는――척하더니 준비 동작도 없이 그 자리에서 펄쩍 뛰어올랐다.

대들보 근처에 작은 손잡이가 있어, 그것을 붙잡은 상태로 벽을 걷어차면 교묘하게 숨겨진 천장 틈새를 통해 천장 아래 비밀 공간으로 들어갈 수가 있다.

남자는 익숙한 태도로 천장 밑으로 숨어들어서는 천장을 원래대로 막아 놓고, 역시 매끄러운 동작으로 촛대에 불을 붙였다.

작은 불빛에 비춰진 천장 속 공간은 아래층의 침실 세 개가 합쳐진 넓이와 성인 남자가 걸어도 머리가 닿지 않을 정도의 높이였다.

남자는 유유히 실내를 가로지르더니 "어디 보자" 하고 중얼거리며 방 한구석에 걸터앉았다.

놀랍게도 그곳에는 비빈의 물건이라 해도 손색이 없는 훌륭한 경대가 있었다.

단, 거울 앞에는 화장품이라 부르기에는 다소 위화감이 있는 물건이 놓여 있었다. 색색으로 나누어 놓은 사람 머리카락 다발, 핏빛을 띤 풀, 대량의 솜, 침까지 존재했다.

경대 옆에 내팽개쳐진 옷가지도 환관복, 무관복, 상인의 옷, 하인의 옷, 심지어 궁녀복까지 다양했다.

그렇다. 이것은 남자의 직업 도구 일부였다.

"오늘의 '얼굴'은 무엇으로 할까?"

머리를 벅벅 긁으며 쓸어 올리는 남자의 관자놀이에는 불을 뿜는 도마뱀 모양의 문신이 보였다.

남자는 은밀부대——오늘 아침까지 기록관으로 변장하고 있던 아킴이었다.

한동안 팔짱을 끼고 거울을 들여다보던 아킴은 마침내 마음을 정한 건지, 앉은 채로 손을 뻗어서 목표로 하는 옷을 질질 끄집어냈다.

재빨리 갈아입고 다음으로 집어든 물건은 피부색을 바꾸기 위한 가루와 침이었다.

그는 거울을 보며 망설임 없이 얼굴과 목에 침을 찔러 나갔다.

대부분의 연령, 그리고 목소리는 화장과 침으로 조작할 수 있다.

물론 기본적인 골격까지 바꿀 수는 없으니 연기하기 편한 신분과 직업을 몇 가지 준비해 놓고, 상황에 따라 그것들을 구분하여 연기하는 경우가 대부분이었다.

그래도 아킴은 지금까지 주위에 정체를 들킨 적이 없었다. 사냥감은 들키기 전에 죽였고, 그 외의 자들과는 딱히 깊은 관계를 갖지 않았기 때문이었다.

요 몇 년 사이 연기하는 일이 많아진 '얼굴'을 정돈하고 나서, 이어 여행 짐을 싸기 시작했다.

역할에 걸맞은 소도구, 그리고 애용하는 무기를 마 자루에 슥슥 집어넣었다.

단, 비표(飛鏢)라는 이름의 던지는 도구를 던져 넣은 순간 희미하게 찌익, 하는 소리가 들렸기에 어깨를 으쓱하며 내용물을 끄집어냈다.

날카로운 칼날에 무참히 찢긴 그것은 단관의 지도였다.

아킴은 팔랑팔랑 바닥으로 떨어져 내리는 종잇조각을 아무 감정도 없는 얼굴로 바라보았다.

험준한 산과 급류에 둘러싸인, 영토 경계에 있는 골칫덩이 땅. 본래 살던 영지 내에서 갈 곳을 잃은 이민족들이 마치 물웅덩이처럼 무리를 형성한 곳이다.

자신의 고향과 어딘가 모르게 비슷한 환경이다.

그렇다. 아킴은 이런 땅을 아주 잘 알았다.

배수가 잘 되지 않는 땅을 밟는 감촉도, 숲의 어둠도, 겨울의 추위도, 여름이 올 때마다 일어나는 수해가 얼마나 격렬한지도.

계곡 사이를 달리는 거센 강줄기, 바다로 착각할 정도의 호수. 풍요로운 자연을 보고 들떠서 의기양양하게 찾아온 사람들이 어떤 말로를 맞이하는지도.

'「복수를 마친 인생이란 어떤 것이지?」라고 했던가.'

바닥에 떨어진 지도 옆에 쪼그려 앉아서 대충 무릎에 팔꿈치를 짚고 턱을 괴었다.

황제의 힘을 빌려 자신의 복수를 마친 지 20년. 이런, 벌써 20년이나 지났나.

어느 샌가 소중한 사람의 기일을 따지는 일조차 잊어버렸다.

한때는 절망에 온몸이 갉아 먹혔고, 증오 때문에 칼날을 쥐고, 젊은 날의 치기라고밖에 생각할 수 없는 폭거를 저지르고 다녔는데.

——일국의 황제에게 칼을 들이밀기까지 했던 무모한 사내가.

'그러고 보니, 그랬지.'

아침에 현요가 했던 말이 떠올라 무의식적으로 관자놀이의 도마뱀을 쓰다듬었다.

이 문신을 얻는 계기가 된 건 겁도 없이 황제 암살을 시도한 일이었다.

복수심에 눈동자가 불타올라서 무모하게도 황궁에 숨어든 과거의 자신을, 이제 마흔이 넘은 현재의 아킴은 그저 젊었구나, 하고 생각한다.

현요로 말할 것 같으면 그때——처음 만난 날부터 이미 싸늘하게 식은 눈빛이었다. 목덜미에 칼날을 들이밀어도 꿈쩍도 하지 않을 정도로.

20년 남짓 전의 그날, 자객이었던 아킴을 향해 현요는 담담히 말했다.

분명 '황제에게 칼을 들이밀고도 용서받을 수 있으리라 생각하느냐'와 비슷한 말이었다.

그 말을 듣고 젊은 날의 자신은 무어라 대꾸했을 터였다. 앞뒤 가리지 않고 감정적인 말을.

'이젠 생각도 안 나는군.'

물 밑바닥에 가라앉은 사람들. 썩은 내가 풍기는 땅에서 지내던 처절한 나날. 그것이 지금 아킴으로 하여금 은밀부대의 삶을 영위하도록 만들었는데도, 그토록 생생했던 증오는 시간의 흐름에 따라 풍화되어서 이제는 까끌까끌한 감촉이 희미하게 남아 있을 뿐이다.

"어떤 기분이냐고? 지겨워 죽겠어, 황제 폐하."

쪼그려 앉기를 그만둔 아킴은 의자에 다시 털썩 주저앉았다.

등받이에 몸을 맡기고 멍하니 거울을 바라보니, 거기에는 보름마다 얼굴이 바뀌는 남자가 비쳤다.

지루해 보이는 얼굴. 그렇다고 딱히 무언가를 하고 싶은 것도 아니지만.

은혜가 있었기에 현요를 모셨고 명령하는 대로 정적들을 제거했지만, 딱히 원한도 없는 상대를 해코지할 때 가끔 '나는 뭘 하고 있는 걸까' 하는 소박한 의문을 느꼈다.

이제 와서 죄책감을 느낄 만큼 순진하지는 않지만 딱히 사람을 죽이면서까지 살아남고 싶은 인생도 아닌데 말이다.

그러나 아킴의 고향 신은 자살을 허락하지 않는다. 생명에의 맹세를 다하기 위해서라면 무료라는 이름의 마물을 길들여서라도 최후의 순간까지 스스로의 힘으로 호흡해야만 한다.

그리고 세상에 수없이 존재하는 심심풀이 중 '잘난 체하는 귀족을 죽인다'는 행위는 다른 것과 비교해 보면 그나마 속이 좀 후련해진다.

'그 점에서 그 녀석은 좋겠어. 계속 복수의 「현역」이라서.'

아킴은 끓어오르는 증오를 가슴속에 숨기고 있는 현요를 떠올렸다.

적의 모가지를 쥐어뜯는 상상을 하면 가슴이 꽤나 설레겠지.

전략을 짤 때, 앞뒤 가리지 않고 책략을 실행에 옮길 때, 소용돌이치는 원한을 마음껏 해방시킬 때 머리가 맑아지고, 전신이 예리해지고, 생을 실감할 것이 틀림없다.

예전에 아킴이 그랬듯이.

'……아니.'

그러나 경대 한구석에서 불꽃이 일렁이는 초를 보고 아킴은 문득 생각을 고쳤다.

녹아서 흘러내린 쪽부터 초는 차게 식어 점점 굳어갔다.

영원히 끓어오르는 증오가 없는 이상, 영원히 정열을 불태우는 복수도 없다.

남은 것은 싸늘하게 응고되어 딱딱해지고 만 원한과 스스로도 감당할 수 없을 정도의 집념.

아킴에게는 끝없는 복수의 한복판에 있는 황제 현요가 어느덧 20년 이상이나 같은 장소에 머물러 있는 것처럼 보였다.

그 남자가 품은 증오는 그야말로 겨울의 빙하 같다.

얼어붙어서 겹겹이 층을 이루며 흐름이 멎은 채 그저 가만히 정체되어 있을 뿐.

"그 녀석도 편해지면 좋을 텐데."

현요의 복수가 무사히 이루어지길 바란다.

그럼 자신과 함께, 이번에는 복수를 끝낸 후의 지루한 나날을 지겨워하며 함께 한숨을 쉴 수 있을 텐데.

그러나 현요 본인도 20년 이상 사태를 진전시키지 못했기에 현재 상황이 이어지고 있는 것이겠지만.

'누가 빙하에 금이 가게 해 준다면 좋을 텐데.'

결국 그런 감상을 마지막으로 아킴은 생각을 내던졌다.

성미에 맞지 않는 일은 하는 게 아니다.

외부의 작용으로 흐름이 바뀌는 기적은 일어나지 않으니, 결국 아킴은 현요의 복수가 조금이라도 현실에 가까워질 수 있도록 최선을 다해 임무를 수행할 뿐이다.

코앞의 임무는 '주혜월'을 궁지에 몰아넣어서 도술을 쓰게 만드는 일――.

마지막으로 머리를 매만져 문신을 감춘 뒤 아킴은 가볍게 천장 아래 공간을 벗어났다.

## 2. 혜월, 호되게 교육받다

왕도에서 북서쪽으로 마차를 달리기를 이틀 반.

교외에 설치된 숙영지 '운제원(雲梯園)'은 황제의 시찰 등에 사용되기도 해서 예상 이상으로 빈틈없이 만들어져 있었다.

넓디넓은 복도가 딸린 전각, 여러 개의 다리가 걸려 있는 인공 연못, 운치 있는 기암괴석 등도 있어 풍광명미(風光明媚)한 피서지라 불러도 손색이 없을 정도였다.

예무관과 짐꾼들을 긁어모아 저녁 무렵 겨우 숙영지에 도착한 네 명의 추녀――금청가, 현가취, 남방춘, 그리고 '황영림'――는 궁녀들에게 짐을 풀라고 명령한 후, 연못 중심에 세워진 정자에 집합했다. 들보도 없고 전망이 탁 트인 정자라면, 주위에 사람 그림자만 보이지 않으면 도청당할 걱정이 없기 때문이다.

만일을 대비하여 '추녀들끼리만 진혼제 연습을 하고 싶다'는 구실을 붙여 예무관과 취관장 진우까지 정자 밖으로 몰아내고, 목소리가 들리지 않는 장소까지 물러나게끔 했다.

아니, 구실이라기보다 실제로 추녀들에게는 노래 연습도 필요한 상황이었다.

특히 황영림의 몸에 들어 있는 주혜월은.

"'성신(星辰) 아래 꿈의 정원'……."

"대체 뭐죠, 그 하나도 맞지 않는 음정은?"

"'용맹한 전사여 영원히 잠들라'……."

"잠깐 멈춰요. 그 날벌레가 파들파들 허우적거리는 것 같은 약해빠진 목소리로 노래 좀 부르지 말아 줄래요?"

"뭐야, 시끄러워!"

눈을 감고 신경질적으로 트집을 잡는 금가의 추녀 청가 앞에서 혜월은 결국 분노를 이기지 못하고 탁자를 내리쳤다.

그 진동으로 석양이 비치는 찻잔의 수면이 너울너울 파문을 그렸다.

"청가 님, 당신이야말로 그 며느리 들볶는 시어머니 같은 말투 좀 쓰지 '말아 줄래요'?"

얄미운 청가의 말투를 흉내 내 보았으나 당사자로 말할 것 같으면 더욱 짙은 조소를 띠고 한숨을 휴 내쉴 뿐이었다.

"아아, 싫어라. 지금 그게 나를 흉내 내는 건가요? 정말이지, 고작 똑같은 외양을 가진 걸로 본인이 되었다고 착각하고는 으스대는 그 정신 상태가 천박하다는 뜻인데. 그렇게 들어 주기조차 힘든 노랫소리를 '황영림' 님으로서 내는 모습만 봐도 화가 치밀 정도라니까."

청가는 아무튼 그토록 동경하던 황영림의 몸에 혜월의 영혼이 들어 있다는 현실 자체가 불만스러운 모양이었다.

찬앙례 때 혜월의 도술 재능을 인정했는지 태도가 조금은 부드러워진 것 같았지만, 이렇게 기예를 선보이는 자리에서는 다시 일변하여 '품위가 없다'는 둥 '처참하다'는 둥 '보기 흉하다'는 둥 가차 없는 평가를 쏟아냈다.

인정할 가치가 있는 재능을 지닌 상대에게는 예를 다한다. 그렇지 않은 상대는 미련 없이 끊어낸다.

금청가의 일관된 자세에는 일종의 시원스러움마저 있었으나, 언제나 비판당하고 경멸당하기만 하는 인간 입장에서는 정말이지 견디기 힘들었다.

"어차피 상관없잖아? 진혼제 당일까지는 결국 원래 몸으로 돌아갈 거니까."

"그렇게 뭐든지 얕보는 태도가 눈에 거슬린다는 거야. 지금 이 순간, 그리고 원래 몸으로 돌아간 후의 주혜월로서도 기예를 갈고닦고 싶지 않아? 향상심이 없는 인간은 돼지만도 못해."

"돼지라고? 세상에, 어떻게 말을 그렇게 할 수가 있어? 나도 죽어라 노력하고 있단 말이야. 선율은 아직 어설프지만 적어도 가사는 전부 다 외웠잖아."

"성과를 동반하지 않는 노력을 노력이라 해서는 안 돼. 애당초 노래 한 곡 외우는 데 대체 며칠이 걸린 건지 모르겠네."

청가의 단호한 말투에 혜월은 저도 모르게 두 손 들고 싶어졌다.

아아, 감시를 당하지만 않았다면 이 건방진 여자의 머리에 불을 붙여서 그 자랑스러운 요염함을 빼앗아버렸을 텐데! 극음일이 다가올수록 기가 폭주하기 쉬워지니 그야말로 호쾌하게 불길이 활활 타오르리라.

'황영림이라면 이렇게 말하지 않아. 외운 가사의 글자 수만큼 반드시 칭찬해 주고, 내가 의욕을 낼 수 있도록 이끌어 주지. 이 여자에게는 사람을 키우는 재능이 없는 모양이네.'

그렇게 외치고 싶었으나 냉정하게 생각해 보면 금청가에게 혜월을 키워 줄 의리는 없다.

결국 자신이 황영림에게 응석을 부리는 꼴을 사방팔방 내보일 뿐이라는 사실을 깨달은 혜월은 대신 '전하의 호접'답게 우아한 자세로 고쳐 앉아 호호호 웃었다.

"말해 두겠는데 선율이 스며들지 않는 건 내가 아니라 노래 탓이야. 알겠어? 잘 들어. 노래는 곧 주술이야. '진짜' 선율은 마치 시조신의 호흡처럼 자연스럽게 귀에 스며들어 영혼을 뒤흔들지. 하지만 진혼가의 이 선율은 '일그러져' 있기 때문에 주술이 특기인 나는 오히려 외우기가 힘든 거야."

"뭐라고?"

청가의 길게 뻗은 눈매가 커졌다.

이 합리성을 중시하는 여자의 장점, 아니, 파고들기 쉬운 점은 얼핏 앞뒤가 맞는 것 같으면 오히려 새빨간 거짓말이라도 쉽게 받아들인다는 데 있다.

"그게 정말이야?"

"그래. 내 생각에 이 진혼가는 가사와 선율이 서로 어울리지 않아. 위화감이 느껴지기 때문에 노래하는 데 저항이 느껴져서 목소리가 작아지는 거야."

고분고분한 표정이 된 청가를 향해 혜월은 뻔뻔하게도 잘라 말했다.

사실 선율을 도통 익히기가 힘든 것은 한자만으로 구성된 악보 읽는 법을 모르기 때문이었다.

그러나 노래하면서 '뭔가 석연치 않다'는 느낌을 받은 것은 사실이었다.

전에 황영림에게서 지도를 받았을 때, 노래도 잘 하는 영림이 '정말로 훌륭한 노래는 가사의 음운과 선율의 음계가 정확히 일치하는 것이랍니다'라고 이야기해 준 적이 있으니 아마 학문적인 이유가 있을 터였다.

물론 음악적 소양이 없는 혜월은 자세히 알 수는 없었지만.

어쨌거나 결국 자신이 익히기 힘든 노래는 전부 '글러먹은 노래'라고 우겨버리면 되는 것 아닐까!

그런 발상을 당당히 늘어놓자 청가는 생각에 잠기는 모습을 보였다.

"하긴……. 예로부터 뛰어난 예술은 사람의 영혼을 뒤흔들어 놓는다는 점에서 주술적인 측면을 지니지. 도술에 통달한 인간이 거기에 민감하게 반응하는 것도 불가능한 이야기는 아니야……."

공연히 머리 회전이 빠른 바람에 쓸데없는 정보를 짜 넣어서 혼자 납득한 모양이었다.

"그렇지? 그런 거야. 나는 도술사로서 이렇게 불완전한 노래를 부를 수 없어. 그러니까——."

"그렇구나——."

이 기세를 몰아 청가를 구워삶으려고 혜월이 몸을 내미는데, 추녀들을 위해 과자를 잘라 나누고 있던 남방춘이 감탄하며 말했다.

"예로부터 '말은 곧 주술'이라고 하죠. 그렇다면 불완전한 말은 주술로서 '일그러진' 상태일 테니, 그래서 혜월 님은 이야기하는

데도 저항을 느껴서 목소리가 **작아**지는군요."

양손으로 손뼉을 짝 치며 작은 동물처럼 눈을 반짝반짝 빛내면서 고개를 끄덕이는 방춘.

옆에서 보면 '다른 가문 추녀의 주장에 천진난만하게 동의하는 솔직한 소녀'로 보이겠지만 어느 정도 교류가 생긴 혜월에게 걸리면, 올바른 번역은 이렇다.

――그렇구나? 그 이론으로 가자면 올바른 궁중 언어를 구사할 줄 모르는 혜월 님은 이야기하는 데에도 저항이 느껴져서 목소리가 작아져야 하는 거군요. 그렇게 째지는 소리로 고래고래 떠들어대면서 말이죠? 와―.

궁중 화법에 능한 청가는 당연히 방춘의 의도를 알아들었다. 기껏 크게 떴던 눈이 다시 가늘어져서는 혜월을 노려보았다.

"나를 속이려 한 거야? 그 이론으로 가자면 네가 그렇게 매일같이 목청 높여 고함을 질러댈 수 있을 리가 없잖아."

"윽."

"이렇게 나태한 인간일 수가. 입만 열면 변명이고, 머리는 참 잘 돌아간다니까."

혜월에 대한 불신이 더욱 커진 청가는 혀를 차듯 내뱉더니, 이번에는 결벽한 그 시선으로 옆에 있던 방춘을 놓치지 않고서 꿰뚫었다.

"방춘 님, 거울을 만들 때부터 어렴풋이 느끼고 있었지만 웃는 얼굴로 그런 발언을 내뱉을 수 있는 걸 보니 당신이란 인물도 보통내기가 아니야."

"네? 처, 청가 님, 저는, 그런……. 혹시 저 때문에 불쾌하셨다면 진심으로 죄송해요."

그러나 적도 만만치 않았다. 방춘은 어디까지나 '고압적인 청가 앞에서 겁먹고 떠는 작은 동물 같은 추녀'의 노선을 벗어나지 않았다.

영림과 혜월에게 본성을 들켰다고 꼬리를 전부 다 내놓을 생각은 없는 모양이었다.

떨면서 소매로 입가를 가리는 모습을 보면 누구나 '금극목' 개념에 맞게, 방춘이 청가에게 꼼짝 못 한다고 생각하리라.

늘 하는 말은 옳은데도 청가에게 이렇게나 고압적이라는 인상이 있는 이유는 어쩌면 방춘에게 있을지도 모르겠다고 혜월은 문득 생각했다.

"자, 자. 혜월 님이 한 주장의 진위는 제쳐두고, 그렇게까지 봉가 연습에 열을 올릴 필요가 없다는 말은 사실이 아닌가."

그때 조용히 차를 마시던 가취가 물처럼 서늘한 목소리로 잘라 말했다.

"봉가란 곧 영혼을 진정시키기 위해 노래를 바치는 일. 영혼을 진정시킬 수만 있다면 누구 노래의 질이 어떻든 큰 상관이 없지. 게다가 타인의 몸으로 연습하는 일이 쉽지 않은 것은 자연스러운 일이야."

"그건, 그렇지만요."

담담한 말투의, 심지어 최연장자인 가취가 그렇게 말하자 청가도 강하게 나올 수는 없었다.

하지만 청가는 미련이 남은 듯 이렇게 덧붙였다.

"내일 자죽례를 마치고 전하께서 이 자리에 바로 달려와 주실 예정이잖아요? 그렇다면 연회를 열자, 그렇다면 여흥으로 노래를 선보이자, 하는 흐름도 가능할 테고요. 그때 이런 상태로는……."

"전하는 사정을 알고 계신다. 구실 그대로 '약혼자들의 상황을 보러' 오시는 것이 아니야. 아마도 두 사람이 원래 몸을 되찾기만 하면 먼저 왕도로 돌아가시겠지. 연회 따위는 원치 않으실 터."

가취는 늘 담담하고 인간미 없는 여인이지만, 그 냉정함이 이번에는 혜월의 편이 되어 준 모양이었다.

혜월은 남몰래 가취에게 '말 한 번 잘 했다' 하고 눈짓을 보냈으나, 그때 음식을 잘라 나누어 주고 있던 방춘이 다시 그 화제를 끄집어냈다.

"노래는 그렇다 치고, 외모와 동작에 있어서도 조심해야 해요. 아무리 멀리 있다고는 해도 호위나 궁녀들이 지켜보고 있잖아요? 전 들킬까봐 너무 걱정돼요……."

조심스러워하며 눈썹을 축 늘어뜨리고는 있지만, 이것은 혜월 방식으로 번역하자면 '노래는 봐 주겠지만 당신, 영림 언니처럼 우아한 동작을 할 수 있겠어요—?'라는 말이다. 히죽거리는 웃음마저 배어난 듯했다.

'여전히 얄미워 죽겠네, 이 뱃속 시커먼 다람쥐!'

기껏 마무리되려던 이야기를 이쪽에서 살랑살랑, 저쪽에서 살랑살랑.

이전부터 다과회에 참석할 때마다 누구 편인지 확실한 태도를 취하지 않은 채 결론 없는 이야기를 계속해서 질질 끄는 방춘을 '우유부단하긴' 하고 깔보던 혜월이었으나, 지금은 확실히 이해가 된다.

방춘은 겁 많고 걱정 많은 척하며 사실은 대화를 휘젓고 있었던 것이다. 그저 약한 자를 궁지에 몰아넣는 광경을 즐기기 위해.

"걱정하는 척 따윈 안 해줘도 되거든? 난 **그 여자**에 비하면 위장하는 데 훨씬 자신이 있어."

집요하고 음험한 상대는 정면에서 마주 노려봐 주는 게 최고다.

방춘이 내민 꽃떡에 이쑤시개를 거의 부러뜨릴 기세로 푹 꽂고 있는데 방춘이 조금 놀란 듯 턱을 당겼다.

"어머나, 그래요?"

"그래. 우선 등을 곧게 펴야겠지? 시선은 약간 아래, 긴 눈썹이 남들 눈에 잘 띄도록."

전혀 믿어 주지 않는 주위 사람들에게 똑똑히 보여 주기 위해, 혜월은 일부러 '이것이 황영림이다'라고 느껴지는 동작을 취했다. 무엇보다 이 몸으로 벌써 한 달을 살아 왔으므로 그 여자의 본질을 누구보다 잘 아는 사람은 바로 자신이 틀림없기에, 이 정도는 식은 죽 먹기다.

"손은 손끝을 모아서 뺨을 감싸고 말할 때는 촉촉하게. '어머나, 정말 몸 둘 바를 모르겠어요'."

호오, 하는 한숨을 섞어 속삭이자 추녀들의 눈이 둥그레졌다.

"어머나."

"제법이네."

"이건 제법."

세 사람이 이쪽을 빤히 쳐다보자, 기분이 좋아진 혜월은 계속해서 영림 흉내를 냈다.

"'여러분께 걱정을 끼쳐 드려 정말 죄송할 따름이에요'."

완전히 가극의 여배우가 된 기분이다. 참고로 비결은 작은 목소리를 낼 때도 단전과 복근을 의식하는 데 있다.

"확실히 이것은 영림 님이로군."

'그래, 나는 「**황영림**」.'

가취가 감탄해서 고개를 끄덕이고 혜월이 내심 흐흥, 하고 응수한 그 순간이었다.

——오싹….

어째서인지 등골에 소름이 끼치는 느낌이 들어서 혜월은 퍼뜩 고개를 들었다.

외부에서 시선이 느껴진 것이 아니라, 몸속 깊은 곳에서 솟아오르는 형용키 힘든 불쾌감 때문이었다.

"왜 그래, 혜월 님?"

"어? 아아."

청가가 의아한 표정으로 물었을 때는 이미 그 기묘한 오한이 사라진 후였다.

'방금 그건……?'

아무것도 아냐, 하고 애매하게 중얼거리자 청가는 "연기에 집중해" 하고 노골적으로 불쾌한 표정을 지었다.

"확실히 동작과 표정은 제법이지만 아직까지 빈틈이 많아. 순간적인 대답을 내놓을 때의 대비책을 더 갈고닦아야겠네."

기예에 대해서는 굉장히 엄격해지는 청가는——금청가에게는 '위장' 또한 기예의 일종이다——하얀 손을 스윽 들어 물가에 피어 있는 연꽃을 가리켰다.

"예컨대 저 연꽃. 산책 중에 문득 발견했다 치고, 자, 영림 님이라면 무어라 말씀하실까?"

"'어머나, 멋져요. 따서 손에 들고 감상하고 싶네요'."

"어리석긴. 상냥하신 영림 님은 아름다운 꽃을 보면 따는 게 아니라, 키우려 하실 거야."

"그렇다면……. '어머나, 멋져요. 소중히 키워서 훌륭한 연근을 수확하고 싶네요'."

"갑자기 수확을 왜 해!"

꽤나 진실에 가까운 답변이라 생각했으나 '전하의 호접'에게 심취해 있는 청가는 아름다운 눈썹을 치켜올렸다.

"영림 님이 땅을 파서 연근을 캐내기라도 하신다는 소리야? 방금 그건 경전에 있는 '꽃을 즐기는 자는 꽃을 따고, 꽃을 사랑하는 자는 꽃을 키운다'는 구절을 가리켜 말한 거야. 정말이지 지성이라고는 없는 인간이네."

"흥, 잘난 척하긴. '무엇을 말하는가가 지성, 무엇을 말하지 않는가가 품성'이라고 하잖아? 나는 품성을 키우는 중이야."

"어차피 그것도 영림 님이 가르쳐 주신 말이겠지. 남의 말을 빌려서 한껏 뽐내기는."

청가는 불쾌한 듯 코를 울리더니 이어서 저녁노을이 깔리는 하늘을 가리켰다.

"다음으로, 저쪽에 첫 별이 떴네. 영림 님이라면 무슨 말을 꺼내실까?"

"'저 하얀 별과 오른쪽의 작은 별을 이으면 고구마 모양으로 보이네요'."

"그럴 리가 있겠어?!"

청가는 얼굴이 새빨개져서 화를 냈지만 혜월의 입장에서는 오히려 이게 정답이라고 외치고 싶은 심정이었다.

황영림은 병약하기 때문에 늘 차분하게 웃고만 있으나, 그 천녀 같은 미소 밑으로는 대체로 어처구니없는 생각을 하고 있으니 말이다.

"물론 영림 님은 주조에도 조예가 깊으시고 용광로를 직접 만드는 등 의외의 일면도 있지. 하지만 온갖 기예에 통달했기 때문에 그렇게 된 이상, 그 모습은 '기예의 폭이 넓다'고 표현해야 마땅해. 그분은 섬세하면서도 굳센 부분도 갖추고 계셔. 그냥 그런 거야. 딱히 호쾌한 게 아니라고."

"너도 참 착각 심한 여자다!"

찬앙례 때 황영림의 멧돼지 같은 본성을 알았을 텐데도 청가의 마음속에서는 그것이 '과감한 면이 있다'는 정도로 억지 처리된 모양이었다. 정말이지 완고하기 그지없다.

"뭐, 그렇죠……."

"그렇지……."

참고로 과거에 영림의 됨됨이를 겪은 경험이 있는 방춘과 가취는 짚이는 데가 있는지 애매한 표정을 짓고 있었다.

"아무튼."

평행선 논쟁이 될 것을 깨달은 청가는 에헴, 하고 헛기침을 한 뒤 이야기를 돌렸다.

"노래보다는 낫지만 위장 역시 방심해서는 안 돼. 내일 자죽례에서도 최대한 빈틈을 보이지 않도록 해야 해. 거기에 걸려 있는 건 네가 아니라 영림 님의 평판이니까."

"흥. 적어도 너보다는 내가 황영림을 더 잘 이해하고 있고, 연기도 더 잘할 수 있어."

"뭐라고? 그 정도 기량으로 잘도 큰소리를 치는구나."

잘난 척하는 말투에 반발심이 생겨서 혜월이 저도 모르게 턱을 젓히자, 청가가 눈썹을 치켜올렸다.

기껏 차려 놓은 꽃떡에는 손도 대지 않고 두 사람은 험악한 분위기에서 언쟁을 벌였다.

"자, 그럼 해도 졌으니 슬슬 방으로 돌아갈까요? 가취 님."

"그렇군. 내일은 아침부터 이동해서 죽을 쑤어야 하니."

방춘은 겁먹은 척하기도 귀찮아졌는지 자연스럽게 말을 꺼냈고, 가취 또한 자리를 뜨기 위해 남은 차를 훌쩍 마셔버렸다.

"혜월 님도 참."

그건 그렇고.

연못 정자에서 조금 떨어진 덤불 뒤에서 망보기 담당 등황 궁녀

동설이 무거운 한숨을 내쉬었다.

"또 청가 님과 말싸움을……. 온화한 영림 님이 계셨다면 분명 이런 일이 벌어지지 않았을 텐데."

"저 네 사람도 꽤나 편하게 대화를 나누게 되었군."

"그러게, 분위기 좋은데."

그러자 금세 옆에서 맞장구가 날아왔다.

마찬가지로 덤불 속에서 팔짱을 끼고 주위의 망을 보는 사람은 취관장 진우, 그리고 그 옆에서 적당히 나뭇잎을 주워 모아 빙빙 돌리며 만지작거리고 있는 사람은 이 갑작스러운 자죽례에 호위로 지명 받은 황가의 차남 황경창이었다.

"뭘 저렇게 열을 올리며 화를 내는 걸까? 영림이 봤으면 분명 무척 분하게 여겼을 거야. 자기도 끼워 달라고."

"끼고 싶어하신다고요? 저 살벌한 분위기 속에?!"

"그렇고 말고. 꺅꺅거리며 즐거워 보이잖아."

소란을 싫어하는 동설이 미간을 찌푸리자 경창은 '오히려 되묻는 게 의아하다'는 듯 고개를 갸웃거렸다.

황가의 피를 물려받은 자들에게 비아냥거리며 응수하거나 서로를 매도하는 일 정도는 그냥 가벼운 장난에 불과하다.

그리고 그들은 사람이 감정을 있는 그대로 드러낸 채 '장난'에 도전하는 모습을 무엇보다 좋아한다.

"그렇지, 취관장님?"

"글쎄."

경창이 동의를 구하듯 진우를 바라보았으나 과묵한 진우는 차갑게 흘려 들을 뿐이었다.

그런 태도도 평소와 다름없었기에 경창은 딱히 신경 쓰지 않고 "쌀쌀맞네" 하고 웃으며 나뭇잎을 버렸다.

"그 점에서 폐하와 전하의 공방전은 더 멀리 돌아가면서 더 심하게 빈정거리는……. 하아, 전하가 그렇게까지 힘을 써 주신 일은 정말이지 고개를 들 수가 없어."

한숨을 내쉬자 하얀 안개가 얼굴 앞으로 엷게 피어올랐다. 계절이 이미 봄에 접어들고 있다고는 해도 산에 가까운 이 일대는 아직 추위가 심했다.

"그렇지 않아도 예년의 다섯 배 규모로 진혼제를 올리는데 갑자기 자죽례까지 하다니. 심지어 정무는 점점 더 늘어나고, 방해가 너무 심해."

"폐하께서도 전하의 개입을 상당히 경계하시는 듯 보인다."

그 투덜거림에는 진우도 동의하며 고개를 끄덕였다.

본궁의 동향을 아는 남자 두 명의 태도에 동설은 걱정이 되어 미간을 좁혔다.

"전하께서 무사히 숙영지로 와 주실 수 있을까요?"

"가능하겠지. 유능한 분이니까. '도저히 꼼짝도 못 하겠다'는 태도를 취하면서도 몰래 이쪽으로 달려와 주실 준비를 갖춰 놓으셨을 거다."

"비밀리에 황성을 빠져나올 수 있을지 어떨지가 문제지만, 그것만 뚫고 나오면 폐하가 황성에 계시는 이상 여기는 우리 마음대로 할 수 있지."

진우는 담담하게, 그리고 경창은 안심시키려는 듯 미소를 지으며 대답했다.

"지금쯤 마침 전하가 왕도를 출발하셨을 거야. 내일 저녁 무렵에는 열단봉으로 영림을 데리러 갔다가 심야에 운제원에 도착하실 예정이지. 왕도에서 열단봉까지는 마차로 꼬박 사흘이 걸리지만 전하께는 강제마(剛蹄馬)가 있어. 반드시 성공적으로 몸 바꾸기 주술을 풀고, 진혼제까지 늦지 않게 귀환할 수 있을 거야."

강제마란 원정의 성과로 황태자에게 진상된 말인데, 절벽을 유유히 내려갈 수 있고 하루 안에 천 리를 달릴 수 있다고들 하는 준마다.

그 이야기를 들은 동설은 안도하며 가슴을 쓸어내렸다.

"강제마가 있군요. 열단봉에서 이곳까지 이동하는 일이 위험하리라는 생각에 계속 걱정했습니다만, 그건 정말 다행입니다. 그럼 이렇게 피해 지역으로 온 일은 오히려 폐하의 눈을 피할 수 있으니 잘된 상황이라 할 수도 있겠군요."

"그러게."

경창은 느긋하게 대꾸했지만 옆에 있던 진우는 문득 하늘을 올려다보았다.

시야 한구석에 하얀 그림자가 비쳤기 때문이었다.

진우의 푸른 눈동자는 차츰 어둠이 깔리는 하늘에서도 먼 곳까지 아주 잘 보였다.

"비둘기가 날고 있다."

그 말을 들은 경창은 숨결을 불어넣으려던 손에서 퍼뜩 고개를 들었다.

"이런. 혹시 형님이 보내신 비둘기인가?"

이번 여정을 앞두고 경행은 불의의 사태를 대비하여 왕도와 길 중간중간에 오래 알고 지낸 부하들을 배치해 틈틈이 정보 교환을 할 수 있도록 해 놓았다.

그 비둘기가 오고 있다는 말은 곧 불온한 상황이 벌어졌다는 뜻이다.

경쾌한 말투와는 반대로 경창은 눈을 가늘게 떴다.

"아뇨."

뒤늦게 하늘을 올려다본 동설이 바로 그 말을 부정했다.

"아무래도 저 새는 경행 님의 비둘기가 아닌 것 같습니다."

"어? 그래?"

"얼굴과 날갯짓이 다릅니다. 아마 자꾸 전서구를 날릴 경우 은밀부대의 눈에 띌 테니 가짜를 섞어서 날리시는 모양입니다. 그분이라면 감시가 느슨해졌을 무렵 까마귀나 매를 보내시겠지요."

다 꿰뚫어보는 듯 말하는 궁녀를 진우는 말없이 흘끗 쳐다보기만 했을 뿐이지만 경창은 생각에 잠겨 턱을 어루만졌다.

"있잖아."

"예."

"동설은 혹시 형님이랑 궁합이 엄청 좋은 것 아닐까?"

그 발언을 들은 순간 얼음의 필두 궁녀는 정색을 한 채 돌아보았다.

"……농담이 심하십니다."

"우와, 뭐야. 살기?"

냉정하고 침착한 듯하면서도 실은 과격한 동설 앞에서 경창은 무심코 웃음을 터뜨릴 뻔했다.

그러고는 다시 손에 숨을 불어넣으며 여동생이 아끼는 궁녀에게 충고를 던졌다.

"그럼 충고하겠는데, 형님 앞에서 그런 식의 발언은 안 하는 게 좋아. 그러지 않으면 형님이 진짜로 마음에 들어할 테니까."

"……."

동설은 한동안 말없이 하늘을 올려다보았다.

그러고는 문득 하얀 숨을 흘리며 험악한 미소를 지었다.

"만일 비둘기가 올 경우, 목을 졸라 죽여서 비둘기로 탕을 끓이겠습니다."

"소중한 전령을 죽이지 말아 줘—."

경창은 느긋하게 웃었지만 진우가 아까부터 아무 말이 없는 것을 알아차리고 고개를 갸웃했다.

"취관장님, 왜 그래?"

"아니."

진우는 푸른 눈동자를 내리깔며 나직이 중얼거렸다.

"경행 공은 얼핏 우직해 보이지만——사실은 상당히 지혜로운 사내구나, 싶어서."

아무래도 경행의 빈틈없는 일면이 뜻밖으로 느껴져서 감탄이 나온 모양이었다.

"응? 그렇긴 해. 뭐, 그래 봬도 일단은 황가의 적자인걸."

진의를 읽을 수 없는 대답에 경창은 그렇게 맞장구를 치며 수심 어린 얼굴로 하늘을 올려다보았다.

"……비둘기가 오지 말아야 할 텐데."

"그러게요."

동설도 조용히 고개를 끄덕였다.

그것은 가엾은 비둘기를 위해.

그리고 추녀들의 별 의미 없는 대화에 끼어 한껏 들뜬 혜월을 위해서도.

아무 일 없이 끝나기를 바라며 세 사람은 각자 정자를 지켜보았으나——안타깝게도 다음날, 그들 곁에는 급한 소식을 알리는 산비둘기가 찾아오고 말았다.

## 3. 영림, 숟가락을 내던지다

“저곳이 열단봉의 피난소입니다.”

밤이 밝기 전에 왕도에서 출발해 점점 험난해지는 산길을 마차에서 가마로, 가마에서 도보로 바꿔 가며 이동하기를 꼬박 사흘.

새벽녘의 어슴푸레한 시야 안에서 겨우 촌락을 발견한 주가 일행은 안도로 가슴을 쓸어내렸다.

“아아, 겨우 도착했네.”

“발 아파. 쓰러질 것 같아.”

큰 소리로 불평하는 자들은 주로 주가의 은주 궁녀와 연단(鉛丹) 궁녀들이었다.

이러니저러니 해도 귀한 집안 자식들이다 보니 이렇게 장거리를 걸어 본 적이 없어서, 대부분이 제자리에 쓰러지기라도 할 기세로 다리를 어루만지거나 지팡이에 기대어 있었다.

줄곧 마차와 가마 안에 동승하고 있던 리리나 호위와 가마꾼 남자들조차도 이 강행군에 피로를 감추지 못했으나 그런 가운데 명랑하게 기지개를 켜는 자가 있었다.

“아아, 실로 자극적인 여정이었어. 왕도에서는 전혀 알지 못했던 머나먼 봄의 도래를 이곳저곳에서 느꼈지 뭐야.”

이 자리에서 가장 고귀한 사람, 주가의 추녀——의 가죽을 뒤집어쓴 황영림이었다.

"대체 어디가요? 강과 호수는 다 얼어 있었잖아요."

"어머나, 리리. 얼음이 조금 얇아졌잖아. 게다가 오는 길에 동면에서 깨어난 뱀이나 곰과 우연히 조우할 뻔한 덕분에 봄의 방문을 체감할 수 있었어."

"거기서 체감해야 할 건 봄의 방문이 아니라 공포거든요!"

옆에 있던 리리가 재빠르게 외쳤다.

그렇다. 이 여정 중 숲을 빠져나올 때는 뱀에 겁을 집어먹었고, 산에서 밤을 보낼 때는 짐승의 울음소리에 고통 받는 등 도무지 마음 편한 순간이 없었다.

그런데도 병약한 몸으로는 결코 맛볼 일 없는 그것들이 어지간히도 깊은 정취를 자아냈는지 영림은 시종 즐거워 보였다.

"핫핫핫, 그렇지! 나도 방금 전 얼음낚시를 할까 했더니 얼음이 상당히 얇아져서 하마터면 물에 빠질 뻔했다는 공포를 곱씹었다."

옆에서 땀내 나는 목소리가 들려 왔다.

"뭐, 추운 날씨에 헤엄을 치는 것도 나쁘지는 않다만. 으음, 그러나 빙어 낚시를 하고 싶었는데, 미련이 남는구나!"

커다란 입을 쩍 벌리고 웃는 사람은 '주혜월'의 예무관으로서 급거 지명된 황경행이었다.

경행은 예무관으로서 마차에도 타지 않고, 계속해서 말을 타고 걸으며 사흘간의 산길을 돌파했는데도 전혀 지친 기색을 보이지 않았다. 경이로운 체력이었다.

리리는 이제 한 마디 할 기력도 남아 있지 않아, "그렇군요……" 하고 애매하게 고개만 끄덕였다.

황가 남매의 저 빙어 낚시에 대한 열정은 대체 어디서 온 걸까.

여기까지 오는 도중에도 마치 무언가에 빨려드는 것처럼 강만 쳐다보고 있었다. 그것도 얼음이 언 강만 집요하게.

깊이나 물살의 속도와 관계가 있는 건지, 얼음의 두께는 다양해서 방바닥처럼 딴딴하게 굳은 곳도 있는가 하면 금방이라도 녹아버릴 듯한 곳도 있었다.

한 걸음 실수했다가는 겨울 강에 빠질 수도 있는데, 이 남매는 작전회의까지 열어서는 꺅꺅거리며 발을 올려 보더니 "여기는 설 수 있겠는데!" "여기는 깨져요!" 하고 소란을 피웠다.

불의 성질을 지닌 자에게 물은 천적이다. 주가에서는 말석인 리리도 강은 다소 무서웠다.

그런데 토극수의 이치가 그렇게 이끄는지, 자꾸만 물을 제압하려 드는 두 사람을 보니 저도 모르게 어처구니가 없기도 하고 감탄도 나오는 기분을 자꾸 곱씹게 된다.

"두 분 다 기운이 넘치셔서 다행이네요. 따라온 궁녀들이 다 **저 모양**이라…… 혜월 님도 마음이 영 편치 않으실 거라는 생각에 걱정했는데."

기분 탓인지 퀭해진 얼굴의 리리가 등 뒤를 흘끗 돌아보았다.

영림 일행의 뒤에서는 궁녀들이 아직도 불평을 늘어놓으며 지면에 쭉 뻗어 있었다.

이번에 이 갑작스러운 외출에 동행한 주가의 궁녀는 고작 열 명 정도였다.

귀비 추방 때 궁녀 대부분이 주구궁을 나갔으므로, 이래 봬도 열심히 긁어모아 온 축이었다.

하지만 주구궁 궁녀 대부분은 혜월에게 과거 1년 사이 지겹도록 괴롭힘을 당했기 때문에 추녀를 몹시 싫어했다. 지금 이곳에 있는 궁녀들은 괴롭힘을 당하면서도 자기 자리를 계속 지켜 온 기개가 있는——바꿔 말하자면 지기 싫어하는——인간들이기 때문에 주인을 향한 적의도 감추지 않았다.

혜월도 혜월대로 이 이상 궁녀를 잃을 수는 없다는 위기감이 강해진 모양이었다.

지금까지의 고압적인 태도에서 일변하여 가을의 외유 무렵에는 궁녀가 다소 일을 게을리 해도 무섭게 주의를 주지 못하는 상태가 되어 있었다.

덕분에 궁녀들은 점점 더 뻔뻔해져서 귀찮은 일은 전부 리리에게 떠맡기고 자기들은 농땡이를 피우는 상황이었다.

심지어 최근의 '주혜월'은 창고에서 근신하고 있었기에 그것을 핑계로, 심지어 최상위의 은주 궁녀조차도 죄책감 하나 없이 직무를 방치했다.

이번에도 오는 길 내내 자기들도 마차에 태워 달라는 둥, 주혜월은 정말 사람을 끔찍하게 부려먹는다는 둥, 이런 추녀가 위문 행사에서 정말 활약할 수 있겠냐는 둥, 들으라는 듯 험담을 퍼부어댔다.

그렇게 한패거리가 되어버린 모습을 볼 때마다 리리는 부끄러워서 얼굴을 찌푸리고 싶었다. 어쩌면 지금 이렇게 피로한 이유는 짜증 때문일지도 모른다.

"한겨울에 찬물을 뒤집어쓰고 정원으로 쫓겨났던 경험이 있으니, 저도 저 궁녀들의 마음을 이해는 하지만……. 그래도 궁녀가 추녀에게 경의를 표하지 않는 건 바람직하지 못한 일이라고 생각해요. 죄송해요."

"어머나, 리리가 사과할 일이 아니잖아."

영림은 의젓하게 말했다.

혜월이 실제로 궁녀들을 무척 괴롭혔다는 사실은 들었다. 궁녀들도 인간이니 다 잊어버리라고 해도 금세 그 말을 받아들일 수는 없으리라.

하지만 동시에 자신의 소행을 정면으로 마주하고 조금씩 변하려 하는 혜월을 부디 지켜봐 주었으면 하는 바람도 있다. 영림은 혜월이 더 많은 사람들에게서 사랑받기를 바랐다.

'하지만 여기서 내가 「주혜월」로서 너무 나서서는 안 될 것 같아. 어지간히 큰일이 벌어지지 않는 한, 관계 개선은 본인들에게 맡기고 나는 지켜보기나 해야지.'

과거의 외유와 찬앙례를 돌이켜보며 영림은 혼자 조용히 고개를 끄덕였다.

혜월은 그렇게 보여도 자기 일을 스스로 해결하려 하는 자립심 강한 인물이다.

영림이 혜월을 건너뛰고 궁녀들을 직접 야단치기라도 한다면 반드시 화를 내리라.

사실은 친구를 노려보거나 못된 험담을 하는 인간들을 별실로 불러서 차근히, 그야말로 긴 시간을 들여 차근히 이야기를 나누고 싶었지만 지금은 참아야겠지.

'혜월 님을 위해서 지나치게 노력하면 어째서인지 혜월 님 본인에게 야단을 맞는걸. 나도 학습해야 해. 지금은 참자. 참는 거야, 영림.'

이래 봬도 영림은 처음 생긴 친구가 기뻐해 주었으면 하는 마음에 하루하루 꾹 참으며 지내고 있었다.

'하지만 일단은 오는 길에 혜월 님의 험담을 한 궁녀들의 얼굴과 특징을 똑똑히 외워 놓고, 경력과 싫어하는 음식 정도는 파악해 두어야겠어.'

그 바로 한 박자 뒤에 방금 전의 인내를 죄다 허사로 만들어 버리는 결심을 하며 궁녀들을 빤히 쳐다보던 영림이었으나, 그때 촌락 쪽에서 발소리와 목소리가 울려 퍼졌다.

"저건…… 포고로 들었던 주가의 추녀님인가?"

"틀림없어. 하인들도 있잖아. 죽을 가져온 거야."

"어이, 빨리 가서 동(董) 선생님을 불러 와. 자죽례가 곧 시작할 테니까!"

돌아보니 그것은 비틀비틀 문을 열고 나오는 남자들이었다. 하나같이 진흙으로 더럽혀진 옷을 입고 있었고, 머리도 수염도 제대로 깎지 못했으며 마르고 야윈 체구였다.

틀림없이 그들이 매년 수해에 시달리고 그에 따르는 전염병에 고통 받으며 살아간다는 이 땅의 주민들일 터였다.

목소리가 마중물이 되었는지 드문드문 보이는 오두막에서 아직 새벽인데도 사람들이 차례차례 나왔다.

허리가 구부정한 노인, 폐병이 있는지 힘없이 기침을 하는 남성, 부러질 듯 가느다란 팔로 갓난아기를 안고 있는 여성. 영지 경계라서인지 명백히 이국풍의 외모를 한 아이도 있었다.

영양상태가 나쁜 듯 하나같이 안색이 좋지 않았고, 이가 빠져 있거나 안대나 붕대를 한 자도 많았다.

'문서에 적혀 있던 대로야. 민족 대립에서 패배한 유목민, 안주할 땅을 찾아 떠돌던 이주민들이 영국에 오면 살아갈 수 있을 줄 알고 이 땅으로 찾아왔지만…… 수해가 일어날 때마다 현령도 금령도 엮이기를 꺼려했다는 이야기.'

영림은 순수한 영국인보다 다소 이목구비가 짙은 생김새를 한 그들을 보며 영묘에서 읽었던 문서의 내용을 떠올렸다.

일반적으로 영토는 넓으면 넓을수록 좋고, 모든 영지가 토지를 둘러싸고 격렬하게 싸운다고 생각하기 쉽지만 실제로는 조금 다르다.

영주는 교통의 요지가 될 만한 토지를 원한다. 또는 자원이 풍부한 토지, 개척하기 쉬운 토지, 가치가 있는 주민이 사는 토지를.

변경에 있는 데다 인구도 적고 개척하기도 어렵고 주민이 뛰어난 산업기술을 갖고 있지도 않고, 심지어 툭하면 수해가 일어나 지원만 요구하는 토지는 현가도 금가도 원치 않는다.

자기 쪽으로 흡수할 경우, 변경을 둘러싼 분쟁을 경계하려면 어느 정도의 비용적 대비가 필요해지기 때문이다.

'재난 피해 상소를 하나 올리려 해도 현가에 거절당하고, 금가에 거절당하고…… 왕도에 도달할 때까지 상당히 긴 시간이 걸린

다고 들었어. 주민 여러분도 정말 불안하실 거야.'

결국 이 땅은 다섯 가문 중 그 어느 곳도 아닌, 왕도의 관할이 되었다.

그러나 왕도에서 병단 시찰이 나오는 일은 몇 년에 한 번이다. 이번에는 오랜 세월의 탄원이 드디어 이루어져, 겨우 자죽례가 열리게 된 것이다.

'이 자죽례에서 베풀어지는 것은 단순한 죽 한 그릇이 아니야. 「하늘이 열단봉을 저버리지 않았다」는 의사를 담은, 은총을 흉내 낸 신성한 죽이지. 주민들에게 빠짐없이 돌아가야 해.'

축복받은 삶을 살아 온 자로서의 책임감, 그리고 황가 특유의 사명감으로 영림은 등을 곧게 폈다.

그러나 그때였다.

"추, 추녀님! 정말 죄송합니다!"

오두막 앞의 한구석에 세워져 있던 짐마차에서 남자 한 명이 당황을 감추지 못한 채 뛰쳐나왔다.

재빨리 무릎을 꿇고 깊이 고개를 숙이는 그 인물은 이 위문 행렬의 선두에서 식재료를 운반하던 짐꾼 중 한 명이었다.

반듯하게 머리를 틀어올리고 이마 가리개를 하고 있는 모습을 보니 다소 지위가 높은 자인 모양이었다.

"말씀하신 대로 먼저 쌀을 날랐습니다만…… 조미료와 솥을 포함하여 짐이 아직 반밖에 도착하지 않았습니다."

"네?"

"뭐라고?"

남자의 충격적인 한 마디에 그 자리가 술렁거렸다.

영림도 놀랐지만 일단 고개를 들게 하자, 남자는 사람 좋아 보이는 처진 눈매에 조급한 빛을 띠고 이렇게 설명했다.

"실은 열단봉으로 오는 길이 좁고 험난하다는 이야기를 듣고 도중에 짐을 두 패로 나누었습니다. 저희는 간신히 짐을 옮길 수 있었지만 후발부대는 산길에서 발을 헛디디는 바람에 짐을 절벽 아래로 떨어뜨리고 말았습니다."

"어머나, 그 사람들은 무사하고?"

저도 모르게 묻자 남자는 조금 놀란 듯 눈을 크게 뜨더니 한층 황송한 표정으로 부복했다.

"소, 송구하오나 절벽에 난 나뭇가지와 돌에 걸리는 등, 목숨은 건졌습니다. 하지만 그들의 짐은 마차째 절벽 아래로……."

잘 보니 이마 가리개를 한 남자의 등 뒤, 오두막 바로 옆에서는 멀리서 봐도 알 수 있을 정도로 벌벌 떠는 남자들이 고개를 숙이고 엎드려 있었다. 그들이 짐을 떨어뜨린 후발부대인 모양이었다.

"그렇구나……. 우선은 다들 무사해서 다행이네."

영림은 중얼거렸으나 등 뒤의 궁녀들이 일제히 입을 삐죽이기 시작했다.

"그럴 수가! 그럼 자죽례는 어떻게 되는 거야?"

"반만 가지고는 다 나눠줄 수 없을 텐데?"

짐꾼들의 안전보다 자죽례의 안부가 더 걱정되는 모양이었다.

"이게 무슨 일이람. 죽을 쑤기 전부터 이 모양이라니 앞일이 뻔하네."

"역시 '시궁쥐'야. 시작부터 참 잘 풀린다."

아니, 그게 아니라 '주혜월'의 실패에 오히려 속이 후련한 걸까.

단순히 걱정하는 모습이라기에는 목소리 어딘가에서 이 사태를 비웃는 기색이 엿보였다.

"어떻게 하죠, 추녀님? 절벽 아래로 사람을 보내서 짐을 회수해 오게 할까요?"

초조해진 리리가 조심스럽게 물었다.

하지만 영림은 잠시 생각한 뒤 고개를 가로저었다.

"아니, 그렇지 않아도 자죽례는 시간이 한정되어 있어. 회수 작업에 인원을 투입할 경우 시간이 부족할 거야. 반만 가지고서라도 지금 당장 죽 쑤기를 시작해야 해."

그렇다. 영림은 직감했다.

혼자만 먼 곳을 보살피라는 명령을 받은 '주혜월'. 험난했던 산길. 그리고 도착하지 못한 짐.

여기서 당황하는 모습을 보이는 것은 적의 노림수 그 자체다.

'지금 이 순간도 감시당하고 있을지 몰라.'

도술을 경계하며, 아무래도 '주혜월'을 의심하는 것 같았던 황제 현요.

억지로 끌고 가서 고문하지 않는 모습을 보니 확증을 얻고 나서 일을 진행시키는 성품인 모양이지만, 그렇다면 확증을 얻기 위해 사람은 어떤 행동을 취할까.

'분명 위기감을 부채질해서 도술을 쓸 수밖에 없는 상황으로 몰아넣을 거야.'

생각해 보면 혜월은 감정이 북받칠 때 도술을 폭주시키곤 했다. 도력은 영혼에서부터 엮어내는 힘인 이상, 마찬가지로 영혼에서 우러나는 감정은 술법에 영향을 미칠 수밖에 없으리라.

그렇다면 앞으로도 '주혜월'을 어떻게든 궁지에 몰아넣어 감정이 고조되게끔 만들 것이다.

도술을 쓸 수 없는 영림은 기가 폭주할 우려가 없지만, 그런 장면일수록 더더욱 자신이 '도술을 쓰지 못하는' '주혜월'이라는 사실을 강조해야 했다.

"부대를 나누자고 제안한 건 접니다. 이 책임을 어떻게든 지겠습니다."

짐꾼 남자는 불쌍할 정도로 얼굴이 새파래진 채 지면에 이마를 짓뭉갰다.

"고개를 들어. 당신 이름은?"

일단 고개를 들게 한 뒤 이름을 묻자 이마 가리개를 한 남자는 떨리는 목소리로 "안기(安基)라고 합니다"라고 대답했다.

"성도 없는 고용인이네."

"어떻게 책임을 질 건데?"

"굶주린 백성들이 폭동을 일으켜도 이상하지 않은 상황이잖아."

궁녀들은 자신들에게 잘못이 없다는 사실을 강조하고 싶은지 유난히도 안기를 몰아세웠다.

귀를 기울이고 듣던 주민들은 심상찮은 전개 앞에서 점점 목소리가 거칠어졌다.

"잠깐……. 그렇다면 우리 전부 다 죽을 먹을 수 없다는 말이야?"

“웃기지 마. 그럼 자죽례가 다 무슨 의미야?”

남자들은 분노로 얼굴이 새빨개졌고, 그 등 뒤에서 여자들이 눈물을 글썽거리기 시작했다.

이 토지에서 태어나 자란 아이들은 이미 모든 것을 포기했는지 ‘거 봐’라는 듯 고개를 숙이고 있을 뿐이었다.

“진정하세요. 이게 대체 무슨 소동입니까?”

그때 안쪽 오두막에서 한 남자가 나와 일동의 앞에 섰다.

나이는 쉰쯤 되었을까. 차분한 분위기의 장년 남성이었다.

남들과 마찬가지로 허름한 옷을 입고 있었으나 체격이 탄탄하고, 얼굴은 수염에 뒤덮여 있었지만 회색이 도는 눈동자에서는 왠지 모르게 지성이 배어났다.

침착한 목소리로 그렇게 묻자 주민들이 차례차례 돌아보았다.

“동 선생님!”

“글쎄, 얘기 좀 들어 주세요. 기껏 자죽례가 열린다는데 쌀이 반밖에 안 왔다는 거예요!”

“그건…….”

사정을 듣고 ‘동’이라 불린 남자는 미간을 찌푸렸으나, 가볍게 고개를 가로젓고는 사람들을 타일렀다.

“안타까운 일입니다. 그러나 베풂을 받는 입장에서 불공평하다고 투덜거릴 수는 없는 노릇이지요. 반이라 해도, 죽을 내려 주신 폐하의 자비에 감사드립시다.”

“하지만 선생님! 다른 피해 지역에서는 죽을 실컷 먹고 있을 텐데요?”

“맞아요. 왜 우리만 이런 꼴을!”

주민들이 분노에 못 이겨 몸을 내밀었지만, 동은 그것을 말리며 고개를 숙였다.

“우선 이렇게 먼 길을 일부러 찾아와 주셔서 감사합니다, 주혜월 님. 저는 이 촌락의 고문 비슷한 역할을 맡고 있는 동순덕(董順德)이라고 합니다.”

성이 있는 것을 보니 제법 괜찮은 집안 출신인 모양이었다. 본래 서령의 마을 의사였지만 약초를 찾아 방랑하다 지금은 이곳에 정착하게 되었다고, 동은 간단하게 자기소개를 했다.

“‘지금은’이라뇨, 계속 이곳에 계셔 주셔도 된다고요. 동 선생님.”

“맞아요. 뭐, 선생님이 이곳저곳 방랑하며 물자를 가져다 주신 덕분에 저희는 큰 도움을 받았지만요.”

“또 훌쩍 사라지지 말아 주세요. 계속 여기 계셔야 해요.”

주민들은 동을 잘 따르는 모양이었다. 아마도 피해 지역 특유의 전염병이 돌았을 때 그가 도와 준 듯했다.

그에 비하면, 하고 남자들은 증오스러운 듯 이쪽을 노려보았다.

“왕도는 백성을 도와줄 생각이 없는 거야. 어차피 피해민들은 다 이주민들 집단일 뿐이니까.”

“그래. 딱 하루치, 형식적으로만 죽을 끓여 주는 주제에 뭐가 ‘자비’야? 심지어 그 죽도 배불리 먹지도 못하고.”

“진정하세요. 폐하에 대한 불경 행위입니다.”

동이 달랬지만 주민들은 화를 가라앉히지 못했다.

분노와 불만은 눈 깜짝할 사이 파문이 퍼져나가더니 이제는 손가락을 대면 느껴질 정도로 공기가 팽팽하게 얼어붙었다.

"어떻게 수습할 거야, 이거?"

"귀를 막는 게 좋겠네. 분명 또 소리를 질러댈 테니까. '내 탓이 아니야!'라면서."

그 와중에 어처구니없는 것은 등 뒤에 있던 궁녀들이 주인과 함께 당황하기는커녕 이 상황을 비웃고 있다는 점이었다.

사이에 낀 리리는 울컥 화가 치솟았으나 그 이상의 조급함에 휘말려 가슴 앞에서 두 주먹을 부르쥐었다.

'정말 어떻게 수습해, 이걸…….'

험악한 분위기에 피부가 따가울 정도였다.

남자들이 내뿜는 적의도 무서웠지만, 그 등 뒤에서 포기한 듯 어깨를 축 늘어뜨린 아이들의 모습에 더한층 가슴이 아팠다.

"어쩌지?"

바로 옆에 서 있는 영림이 드물게도 고개를 숙이고 나직이 중얼거렸기에 리리는 더욱 궁지에 내몰렸다.

저 태연자약한 황영림마저 이 상황 앞에서는 어쩔 줄 몰라 하다니——.

"설마 기회가 먼저 찾아와 줄 줄이야……."

"으응?"

그러나 격려해 주려고 몸을 기울인 순간, 고개를 숙인 영림이 그렇게 중얼거렸기에 리리는 저도 모르게 이상한 소리를 질렀다.

방금 뭐라고 했지?

"앗, 아니. 딱히 전혀 기뻐하는 건 아냐. 불우한 백성들 앞에서 누가 그런 경박한 감정을 품겠어? 전혀, 조금도 두근거리는 거 아냐, 정말이야."

주인은 고개를 홱 치켜들고 어째서인지 당황한 표정으로 변명하더니 에헴, 하고 헛기침을 했다.

"정말이지, 뭘 모르네!"

그 김에 '주혜월'을 연기할 생각인 건지 머리카락을 난폭하게 쓸어올렸다.

"짐이 반박에 도착하지 않은 건 내 탓이 아냐!"

누가 봐도 '주혜월'스럽게 거만한 말투로 외치자 남자들의 안색이 일제히 바뀌었다.

"하, 그쪽 집안 하인들한테 책임을 떠넘기려는 건가?"

"그리고 저자들의 책임도 아니야!"

그러나 위세 좋게 이어진 말에 모두가 허를 찔린 표정을 지었다.

"뭐?"

"만약을 대비해서 덧붙이자면, 물론 당신들이 이주민이나 피해민이기 때문에 그렇다는 것도 아냐! 굳이 말하자면 험난한 산길, 즉 하늘 탓이지! 하지만 하늘은 책임을 질 수가 없으니 난처하게 됐네!"

전혀 난처하지 않은 표정으로 잘라 말한 뒤, "이럴 때" 하고 위악적으로 입꼬리를 끌어올린다. 표정만은 유난히 그럴싸한 것이 오히려 신기하다.

"사람은 어떻게 해야 하는지, 설마 모르는 건 아니겠지?"

"뭐?"

추녀의 질문에 남자들은 곤혹스러워하면서 서로 얼굴을 마주보았다.

"어, 어떻게 하는데?"

"반만 가지고 죽을 끓이나?"

"날짜를 바꿔야 하나?"

완전히 분위기에 말려든 주민들이 어쩔 줄 몰라 하며 수군거리자 '주혜월'의 얼굴을 한 여자는 훗 짙은 미소를 지은 뒤 이렇게 내뱉었다.

"이 근처의 수질이 나쁘지 않다는 건 알고 있어."

추녀는 의기양양하게 말한 뒤, 이어서 단호한 표정으로 등 뒤를 돌아보았다.

"큰——경행 님."

"음. 적당한 나뭇가지를 이미 알아봐 두었다."

호위인 경행은 어째서인지 그 시점에서 이미 근처 덤불로 이동하여 나뭇가지를 물색하고 있었다.

그리고 충분한 길이와 유연성을 지닌 것을 찾아내자, 손짓 한 번으로 그것을 뚝 부러뜨리더니 생글생글 웃으며 이쪽으로 돌아온다.

"이런 종류의 나무가 좋겠지. 잔뜩 있는 데다 실은 옷을 풀면 충분히 만들 수 있으니, 남은 건 미끼와 바늘이군."

"죽의 조미료로 넣을 새우를 가져왔어요. 그것을 다져서 쓰면 돼요. 바늘은 재봉용과 침, 그리고 뜸을 뜨는 데 쓰는 용도로 잔뜩 가져왔으니 걱정 없어요."

추녀 역시 자신만만하게 대답했으나, 리리를 포함해 그 자리에 있던 자들은 무슨 이야기인지 통 알아들을 수가 없었다.

"저기……?"

"무엇을, 하시려는지?"

주민 대표로 동이 의아한 표정을 지으며 묻자 '주혜월'이 턱을 홱 치켜들고 코웃음을 쳤다.

"나 참, 아직도 모르겠어?"

그리고 역사상의 악녀를 방불케 하는 거만한 미소를 지으며 이렇게 말했다.

"쌀이 없으면 생선을 먹으면 되잖아. 죽을 쑬 쌀이 반밖에 없는 이상, 죽을 쑬 인원도 반이면 충분해. 남은 인원은 강에 얼음낚시를 갈 거야."

라고.

'여…….'

리리의 입꼬리가 파르르 경련했다.

'여전하시네에에에에!'

생각지도 못한 고난이 닥친 상황에서도, 빈틈없이 빙어 낚시를 가고자 하는 주인――과 그 오빠――을 보며, 리리는 황가 혈통의 무서움을 느꼈다.

"낚시?"

방금 전까지 완전히 포기한 채 시선을 돌리고 있던 아이들도 의아한 듯 중얼거리며 얼굴을 마주보았다.

***

“휴, 잔뜩 낚았네, 잔뜩 낚았어.”

양손으로 껴안아야 할 만큼의 잔물고기를 바구니 가득 확보한 영림은 아이들에게 선두를 맡기고 의기양양하게 길을 걸어갔다.

열단봉에 도착한 후 약 일각. 이미 남자들을 끌고 강에서의 낚시를 한바탕 즐긴 후였다.

하루치를 너끈히 넘길 정도의 양을 잡았으므로 뒷일은 경행과 남자들에게 맡긴 뒤, 영림과 아이들은 요리를 하기 위해 촌락으로 돌아왔다.

“굉장해. 겨울에 이렇게 많은 물고기가 잡히다니.”

“이걸 갖다 주고 나면 난 다시 강으로 돌아가서 아저씨들이랑 물고기를 더 낚을 거야.”

“치사해! 나도 갈래!”

아이들도 기분이 좋아 보였다. 하나같이 아까부터 자기 전용으로 받은 낚싯대를 꽉 쥐고 놓질 않을 정도였다.

낚싯대로는 나뭇가지, 낚싯줄로는 옷을 풀어서 만든 비단실, 낚싯바늘로는 치료용으로 잔뜩 가져온 바늘을 이용했다. 간이로 만들기는 했지만 한 번에 많은 양을 낚을 수 있다는 것이 장점이다.

‘이렇게나 기뻐하다니, 비녀를 부숴서 가짜 물고기 미끼를 만든 보람이 있었잖아.’

빙어는 반짝반짝 빛나는 것을 좋아하기 때문에 영림은 자신의 금비녀를 아낌없이 분해해 모두의 낚싯바늘에 달아 주었다. 그 덕분에 이렇게나 많은 생선을 잡을 수가 있었다.

가짜 물고기 미끼로서의 역할을 다하고 나면 미미한 액수이기는 해도 돈으로 바꿀 수도 있으리라.

"감사합니다, 추녀님. 이 낚싯대가 있으면 저희는 더 이상 굶지 않을 거예요!"

영림과 함께 걷던 아이들 셋 중 소녀 두 명이 생글생글 웃었다.

"다르."

하지만 그 말을 듣고는 옆에서 걷고 있던 또 한 명의 소녀가 나직이 중얼거렸다.

모르는 말이었다. 소녀의 싸늘한 표정과 소년들이 당황해서 돌아보는 모습으로 미루어볼 때 그리 좋은 의미는 아닐 거라는 생각이 들었다.

열단봉에는 이주민이 많이 모여 살기에 영국어 외의 다른 언어로 대화를 주고받는 일도 있다. 아이들이 때때로 구사하는 것은 아무래도 단 지방에 흩어져 사는 유목민들의 언어인 듯했다.

"야, 리안. 뭐 하는 거야, 추녀님 앞에서 실례잖아."

"그럼 영국어로 말해?"

혼잣말을 내뱉은 건 '리안'이라는 이국풍의 이름을 지닌 소녀였는데, 순수한 영국인에 비해 이목구비도 조금 더 뚜렷했다. 나이는 열세 살 정도, 날렵한 눈썹과 검은 눈동자가 총명해 보였다.

"낚시 기술 같은 걸 익혀 봤자 무슨 소용이야? 어차피 여름이 되면 또 수해가 일어날 텐데. 강이 범람하면 물고기도 다 떠내려가버릴 테고.”

“그건 그렇지만……. 그래도 최소한 죽 한 그릇보다는 낫잖아.”

“맞아. 애당초 이렇게 와 주신 것 자체가 감사한 일이야.”

소년들이 우물쭈물 반론했다.

마치 자기 스스로를 타이르는 듯한 그 말투에 영림은 가슴이 아팠다.

아이들도 이 하루뿐인 자죽례와 낚시로 생활이 풍족해지리라고는 생각하지 않는 것이다.

‘이들에게 정말로 손을 내밀고 싶다면, 역시 더 나아간 지원이 필요해.’

하지만 영림이 생각에 잠긴 그때였다.

덤불 안쪽으로 보이는 촌락, 한창 죽을 쑤고 있어야 할 그 장소에서 “웃기지 마!” 하는 노호성이 치솟는 것을 듣고 영림은 고개를 퍼뜩 들었다.

그쪽을 보니 줄줄이 늘어선 다섯 개의 커다란 솥 중 오른쪽 끝 솥 앞에 사람들이 모여 있었다.

야무진 리리와 마을 사람들의 지도자격인 동에게 감독을 맡기고 왔는데, 무슨 문제라도 벌어진 걸까.

영림이 황급히 뛰어가 구경꾼들처럼 모여든 사람들을 헤치고 들어가니 놀랍게도 중앙에는 그 리리가 있었다. 커다란 솥 앞에서 다른 은주 궁녀의 멱살을 잡으려 드는 상태였다.

상대는 가느다란 눈썹을 치켜올리고 불쾌함과 경멸이 섞인 미소를 짓고 있었다.

이름이 아마 가청(可晴)이라고 했던가. 꽤 높은 집안의 딸인지 등 뒤에서는 가청과 한편인 동료 궁녀들이 "가청 님을 놓아 드려, 이 빨간 시궁쥐야!" 하고 항의하고 있었다.

"닥쳐, 궁녀 주제에 부끄러운 줄도 모르고! 죽 속에 쓰레기통 내용물을 쏟아 붓다니! 백성들의 음식을 망쳐 놓고, 이제 만족해?!"

"어머나, 망치다니. 죽에 건더기도 없는 게 너무 불쌍하지 않아? 그래서 내가 사재를 털어서 가엾은 백성들에게 양념을 베풀어 준 거야."

"뚫린 입이라고 잘도……."

아무래도 가청이 큰 솥 중 하나에, 여행 도중에 발생한 잔반과 쓰레기를 섞어 넣은 모양이었다.

사태를 알아차린 리리는 얼굴이 새파래져서 말투도 완전히 난폭해지고 말았다.

"짐승 기름에 오물까지……. 그렇지 않아도 양이 모자란데, 죽의 5분의 1을 못 먹게 되고 말았잖아!"

"오오, 이렇게 천박한 말투를 쓰다니. 무능한 추녀에 품위 없는 궁녀, 그런 인간들이 베풀어 준 죽 따위는 차라리 못 먹게 하는 편이 백성을 위한 길 아니겠어?"

"이 책임을 질 각오는 되어 있겠지!"

"어머나, 책임은 추녀가 지는 거야. 의식을 제대로 치르지 못한 것은 추녀의 허물이니까."

리리가 몰아붙였으나 가청은 그것을 뿌리치고 키득키득 웃기만 했다.

"다섯 개 중 네 개는 무사하잖아? 우리 추녀님이라면 추문을 두려워해서 입을 다물고 자죽례를 진행시키겠지."

덧붙인 말을 듣고 영림은 대략 그 경위를 알아차렸다.

즉 가청은 혜월에게 원한이 있어서 의식을 실패로 이끎으로써 그 분풀이를 하려는 것이다. 또한 실패를 숨기고 싶어 하는 혜월의 성격을 이용하여 자신은 처분을 받지 않으려 하고 있었다.

"너 말이야── 앗, 추녀님!"

드디어 상대의 멱살을 잡으려던 리리는 인파 속에 영림이 있는 것을 발견하고 고개를 홱 돌렸다.

"큰일이에요. 이 은주가 큰 솥 중 하나에 쓰레기통의 내용물을 집어넣었어요! 제가 다른 솥에만 붙어 있었던 탓이에요. 정말 죄송──."

"주가청."

하지만 영림은 그 말을 가로막고 죄책감 하나 없는 표정의 궁녀를 돌아보았다.

"궁금한 것이 있어. '나'는 네게 그렇게나 원망을 받을 만한 짓을 했니?"

"어머나, 혜월 님. 이렇게 많은 백성들 앞에서 꼭 말씀드려야 할까요? 당신이 옛날, 스승님께 시를 칭찬 받은 제게 벼루를 집어던졌던 일을. 주인을 제쳐두고 새로 들어온 볼연지를 먼저 집어 들었다면서 뺨이 다 부르틀 때까지 겨울 정원에서 무릎을 꿇게 했던 일을!"

벼루로 맞았을 때 상처가 난 건지 가청은 앞머리를 쓸어올려 관자놀이 근처의 작은 흉터를 내보였다.

"황후 폐하께서 조만간 당신을 저버리시기로 결심했다잖아요. 아무리 숨기려 해도 궁녀들 사이에서 이미 소문이 퍼져 있어요. 그래서 전 추녀님이 그 자리를 떠나기 전에 이 흉터에 대해 성의를 보여 주시길 바랄 뿐이에요."

호전적인 눈동자가 승리를 확신하며 빛났다.

'궁녀들 사이에 퍼진「소문」.'

의기양양한 가청을 영림은 냉정한 눈동자로 마주보았다.

주가 궁녀들은 태만하다고는 하나 혜월을 적극적으로 괴롭히지는 않았다.

견수가 대리 후견인인 지금 혜월을 괴롭히는 일은 곧 황후에게 칼을 들이민 것으로 간주되기 때문이다.

'그런데 이번에는「소문」을 근거로 움직였어. 백모님은 혜월 님을 결코 저버리시지 **않았는데**.'

영림은 황가의 인간으로서 견수의 동향을 정확하게 파악하고 있다.

애당초 황가 사람들이 하나같이 아끼는 혜월을 저 백모가 저버릴 리가 없는데!

'그렇다면 누군가가 궁녀에게 거짓 소문을 불어넣은 건가…….'

등 뒤에서 실을 조종하는 자가 있다.

대체 가청 일행에게 누가 소문을 귀띔했는지, 이자를 수습한 후 확인할 필요가 있으리라.

"리리. 추측이지만, '나'는 이미 그 일에 대해 사과했지?"

"네. 영림 님과 교류를 시작하고 조금 지난 후에 한 차례요."

옆에 있던 궁녀가 의도를 눈치 채고는 금세 고개를 끄덕였다.

그렇다면 가청의 주장은 사실이지만, 혜월은 스스로의 행실을 마주보고 이미 사과를 했다는 뜻이다.

리리는 말하기 껄끄러운 듯 작은 소리로 덧붙였다.

"물론 혜월 님의 소행은 난폭했지만 가청 님도 가청 님대로 흉터를 일부러 남겨 놓은 모양이고, 추녀에 대한 반감을 부채질함으로써 궁녀들을 결속시키려 하는 면도 있어요."

혜월에게 응어리가 남아 있기도 하지만 그건 그렇다 치고, 가청의 방식은 아무래도 받아들이기 힘들었다.

"자, 혜월 님. 제게 또 벌을 내리시겠어요? 그렇다면 마음대로 하세요. 단, 그렇게 되면 당신이 자죽례에서 문제를 일으킨 일이 왕도까지 퍼질 거예요."

가청은 입꼬리를 끌어올려 히죽 웃으며 계속 도발했다.

어차피 자신에게 손을 대지 못하리라고 확신하는 그 모습에, 옆에서 지켜보던 리리는 더욱 분노가 치솟았다.

하기야 과거의 혜월에게 분노하는 것은 이해가 된다. 그러나 혜월은 궁녀를 상대로도 확실히 사과했고, 자신의 행동을 반성하며 달라지려 노력하고 있지 않은가.

'무엇보다 개인적인 원한 때문에 백성을 끌어들이지 말라고!'

서민 마을에서 가난한 삶을 경험하여 굶주림이 무엇인지 잘 아는 리리 입장에서 가청의 행위는 도저히 용서할 수가 없었다.

'영림 님이라면 이렇게 거만한 여자는 눈물이 쏙 빠지게 야단쳐

주시겠지.'

자신 이상으로 혜월을 아끼며 백성을 사랑하는 영림이라면 분명 가청에게 엄격한 벌을 내릴 터였다.

'물고문? 기름고문? 영림 님이라면 더러워진 죽을 억지로 먹일 수도 있을 것 같아.'

그렇고말고. 정원에서 와글와글 모여 살던 진딧물을 깡그리 잡아 죽일 때만큼의 과감함을 갖고――.

"……네가 원한을 품은 일에 대해 내가 벌을 내릴 일은 없을 거야. 주가청, 너는 자죽례가 끝날 때까지 아무것도 하지 말고 그 솥 옆에 가만히 서 있어."

그러나 영림이 이어서 내뱉은 말은 그런 내용이었기에 리리는 놀라서 돌아보았다.

"맙소사, 추녀님. 그냥 세워 두기만 해도 되는 거예요?"

"응."

확인해 봐도 대답은 변함없다.

가청과 사태에 가담한 궁녀 몇 명은 맥이 빠진 듯 얼굴을 마주 보더니 이윽고 조소를 띠었다.

시키는 대로 솥 옆에 서 있기는 하지만 즐겁게 수다를 떨고 있으니 이래서는 벌을 받고 있다기보다는 일을 면제받은 것이나 다름없다.

'이렇게 그냥 당하기만 하는 거야?'

재빨리 다른 솥으로 이동한 주인을 따라가면서 리리는 복잡한 기분으로 주먹을 부르쥐었다.

하기야 지금까지의 주혜월이라면 이런 상황에서 공포를 느끼고, 상대를 노려보기만 할 뿐 결국 손가락 하나 까딱하지 못한 채 끝났으리라.

그리고 자기 방으로 돌아가서 분노를 터뜨리거나 나중에 보복을 하려 들겠지.

'「혜월 님답게」 행동하려면 이게 정답이긴 해. 본인이 아니니 궁녀에게 벌을 내릴 처지가 아니라면서 사양하는 이유도 알겠어. 하지만 영림 님이라면 속 시원하게 갚아 주실 줄 알았는데.'

도술을 들키지 않으려 꾹 참는――그런 타인을 연기한다는 것은 바로 이런 일이라고, 리리는 새삼스럽게 통감했다.

주인의 연기가 너무 서툴러서 한참 속을 썩였는데, 막상 스스로를 눌러 죽이고 완벽하게 연기하는 모습을 보니 씁쓸한 무언가가 치솟아올랐다.

"나머지 네 개의 솥은 확실히 무사하구나. 고마워, 리리. 조금만 더 있으면 죽이 다 끓을 것 같으니까, 사람들에게 나누어 줄 준비를 하자."

"네……."

나무 숟가락으로 맛을 보면서 담담하게 솥을 확인하고 돌아다니는 영림의 말에 리리가 석연찮은 목소리로 대답한 바로 그 순간이었다.

"뭐야, 뭐야. 여기냐? 죽을 끓이고 있다는 게."

굵직한 목소리가 울려 퍼져서 일동은 동시에 홱 돌아보았다.

그쪽을 보니 질서정연하게 솥을 둘러싼 백성들의 줄을 헤치고

질 나빠 보이는 남자가 성큼성큼 걸어오고 있었다.

아니, 두령으로 보이는 그 남자 뒤로도 줄줄이 다른 남자들이 따라와 눈 깜짝할 사이 열 명 정도의 집단이 되었다.

하나같이 머리를 묶지 않고 짐승 가죽을 옷 대신 입고서 각자 무기를 들고 있었다.

풍채로 미루어볼 때 산적인 듯했는데, 산에 출몰하며 강도짓을 생업으로 하는 자들이 틀림없었다.

"산을 걷다 보니 죽 끓이는 맛있는 냄새가 풍겨서 말이야~."

"우리는 왜 초대 안 해 줘? 서운하게."

히익, 하고 비명을 지르는 주민들을 남자들이 히죽히죽 웃으며 둘러보았다.

방금 전과는 비교도 되지 않는 위기에 리리는 식은땀을 흘렸다.

'도대체 뭐야, 끝이 없네!'

경행을 비롯한 체격 좋은 남자들은 전부 낚시를 나가고 없다.

이곳에는 여자들과 환자, 고령자들뿐이다.

감독을 맡은 동, 그리고 안기를 비롯한 짐꾼 남자들도 몇 명 남아 있기는 하지만 제법 통솔이 잘 되는 도적 열 명 상대로 눈부신 활약을 펼칠 수 있을 것 같지는 않았다.

"헉……. 사, 살려……."

"저런, 무서운가 보네. 그렇게 비쩍 마른 걸 보니 병자인가 보지? 해코지할 가치도 없어. 우리가 볼일이 있는 건 부자에 살도 통통하게 찐 왕도 분들이거든."

밀쳐 나가떨어지는 바람에 주저앉은 여자 한 명을 보고 두령은 어깨를 으쓱하더니 엄지로 솥을 가리켰다.

"그리고 밥. 우린 지금 배가 고파. 우선 여기 있는 죽을 죄다 가져가야겠어."

"그럴 수가……!"

자죽례를 망치겠다는 생각이 든 리리가 저도 모르게 비명을 질렀다.

그러자 산적들이 "어엉?" 하고 쳐다보며 낮은 목소리로 을러대기 시작했다.

"지금 저항할 수 있는 입장이라고 생각하냐?"

"하, 하지만 금품이라면 몰라도, 백성들을 위해 끓인 죽까지 빼앗아갈 필요는……."

"그만해, 리리."

용기를 쥐어짜 항의하는데 옆에서 차분하게 말리는 소리가 들렸다.

"저들이 시키는 대로 하자."

영림은 그렇게 말하며 산적 두령에게 고개를 숙였다.

놀라는 리리는 개의치 않고 "이쪽으로 오세요"라며 얌전히 안내까지 하는 것이 아닌가.

"부디 주민 분들에게는 손대지 말아 주세요."

"헤헷, 그건 당신들이 우리를 얼마나 만족시켜 주느냐에 달렸지. 우선은 죽이다."

영림은 천박하게 웃는 남자들을 맨 오른쪽 솥으로 데려갔다.

옆에 궁녀들을 세워 놓았던 바로 그 솥이었다.

"저, 저어, 혜월 님…… 저희는……."

"너희는 그대로 움직이지 말고 가만히 있어."

아무리 그래도 이런 전개까지 예상하지는 못했던 가청 무리는 성큼성큼 다가오는 산적들 앞에서 뒷걸음질 쳤다. 그러나 영림은 그것을 막고 싸늘하게 내뱉었다.

"아까 말했잖아? 자죽례가 끝날 때까지 아무것도 하지 말고 그 솥 옆에 서 있으라고."

"하, 하지만……."

"좋아. 스스로의 행동을 반성한다면 이 자리에서 무릎을 꿇는 일 정도는 허락하겠어."

추녀가 그렇게 덧붙이는 것을 듣고 궁녀들은 헛소리처럼 "정말 죄송합니다" 하고 중얼거리며 서둘러 제자리에 무릎을 꿇고 몸을 웅크렸다. 조금이라도 산적들에게 얼굴을 보이지 않으려는 의도였다.

리리는 숨을 죽이고 상황을 지켜보았다.

'영림 님은 대체 뭘 하실 생각이지……? 분풀이로 저 궁녀들을 접대 담당으로 내놓으실 생각은 아니겠지?'

아니면 산적들에게 잔반죽을 먹여서 보복할 생각일까. 하지만 그런 짓을 했다가 맛이 없다고 산적들이 화를 낼 경우, 열 명이나 되는 그들을 쓰러뜨리는 일은 불가능하다.

영림이 무술에 제법 능하다는 사실은 알고 있지만, 지금 영림이 이 자리에서 갖고 있는 무기라고는 나무 숟가락 하나뿐이다.

'남자는…….'

동이나 다른 짐꾼들을 둘러보았으나 전투 훈련을 받은 적이 없는 그들은 산적들 앞에서 그저 가만히 움츠리고 있을 뿐이었다.

이 자리에 있는 환자나 고령의 남자들도 마찬가지다.

'어떻게 해야…….'

너무 무서워서 심장이 목구멍까지 솟아오를 것만 같았다.

아이들도 공포로 얼굴이 굳어서 죽 그릇과 숟가락을 방패처럼 든 채 솥에서 슬금슬금 물러날 뿐이었다.

"미안하지만 이건 이제 우리 전용 죽이야. 다 먹고 나면 너희도 실컷 귀여워해 주지."

솥 주위가 완전히 한산해지자 남자들이 히죽거리며 둘러쌌다.

"지금 퍼 드릴게요."

선두에 있던 영림은 나무 숟가락을 스윽 치켜들더니――어째서인지 재빨리 뒤로 물러섰다.

"어?"

――타앙!

깜짝 놀란 남자들은 본체만체하고 영림은 솥을 향해 무언가를 집어던졌다.

원거리에서 힘차게 투척된 단단한 나무 숟가락이었다.

――부글……!

진동을 일으킨 솥이 불온한 소리를 내더니 그 다음 순간, 단숨에 내용물을 뿜어냈다!

"꺄아아아악!"

궁녀들은 비명을 질렀지만 몸을 웅크린 채 고개를 숙이고 있던 궁녀들보다 가만히 서 있던 산적들의 피해가 훨씬 막심했다. 무려 죽이 어른 키 높이까지 솟구쳐 올랐으니 말이다.

끈끈하고 뜨거운 덩어리가 얼굴에 끼얹어진 남자들은 참지 못하고 제자리에 주저앉았다.

"앗, 뜨거어어어! 이, 이게 진짜……!"

그 틈을 노려 영림은 단도를 던져서 솥을 매달고 있던 밧줄을 끊었다.

그 순간 솥이 휘청거리며 기울더니 결국 열탕 같은 죽이 그들을 덮쳤다.

"으아아아악!"

"짐 나르는 여러분, 지금이에요!"

영림이 재빨리 외치며 스스로도 산적들 앞으로 뛰쳐나갔다.

우선 죽 세례를 받고 웅크린 두령을 발꿈치로 내리쳐서 한 명.

허리를 숙이며 불이 붙은 장작을 집어들어서 그것으로 적의 배를 노리고 휘둘러 또 한 명.

남자들 틈새를 빠져나가며 무기를 교묘하게 다루면서 싸우는 모습은 전투라기보다는 마치 춤을 추는 듯했다.

죽 때문에 화상을 입기도 했고, 또 두령이 제일 먼저 쓰러졌으므로 산적들은 통솔을 잃었다. 그런 그들이라면 진압하는 일 따위는 말 그대로 식은 죽 먹기라는 태도였다.

"다들 추녀님을 따르라!"

"예!"

다행히 정신을 차린 짐꾼들도 속속 가세했다.

눈 깜짝할 사이에 산적 열 명은 전부 밧줄에 꽁꽁 묶여버렸다.

"제, 젠장! 뭐야! 이런――."

"이 무례한 놈!"

두령은 묶인 순간 의식을 차렸는지 격렬하게 날뛰며 밧줄을 풀려 했으나, 그것을 본 안기가 덤벼들어 후려친 덕분에 아무 일 없이 지나갈 수 있었다.

두령이 정말로 기절하자 격렬했던 난전이 완전히 끝났고, 솥 주위는 고요한 침묵으로 가득했다.

"으, 으으……."

그 상황 앞에서 가청을 비롯한 궁녀들은 혼이 빠져서 아무 말도 하지 못했다. 귀한 집안 자녀들이니 산적이라는 인종 따위는 직접 눈으로 보는 것도 처음이며, 하물며 전투에 말려드는 일도 처음이었으리라.

"어, 어떻게 저렇게 끔찍한, 산적 놈들이 있을 수가……!"

엉덩방아를 찧은 채 신음하듯 외치고 있는데 얼굴로 그림자가 슥 내려앉았다.

고개를 드니 머리 위에 떡 버티고 선 사람은 주근깨가 인상적인 주가의 추녀였다.

"괜찮아? 어머나, 죽은 하나도 묻지 않았네. 정말 행운이야."

금세 째지는 소리로 비명을 질러댈 줄 알았던 여자는 태평한 얼굴로 뺨을 손으로 감싸며 이렇게 말했다.

"산적들에게 감사하는 게 좋을지도 몰라. 저들이 없었다면 펄펄 끓는 죽 세례를 받았을 사람은 너희였을 수도 있으니까."

"네?"

"죽은 말이지, 꾸준히 젓지 않으면 아주 작은 진동으로도 갑자기 뿜어져 나오는 일이 있거든. 이물질이 섞여 있다면 더더욱 그렇지. 죽에 기름기까지 추가했으니 더욱 고온으로 올라갔을 테고."

"……!"

이 추녀는 왜 '아무것도 하지 말고 솥 옆에 서 있으라'고 했을까.

이제 와서 주인의 진의를 이해한 가청 무리의 얼굴에서 핏기가 싹 가셨다.

주인은 방치된 솥이 끓어서 폭발하기 쉽다는 사실에 대해 알고 있었다.

그것을 전제로 가청 무리를 솥 가까이에 세워 둔 것이다.

"산적이 나타났고, 무엇보다 너희가 스스로의 소행을 반성하고 무릎을 꿇었기 때문에 얼굴에 죽 세례를 받지 않을 수 있었던 거야. 반성은 곧 자신의 몸을 구하는 길이지."

그 순간 엎드리지 않았다면 지금쯤 화상을 입고 고통스러워하는 것은 자신들이었으리라――.

갑자기 눈앞의 주인이 산적들보다 더 무서운 존재로 보였다. 가청 무리는 황급히 주인의 다리에 매달렸다.

"혜, 혜월 님. 저, 정말 죄송했습니다. 부디, 요, 용서해 주세요. 벼루를 던지셨던 일도, 정원에 무릎을 꿇리셨던 일도, 생각해 보면 전부 교육의 범위 내의 일이었어요! 제발, 용서해 주세요!"

"무슨 말이야?"

그러나 여자는 미소를 지은 채 조용히 고개를 갸웃했다.

"말했잖아? 너희가 원한을 품은 일에 대해 **내**가 벌을 내릴 수는 없다고."

"네……?"

말의 의도를 파악하지 못한 가청이 쉰 목소리로 대꾸했다.

그러자 뺨에 주근깨가 난 추녀는 옅은 미소를 띤 채 궁녀의 옆에 무릎을 꿇었다.

"짜증이 지나쳤던 건, 확실히 나(주혜월)의 허물이야. 그것을 원망하는 너를 내(황영림)가 야단칠 수는 없어. 하지만 말이지."

추녀는 하얀 손가락으로 궁녀의 헝클어진 머리카락을 귀에 걸어 주었다.

다정한 동작인데도 마치 눈앞에 악귀가 있는 것만 같아서 가청은 바들바들 떨었다.

"직무를 팽개치고 백성들의 귀중한 식량을 낭비한 죄는 갚아야만 해. 죽의 폭발은 너희가 솥을 방치하고 이물질을 투입하지 않았다면 일어나지 않았을 일이야. 너희에게 벌을 내린 건 너희 자신이라는 뜻이지."

'아니, 결정타로 숟가락을 던진 건 영림 님이잖아요!'

듣고 있던 리리는 조용히 그렇게 생각했으나 도저히 입을 열 분위기가 아니었다.

주인의 분노에 공포도 느껴졌지만――밭일을 사랑하는 추녀에게 식량을 못 쓰게 만든 것은 그야말로 역린을 건드린 일이었다――, 그 이상으로 쾌재를 부르고 싶은 충동이 느껴졌다.

당하고만 있다니 말도 안 된다.

황영림은 친구가 무시당한 일을 절대 용서하지 않으며, 또한 백성을 상처 입히는 행위를 좌시하지 않는 여자다.

"반대로 말하자면, 너희가 소행을 바르게 할 경우 너희는 벌이 아니라 상을 받을 수 있어."

영림은 기백에 완전히 짓눌려서 얼굴이 새파래진 채 이쪽을 올려다보는 가청의 뺨을 다정하게 쓰다듬어 주었다.

"내팽개쳤던 것 이상으로 직무에 헌신하면, 해를 입힌 것 이상으로 백성들을 아끼면, 너희는 보복이 아니라 보답을 받게 될 거야. 할 수 있겠어?"

"아……."

"할 수 있다고, 맹세하겠어?"

달콤한 목소리의 속삭임 앞에서 "예" 하고 고개를 끄덕이는 것 외에 무엇을 할 수 있을까.

가청은 주인이 내뿜는 박력에 완전히 삼켜져서 넋이 나간 듯이——또는 홀린 듯이 고개를 푹 수그렸다.

"맹세하겠습니다."

"후후, 정말 기쁘구나."

추녀는 오히려 천진난만해 보이기까지 하는 미소를 지으며 일어섰다.

"그럼 나머지 네 개의 솥에서 죽을 퍼서 백성들에게 나누어 줄래? 한 명은 줄을 세우고, 한 명은 숫자를 확인하고, 한 명은 그릇 회수를 맡아. 그리고 솥에는 남자와 짝을 지어 두 명씩 붙어서 죽을 퍼 줘. 먹을 수 없는 죽이 들어 있던 솥은 **공교롭게도** 텅 비어

버렸으니까 깨끗하게 씻어서 기름을 담아 주렴. 생선을 튀겨야 하니 말이야."

쉴 틈 없이 날아오는 지시에 가청은 눈을 희번덕거렸다.

"저, 그게……."

"할 수 있겠지?"

"아, 네! 분부대로 하겠습니다!"

그러나 다음 순간에는 힘차게 벌떡 일어섰다.

방금 전까지의 비뚤어진 태도는 다 어디로 갔는지, 엉덩이에 불이 붙은 듯 뛰쳐나가는 가청을 보고 한패였던 궁녀들 또한 그 뒤를 따랐다.

'좋아, 그 자세야.'

겨우 통솔이 된 현장을 바라보며 영림은 "목소리 한 번 내고 가자"라면서 팔을 걷어붙였다.

저녁 무렵이 되면 요명이 근처로 온다.

요명의 말을 타고 운제원에서 합류해 오늘 밤 바로 원래 몸으로 돌아간 뒤 내일 귀로에 오르지 않으면 진혼제에 맞출 수 없다.

죽 배급은 어느 정도 정리가 되었지만, 진정한 의미에서 열단봉에 도움의 손길을 내밀 경우 아직 할 일이 너무나도 많다.

소매를 끈으로 묶고 있는데 동이 다급히 달려왔다. 어지간히 마음이 급했는지 바닥에 떨어져 있던 숟가락을 밟기도 하고, 죽 그릇을 엎어 놓았던 밥상에 부딪히는 등 부산스러웠다.

동은 영림의 눈앞으로 다가와 고개를 깊이 숙였다.

"추녀님……! 정말 감사합니다. 감독을 맡겨 주셨는데 아무것도 하지 못해서 정말 면목이 없습니다."

아무래도 이 사태를 막지 못했던 일을 사과하려는 모양이었다.

"아뇨, 산적의 등장은 아무도 막지 못했을 일이니까요."

영림은 냉정하게 대답하며 한편으로 이렇게도 생각했다.

그렇다. 일개 마을 의사가 산적의 횡포를 막을 수는 없다.

하지만 키득키득 웃으며 솥에 잔반을 쏟아 넣는 궁녀라면 분명 막을 수 있었으리라.

'어쩌면 이 사람도 자죽례를 망쳐서 「주혜월」을 흔들어 놓으려고 한 걸까?'

몰래 상대를 탐색하고 있는데, 동은 그 시선을 어떻게 해석했는지 부끄러운 표정으로 자신의 오른다리를 눌렀다.

"실은 오래된 상처 때문에 장시간 추운 바깥에 있으면 다리의 움직임이 둔해져서 궁녀님의 폭주도 순간적으로 막지 못했습니다. 정말 죄송합니다."

자신의 말을 뒷받침하듯 추켜올린 바지 자락 속에는 확실히 발목에서 무릎에 걸친 흉터가 남아 있었다. 용케 이 상태로 보행기능은 유지되고 있구나, 하는 생각이 들 정도로 커다란 상처에 영림은 깜짝 놀랐다. 그리고 사정도 모른 채 사람을 의심한 자신이 부끄러워졌다.

"어머나, 그런 사정이 있는 줄도 모르고 감독을 맡기다니 나야말로 미안해요."

"아뇨, 제가 이 촌락의 고문이라 자칭했으니 당연한 일입니다. 부디 사과하지 말아 주십시오."

솔직하게 사과하자 동은 황송한 듯 양손을 내저었다.

"동 선생님, 죽 다 됐어. 빨리 줄을 서지 않으면 못 먹을 거야."

그때 등 뒤에서 리안이 말을 걸었다.

"그렇지 않아도 양이 반도 안 되는데."

덧붙인 말에서 가시가 느껴졌다.

잽싸게 발걸음을 돌린 리안을 지켜보다가 동이 얽드려 고개를 숙였다.

"죄송합니다. 낚시하는 법까지 가르쳐 주셨는데, 저렇게 무례한 말을……."

"아뇨, 괜찮아요. 쌀이 반밖에 없는 건 사실이니까요. 고개를 들어요."

영림이 말리자 동은 조심스럽게 고개를 들더니 리안의 뒷모습을 애처롭게 바라보았다.

"저 아이들은 이 지역에서 여러 번 수해를 겪었고, 그럴 때마다 주위에서 한 번도 도움을 받지 못했습니다. 달리 갈 곳도 없는 데다 어차피 상황은 달라지지 않으니……. 그래서 저렇게 '기대해버리지 않도록' 냉소적인 태도를 취하는 방법으로밖에 자신의 마음을 지킬 수가 없는 것이겠지요. 저런 아이들을 피해 지역에서 많이 보았습니다."

"'기대해버리지 않도록'."

영림은 의사답게 냉정한 묘사를 나직하게 되뇌었다.

거듭거듭 찾아오는 수해를 병으로 치환한다면 리안의 마음도 이해가 된다.

어차피 이 땅은 달라지지 않는다. 어차피 이 몸은 낫지 않는다.

수없는 무력감에 시달린 결과 리안은 희망을 버리고, 영림은 절망하는 마음 자체를 버렸다. 그렇게 하지 않으면 하루하루를 살아낼 수가 없었다.

"……하지만 그래도 기적이 일어날 수도 있잖아."

뇌리에서 선명하게 혜성이 되살아나서 영림은 무의식적으로 주먹을 꽉 쥐었다.

말을 제대로 듣지 못했는지 동이 "예?" 하고 몸을 내밀었기에 영림은 가벼운 미소로 얼버무렸다.

"아뇨, 동 선생님은 피해 지역에 대해 잘 아시네요."

"하하, 의사 수행의 일환으로 이곳저곳의 불운한 지역들을 훑어보았답니다. 그러다 이곳 사람들이 자꾸만 마음에 걸려 결국 머무르게 되었는데, 지금은 완전히 촌장이 된 기분이네요."

"그랬군요."

영림은 맞장구를 치는 동시에 재빨리 머리를 굴렸다.

지금부터 꺼낼 말은 아직 그 누구의 허가도 받지 않은 일이다. 하지만 이야기를 관철시킬 자신은 있다.

'추녀로서, 그리고 기적을 일으켜 주셨던 혜월 님의 친구로서 부끄럽지 않은 인간이 되어야 해.'

끓어오르는 사명감에 몸을 맡긴 채 영림은 물었다.

"실은 나도 이 땅에 사는 사람들이 자꾸만 마음에 걸려요. 오늘 도착하지 못한 '지원 물자'를 가져오기 위해, 내일도 열단봉을 찾아와도 될까요? 단, 그때는 다른 추녀를 데려올 수도 있어요."

엄밀히 말하면 '다른 추녀도 데려온다'가 아니라 '다른 추녀가 찾아온다'지만.

그렇다. 영림은 원래 몸으로 돌아간 후 황가의 추녀로서 이 지역 지원을 하루 더 이어갈 생각이었다. 진혼제 날짜를 맞추지 못할 수도 있지만 원래 몸으로 돌아간다는 문제만 해결되면, 그 후로는 황영림의 평판이 떨어지든 말든 상관없는 일이었다.

"뭐라고요?"

동은 눈을 휘둥그렇게 떴다가 한 박자 늦게 찾아온 감격을 감출 수가 없는지 만면에 미소를 지었다.

"정말 감사한 말씀입니다. 사양해야 할 상황이겠지만, 도저히 거절할 수 있는 이야기가 아니군요. 부디 와 주십시오."

동의 미소는 소탈했고, 그 회색이 도는 다정한 눈동자를 보고 있으면 마치 친족을 앞에 둔 듯한 친근함이 느껴졌다. 왠지 모르게 생김새도 낯이 익다고 느껴질 정도였다.

영림은 '환영해 주셔서 다행이네요'라고 말하려 했으나,

"그때는 부디 방금 전의 오라버니 분도 함께 와 주십시오."

동이 그렇게 덧붙이는 것을 듣고 문득 입을 다물었다.

방금 전의 오라버니 분.

한순간 경행을 가리키는 말로 받아들일 뻔했으나, '주혜월'과 황경행은 완전한 타인이다.

"오라버니라뇨?"

"예?"

영림이 신중하게 묻자 동은 살짝 눈을 크게 뜨더니 머쓱한 듯

덧붙였다.

"죄송합니다. 아니었군요. 호위 분과 마치 남매처럼 친근한 사이로 보였기에 그만……."

"그건──."

단순한 오해일까, 아니면 일부러 동요시키려는 의도일까.

영림이 진의를 물으려던 그때, 등 뒤에서 낮은 남자 목소리가 울려 퍼졌다.

"'주혜월' 님."

호랑이도 제 말하면 온다고, 낚시터에서 돌아온 황경행이었다.

경행의 등 뒤로는 생선을 잔뜩 낚아서 들뜬 남자들이 따라왔지만, 그와는 반대로 경행의 표정은 어두웠다.

"이쪽으로."

영림은 산적 상대로 난투극을 벌인 일 때문에 경행이 깜짝 놀란 줄 알았으나, 경행이 묶여 있는 남자들을 흘끗 쳐다보고는 금세 시선을 돌리는 모습을 보니 그게 아닌 모양이었다.

경행은 영림을 인파 속에서 끌어내 외딴 곳으로 데려가서는 목소리를 낮추고 속삭였다.

"큰일 났어. 지금 왕도에 남겨 두었던 비둘기가 날아왔는데, 아무래도 황제 폐하께서 비밀리에 황성을 빠져나와 북서쪽으로 향하고 계신다고 한다. 흔적을 교묘하게 위장하고 있지만, 이미 그저께 마차로 왕도를 출발하셨다더군."

"……!"

예상치 못했던 사태에 영림은 무심코 숨을 들이켰다.

"폐하께서? 본제를 코앞에 두고 정무도 집어던지신 채 왕도를 벗어났다고요?"

"그래. 방향으로 미루어볼 때 틀림없이 너희 건과 연동된 움직임이다."

"그럼 열단봉을 찾아와 직접 '주혜월'을 흔드시려는 걸까요?"

결국 은밀부대에게도 맡기지 않고 스스로 '주혜월'이 도술사인지 확인하려는 걸까.

아니면 보는 눈이 적은 변경 지역이라면 사고사로 위장하여 암살할 수도 있다고 생각했을까. 또는 양쪽 모두일까.

영림이 입술에 손을 대고 생각에 잠겨 있는데 경행이 더욱 충격적인 정보를 꺼냈다.

"아니. 그 뒤 비둘기의 흔적을 더듬었더니, 폐하가 향하시는 곳은 열단봉이 아니라 운제원이었어."

심장이 불길한 소리를 내며 철렁 내려앉았다.

황제가 '주혜월'이 있는 이곳 열단봉이 아니라 '황영림'이 있는 숙영지로 향했단 말인가.

'설마 폐하는 이미 몸이 바뀌었다고 의심하고서……?'

그렇지 않고서야 본래 도술사라는 소문이 있는 '주혜월'을 제쳐두고 '황영림'을 찾아갈 리가 만무하다. 그리고 만일 현요가 그저께 이미 마차로 왕도를 출발했다면 이틀 반 걸려서 오늘 저녁 무렵에는 운제원에 도착할 것이다.

'후궁 바깥까지는 황후 폐하의 비호가 미치지 못해. 작은 오라버니나 취관장님이 옆에 계신다 해도, 폐하가 강제로 심문을 명령하면 거역할 수 없어. 유일하게 폐하를 막을 수 있는 사람이 있다면 전하야. 전하께서 한시라도 빨리 달려와 주시지 않으면.'

혜월이 위험하다.

강렬한 초조감을 느낀 영림은 금방이라도 달려가 도와야만 한다는 생각으로 머릿속이 가득해졌다.

"전하께 더욱 서둘러 열단봉으로 와 달라고 부탁드려야겠다. 너는 전하께서 데리러 와 주시는 대로 곧장 합류하면 돼."

"아뇨."

오라비가 그렇게 제안했지만 영림은 재빠르게 가로막았다.

"열단봉을 들렀다 갈 경우 너무 늦어질지도 몰라요. 전하께 저를 데리러 오시지 말고 바로 운제원으로 향하시라고 비둘기를 통해 전해 주세요."

"그건 상관없지만…… 그럼 너는 어떻게 할 생각이지? 마차나 가마로는 여기서 운제원까지 꼬박 하루가 걸려. 주술을 푸는 데 너무 늦지 않겠어?"

"탈것이 지나갈 수 있는 길을 고르려니까 시간이 걸리는 거예요. 지금 당장 단신으로 절벽을 넘어가면 오늘 밤에는 운제원에 도착할 수 있어요."

별것도 아니라는 듯 내뱉는 영림을 보고 어지간한 경행도 넋이 나간 모양이었다.

"잠깐, 잠깐. 그건 나 같은 놈이나 제안하는 방법이야. 내 입에서 지적하는 말이 나와야겠어?"

반대로 말하면, 경행의 감각으로는 '못 할 것도 없는' 방법이라는 뜻이다.

그래도 여동생 바보인 황가의 장남은 고민스러운 듯 목덜미를 긁적였다.

“나도 함께 내려가면 좋을 텐데……. 하지만 영림, 산적까지 출몰한 이 상황에서 나와 너, 고위의 인간 단둘이 지금 당장 자리를 비울 수는 없어. 그러다 평판이 추락하는 건 『주혜월』이니까.”

“물론 알고 있어요. 그러니 큰 오라버니께서는 이곳에 남아 주시고, 저 혼자 산을 내려가겠다고 말씀드리는 거예요.”

“하지만 그렇게 한다 한들 전하가 운제원이 도착하는 게 몇 각 빨라질 뿐이잖아? 그렇다면 전하를 기다렸다가 말을 타고 열단봉을 떠나는 편이 낫지 않겠어?”

“그 몇 각 차이에 목숨이 달려 있을지도 몰라요.”

“하지만 말이다. 기껏해야 추녀일 뿐인 네가 달려가 봤자 폐하를 막을 힘이 있을 리가――.”

“그래도!”

영림은 반사적으로 오라비의 말을 가로막았다가 그런 스스로에게 놀랐다.

성급한 혜월의 몸에 들어 있기 때문일까. 생각보다 먼저 말이 튀어나간다.

“물론 저는 대국을 바꿀 힘 따윈 없어요.”

침착함을 되찾은 영림이 차분한 목소리로 말했다.

여자는 무력하고 추녀는 장식일 뿐이다.

그렇지만 그런 현실은 이미 여러 번 경험했고 받아들였다.

그러나 지금 바로 이 순간, 그럼에도 불구하고 저항하지 않고는 견딜 수가 없다고 본능이 외치고 있었다.

"하지만 소중한 분이 위기에 처했는데, 손가락만 빨면서 지켜보는 건 황가의 피가 용납하지 않아요."

단호히 잘라 말하자 경행은 생각에 잠긴 표정을 지었다.

양보할 기미를 보이는 오라비에게 영림은 "괜찮아요" 하고 자신 있게 말했다.

"여기까지 오는 길은 전부 머릿속에 들어 있고, 방향감각도 있는 편이에요. 호신술도 오라버니들께 배웠고요. 다행히 이 건강한 몸이 있으면 장시간 절벽을 내려갈 수도 있을 거예요."

"자죽레 현장은 어떻게 하고?"

"내일 다시 방문할게요. 게다가 궁녀들도 장악해 놓았으니까 그들이 문제없이 죽 배급을 마쳐 주겠죠. 저는 지쳐서 기절하여, 가마에 틀어박혀 있는 것으로 해 주세요. 감시 담당으로는 리리를 붙여 주시고요. 저녁때까지 쉰 후 출발하는 척하는 걸로요. 실제로는 저만 지금 당장 운제원으로 향하겠어요."

시원시원하게 단계를 밟아 나간다.

은밀부대가 이 자리에 숨어들어 있을 가능성이 높다. 그렇다면 '황영림'에게 달려가겠다며 소동을 피웠다가는 의심을 살 것이다.

어디까지나 영림은 혼자서 운제원으로 갈 생각이었다.

"아참, 그렇죠. 중요한 부탁이 하나 있어요. 전하께는 어디까지나 『자죽레로 애를 먹는 바람에 합류가 늦어질 것 같으니, 먼저 운제원으로 가 주세요』라고 전달해 주세요."

"하지만 영림."

"궁지에 몰려 있을 혜월 님에게 억지 은혜를 베풀고 싶지는 않아요."

아무튼 지금 필요한 것은 황제를 제지할 수 있는 요명을 한시라도 빨리 운제원으로 보내는 일이다.

그리고 궁지에 몰려 있을 혜월에게 이 이상 자극을 주지 않는 일.

'혜월 님, 괜찮아요. 반드시 지금 당장 달려가 도와 드리겠어요.'

영림은 친구를 생각하며 굳은 결심을 가슴에 품고 오라비를 설득했다.

# 4. 혜월, 분투하다

"휴, 피곤해."

운제원 한구석, 황가 추녀에게 주어진 방.

천녀처럼 아름다운 황영림——의 몸속에 들어 있는 혜월은 석양이 비쳐드는 방에 도착하자마자 침대에 털썩 드러누웠다.

오늘은 아침부터 숙영지에 가까운 피해 지역 '단앙(丹央)'을 찾아가 저녁 무렵까지 계속 죽을 나누어 주었던 것이다.

자애로운 '황영림'의 평판을 더럽히지 않으려 줄곧 우아한 미소를 짓고 있었고, 눈물을 글썽이며 감사하는 백성들에게 일일이 고개를 끄덕여 주기는 했으나 춥고 배고프고 좋은 일이라고는 하나도 없었다.

애초에 시골에서 가난한 삶을 산 경험이 있는 혜월 입장에서 볼 때, 정중하게 죽 한 그릇씩 나누어 주고 그것을 자비로 받아들이라는 건 왕도의 자기만족에 불과하다. 추녀가 직접 한 그릇 한 그릇 퍼 주지 않아도 되니까, 이동과 숙박에 든 예산만큼의 쌀을 더 보내 주는 게 낫다는 생각이 들 정도였다.

"사교적인 미소도, 얌전한 목소리도 이제 다 팔렸어. 아아, 솔직히 지금 당장 화장을 지우고 내일 낮까지 자고 싶다."

"안타깝게도 지금부터 넓은 방에 모여 저녁 식사, 심야에는 전하와 영림 님을 맞이해 주술 해제, 그리고 내일은 왕도를 향해 출발할 예정입니다.”

베개에 얼굴을 마구 문질러대는 혜월에게서 손길만큼은 상냥하게 비녀를 뽑아 주며, 동설이 눈살을 찌푸리고 말했다.

“누워 있을 시간이 없습니다. 준비하십시오.”

“시끄러워. 솥 옆에 계속 서 있느라 피곤하단 말이야.”

“하기야 그렇게 긴 시간 동안 추녀가 백성 옆에 계속 서 있으리라고는 생각하지 못했습니다만.”

낮은 목소리로 들려온 말에 혜월은 ‘또 예의를 모른다고 야단치려나’ 하는 마음에 반사적으로 미간을 좁혔으나, 혜월이 분노를 이기지 못하고 베개를 내리치기보다 먼저 필두 궁녀는 이렇게 말을 이었다.

“백성들도 느꼈겠지요. 추녀가 곁에 있어 주었다는 것을.”

망설임 없는 칭찬에 혜월은 저도 모르게 고개를 홱 들었다.

그러고는 결국 다시 베개에 얼굴을 묻었다.

이 궁녀는 평소 입에 발린 말 한 마디 없이 늘 비판만 해 댄다.

그런가 하면 칭찬할 때도 마찬가지로 빈말이라고는 내뱉지 않는 데다 심지어 허를 찌르니, 도대체 어떤 표정을 지어야 할지 모르겠다.

“베개에 얼굴을 문지르지 마십시오. 연지가 묻습니다.”

“시끄러워.”

한심하게 자꾸 웃음이 나는 얼굴을 보여주기 싫단 말이다.

연지는 이미 베개에 다 묻어 지워졌을 텐데도 혜월의 뺨은 여전히 발그레했다.

그것을 알아차린 동설은 살짝 한쪽 눈썹만 치켜올린 뒤 세탁하는 수고를 기꺼이 받아들이기로 하고, 대신 악보와 화장 도구를 탁자 위에 늘어놓았다.

"자, 준비하십시오. 그렇게 흐트러진 얼굴로는 서둘러 달려와 주실 전하의 안전에 내놓을 수 없습니다."

"어차피 전하는 목 위로 달린 이 예쁜 얼굴만 있으면 볼연지를 발랐든 안 발랐든 신경 안 쓰실 거잖아."

동설이 잔소리를 하자 혜월은 흥 하고 코웃음을 치며 그것을 받아쳤다.

"큰일 났어!"

그때 문이 우당탕 열리며 늘씬한 청년이 방 안으로 뛰어들었다.

무관답게 애검을 늘 허리에 차고 있는 황가의 차남인 황경창이었다.

드물게도 입실 허가 없이 뛰어든 경창을 보고 혜월은 침대에서 펄쩍 뛰었다.

이 얄미운 남자 앞에서 화장이 다 지워진 처참한 꼴을 보일 수는 없었다.

"무, 무슨 일인데——."

"이곳에 이제 곧 황제 폐하가 오실 거야."

얼굴을 감추듯 다급히 손거울을 집어든 혜월이었으나, 상대가 내뱉은 한 마디에 저도 모르게 움직임이 멈추었다.

잘 보니 경창은 손에 작은 종이 조각 하나를 움켜쥐고 있었다.

"뭐라고?"

"초라한 차림으로 변장하고 몰래 이동하고 계신다고 해. 자우전에 틀어박혀 있었고, 대역까지 세워 놓는 바람에 부하들도 알아차리는 게 늦었어."

"말도 안 돼. 진혼제까지 이제 나흘 남았는데? 본제를 코앞에 두고 황제 폐하께서 의식을 내팽개치고 이런 궁벽한 지역을 방문하신단 말이야?"

"본래 변경 지역의 전장이나 피해 지역 시찰을 즐겨 하시는 분이기는 했는데……."

경창은 신중하게 대답했지만, 의식을 내팽개치고 피해 지역 시찰을 나서는 일을 '시찰을 즐겨 한다'는 말로 납득할 수 있을 리가 없다. 현요는 도술 사건을 파헤치러 오는 게 분명했다.

"목적지가 열단봉이 아니라 여기란 말이지?"

"응. '주혜월'이 아니라 다른 추녀――아마 '황영림'을 의심하고 있는 모양이야. 어쩌면 이미 몸이 바뀌었을 가능성도 의심하고 있는지도 몰라."

"그럴 수가."

숨을 헉 들이켰다.

"그럼 나는 병이 나서 누워 있는 걸로……."

"안 돼. 병문안을 왔다는 핑계로 1대 1로 마주하게 되면 어쩔 거야? 그나마 다른 추녀들과 함께 있는 게 더 안전해. 이제 곧 저녁 식사 시간인데 그때 폐하도 참석하실 거야. 오히려 너도 나오는 편이 나아."

반사적으로 사고가 회피 쪽을 향했으나 경창이 바로 반대했다.

하기야 혼자서 황대와 대치한다니 상상조차 하기 싫은 일이다.

"아, 알았어."

"괜찮아. 지금까지 용의자인 추녀를 바로 끌어내서 고문하지 않은 이상, 폐하께도 무슨 생각이 있어서 신중하게 움직이고 계실 거야. 의심만 풀리면 손을 대시진 않겠지. 취관장도 우리 편이고, 이제 곧 전하께서도 달려와 주실 거야."

신음하듯 고개를 끄덕이는 혜월을 달래려는지 경창이 정면에서 어깨를 두드렸다.

경창은 평소와 다르게 심각한 눈빛으로 혜월의 눈동자를 들여다보았다.

"절대로 도술을 써서는 안 돼. 그리고 끝까지 '황영림'을 연기해. 반드시 무사히 빠져나갈 수 있도록 도와줄 테니까."

운제원 안의 넓은 방에 차려진 연회석은 갑작스럽게 마련된 것에 비하면 거창하고 요란했다.

제단 바로 앞에 있는 상좌에는 황제를 위한 의자와 탁자가 놓였고, 보랏빛 천과 오색 끈으로 장식했다.

또한 황제가 내려다보기 편하도록 양쪽 벽 앞에 추녀의 탁자를 두 개씩 마주보는 형태로 배치했다.

상좌에 가장 가까운 오른쪽 상석에는 황제와 같은 현가의 핏줄이자 최연장자인 현가취를.

그 맞은편, 황제가 볼 때 왼쪽 상석에는 그 다음으로 연장자인 금청가를.

최연소인 '황영림'과 남방춘은 입구에 가까운 하석에 각각 배치하고, 열단봉에 있는 '주혜월'의 자리는 이곳에서는 생략했다.

연공서열을 의식한 배치로 보이지만 동시에 이것은 '황영림'의 몸에 들어 있는 혜월이 조금이라도 황제에게서 거리를 둘 수 있게끔 해 준 추녀들의 계략이었다.

입구에 가장 가까운 자리가 주어진 혜월은 최대한 청가의 그늘에 숨을 수 있도록 위치를 조정했다.

"다들 편하게 있거라."

현재 황제 현요는 제단에 향 바치기를 끝냈다.

황제가 착석하자 추녀들은 겹쳐서 이마 가까이로 들어올렸던 두 손을 느릿느릿 내렸다.

"착석과 직언을 허락한다. 추녀들의 저녁 식사 자리를 방해한 것은 오히려 나이니, 모두 자유롭게 식사를 즐기도록. 자죽례도 고생이 많았다. 치하하는 의미에서 술을 가져왔으니 마시며 몸을 덥히도록 하라."

현요는 너그럽게 말했으나 이 상황에서 정직하게 "어머나, 맛있어라" 하고 술맛을 즐기는 자가 있을 리가 없었다.

김이 피어오르는 데운 술과 탕에 손을 대면서도 하나같이 황제가 방문한 진의를 알 수 없어 자세가 굳어 있었다.

생각해 보면 추궁에 들어온 후 수렴을 드리우지 않고 황제와 직접 대화를 한 경험은 한 손에 꼽을 수 있을 정도다.

직언을 허락받고, 심지어 한 식탁에 둘러앉다니 천지개벽이라 불러도 좋을 상황이었다.

팽팽해진 분위기를 느낀 추녀들은 누가 제일 먼저 입을 열 것인가를 둘러싸고 시선으로 공방을 주고받았다.

"외람되오나."

결국 최연장자이자 같은 가문 출신인 가취가 신중하게 말을 꺼냈다.

"폐하께서는 어찌하여 이런 자리에 왕림하셨는지요. 혹시 저희의 자죽례에 부족한 점이 있어서 꾸중하러 오신 것이 아닌가 싶어, 추녀 일동 두려움을 감추지 못하고 있사옵니다."

예의를 갖추어 스스로를 낮추면서도 직설적으로 진의를 묻는 가취의 모습에 추녀들은 모두 남몰래 안도의 한숨을 내쉬었다.

황제는 잔을 들더니 차분한 미소를 지었다.

"부족한 점이 있겠느냐. 그대들이 백성을 위해 온 마음을 다했다는 사실은 잘 알고 있다. 올해는 25년만의 극음일이니, 나 스스로가 피해 지역을 찾아오면 음의 기운을 더욱 쫓아내기 쉬울 것이라 생각했을 뿐이니라."

하지만 그렇다면 왜 황제가 시찰 나온다는 소식을 전하지 않고 마치 급습하듯 운제원을 방문했을까.

추녀들의 의문을 느꼈는지 황제는 "뭐, 그건 그렇군" 하고 술잔을 기울이며 말을 이었다.

"추녀들의 상태를 주시하고 있는 것은 사실이다. 여기서만 하는 이야기지만, 옛날부터 외유 등의 용건으로 후궁을 벗어난 순간 각 가문의 추녀들이 서로 발목을 잡고 끌어내리려는 싸움이 격화되는 것은 거의 기정사실이나 다름없으니."

후궁의 어두운 부분을 황제가 가벼운 말투로 언급하자 추녀들의 얼굴이 굳었다.

현요의 말에 따르면 다른 가문 추녀의 명예를 더럽히기 위해 괴한을 고용하여 자죽례 자리를 방해하거나, 일부러 짐을 망가뜨리거나, 반대로 그런 피해를 날조하여 다른 가문을 고발하는 등 추한 공작이 끊이지 않았다고 한다.

"적어도 현 비들의 시대까지는 그런 일이 있었던 것 같다. 그대들은 황영림을 본받아 질서를 유지하고 있는 모양이지만――아무래도 최근 추궁 내에서 추녀들끼리 말다툼이 잦다고 들었다. 그래서 도대체 무슨 이야기를 나누고 있었는지 궁금해서 말이지."

황제는 몸이 바뀐 이후 혜월의 영혼이 들어 있는 '황영림'과 청가를 비롯한 추녀들이 툭하면 언쟁을 벌이는 모습을 빈틈없이 파악하고 있는 모양이었다.

침묵을 지키고 있던 혜월은 식은땀을 줄줄 흘렸다.

'혹시 대화도 다 들은……. 아니, 괜찮아. 목소리만은 절대 새어나가지 않도록 조심했으니까. 게다가 화를 좀 자주 내게 되었다고, 그게 몸이 바뀌었다는 결정적인 증거가 되진 않아."

아아, 하지만 표정이나 동작까지 관찰당하고 있었다는 사실을 조금 더 경계했어야 했다.

아무리 누가 엿들을 걱정이 없는 곳이라 해도 청가에게 삿대질을 해서는 안 되었으며 방춘을 노려보아서도 안 되었다.

그 누구와도 양호한 관계를 쌓아 온 '황영림'이 갑자기 다른 가문의 추녀에게 시비를 건다면 당연히 의심받을 수밖에 없으리라.

“외, 외람되오나 한 말씀 드리겠습니다. 영림 언니께서 제가 너무나 세상 물정에 어두운 것을 걱정하셔서, 때때로 지도를 해 주셨을 뿐입니다. 저는 진심으로 영림 언니를 존경하며 따르고 있습니다…….”

그때 겁에 질려 어쩔 줄 몰라 하는 척하며 맞은편 자리의 방춘이 도움의 손길을 내밀었다.

아무래도 관계는 변함없이 양호하다는 사실을 강조해 주려는 모양이었다.

그러나,

“영림 언니 또한 저를 친동생처럼 생각하신다고 늘 말씀하세요.”

방춘이 ‘그렇죠?’ 하고 묻듯 고개를 살짝 갸웃하는 모습을 보고 혜월은 저도 모르게 소름이 쭉 끼치는 것을 느꼈다.

‘이렇게 뱃속 시커먼 동생 따윈 사양이야!’

황영림에게 그렇게 미움을 받으면서 용케 그렇게까지 뻔뻔하게 선언을 하네, 싶을 정도였다.

‘그나저나 저 다람쥐 나부랭이, 어쩜 폐하 안전에서 저렇게 당당하게 연기를 잘 하지? 얼마나 배짱이 두둑한 거야?’

오히려 감탄이 나올 정도였으나, 하기야 이 정도로 죄책감 없이 행동할 수 있다면 훨씬 자연스러워 보일 터였다.

“그렇지요.”

혜월은 쉰 목소리가 나오려는 것을 간신히 참고 엷은 미소를 지었다.

이 상황에서 멧돼지의 영혼을 지닌 황영림이었다면 데운 술을 끼얹어서라도 방춘을 처치했겠지만, 주혜월은 그런 실수를 범하지 않는다. 누구와 다르게 양식을 갖추고 있으니 말이다.

"방춘 님을, 늘 사랑스럽게 여기고 있답니다."

"어머나! 그렇다면 지난번 초대에 응하여, 다음 달에 정말로 황기궁에 묵으러 가도 되겠지요?"

방춘은 얼굴을 환하게 빛내더니 수줍어하며 더욱 과감한 발언을 내뱉었다.

숙박 초대라니, 황영림이 이 여자에게 그런 것을 했을 리 없다.

만일 방춘이 숙박 채비를 갖춰 황기궁에 오려 할 경우 빛의 속도로 문을 닫고, 미소를 지으며 걸어잠가 버릴 것이다.

"물론이죠."

'알아 줘, 황영림. 이럴 수밖에 없었다는 걸.'

혜월은 내심 영림에게 변명하면서 미소를 무너뜨리지 않고 대답했다.

정말이지 남방춘이란 인간은 타인을 궁지에서 구해 주는 척하면서 빈틈없이 자신의 요구사항을 관철시키는 책사다.

"외람되오나 저 역시 폐하의 질문에 답하고자 합니다."

그때 청가가 차분한 목소리로 끼어들었다.

청가는 우아하게 술잔을 내려놓으며 아무 일 없었다는 듯 설명했다.

"운작(雲雀)이 끊임없는 울음소리로 서로 다투면서 그 음색을 갈고 닦는 법이지요. 저희는 미숙한 병아리이지만 끊임없이 의견을 교환하며 다툼으로써 서로를 끌어올리고 있습니다. 즉, 이것은 험악한 언쟁이 아니라 건전한 논쟁이었던 것입니다."

그럴싸하게 들리기는 하지만 결국 자기연마를 핑계로 상황을 얼버무려 주려는 모양이었다.

혜월도 이번에는 망설임 없이 "그렇습니다" 하고 동의했다.

"호오. 그렇다면 대체 무엇에 대해 그렇게 의견을 나누었는고?"

"그것은——."

"노래이옵니다. 선율을 중시하는 청가 님과 가사를 중시하는 영림 님이 어느 쪽에 더 무게를 두고 연습해야 보다 훌륭한 봉가를 바칠 수 있을지에 대해 논쟁하셨습니다."

혜월이 말을 잇지 못하자 다음으로 가취가 도움의 손길을 내밀어 주었다.

그것은 이 진혼제 기간에 딱 맞는 변명이었기에 혜월은 무심코 박수를 칠 뻔했다.

동시에 안도로 가슴을 쓸어내리고 싶어졌다.

'다행이다.'

경창의 말이 옳았다.

혼자가 아니라 다행이다. 뜻밖에도 다른 가문의 추녀들이 이렇게까지 도와주고 있다.

자신은 고립무원의 처지가 아니었다.

슬며시 고개를 들자 취관장이나 다른 무관들과 함께 벽 앞에서 대기하고 있던 경창이 자연스럽게 시선을 보냈다.

용기를 얻은 기분에 혜월은 자신 앞에 놓여 있던 술을 한 모금

마셨다.
그제야 맛을 좀 알 것 같았다.
"봉가라 하니."
그러나 그때 또다시 현요가 파문을 던졌다.
"꽤나 연습에 힘을 기울이는 모양이더군. 어디, 여흥을 겸해 이 자리에서 한 번 들려주겠느냐."
놀랍게도 지금 당장 노래하라는 말이었다.
"기왕이면 한 명 한 명 각자의 노래를 들어 보고 싶구나."
심지어 제창이 아니라 한 명씩 부르라고 한다.
'이러면 「황영림」이 노래를 못 한다는 사실을 들키고 말 거야!'
혜월의 표정이 굳었다.
역시 현요는 이 자리에 있는 '황영림'이 진짜인지 아닌지 의심하고 있는 모양이었다.
'황후 폐하의 조카인 황영림은 어린 시절부터 후궁을 드나들며 노래와 춤을 선보였어. 당연히 폐하도 그 실력을 알고 계시겠지. 그 말은 곧…….'
여기서 영림 본인만큼의 노래 실력을 보여주지 못하면 몸이 바뀌었다는 사실의 증명이 되고 만다.
"그건……."
"사양하지 않아도 좋다. 그래, 첫 번째로 황영림, 그대에게 부탁할까? 노래가 특기인 그대라면 분명 황폐한 땅을 위로해 줄 멋진 진혼가를 선사해 주겠지."
저도 모르게 중얼거리자 현요가 옅은 미소를 띠고 계속 몰아붙였다.
"황송하오나 아직 음의 기운이 높아지지 않아, 봉가를 올리기에 최적의 시기가 아닙니다. 연회석에서의 여흥을 원하신다면, 외람되오나 제가 춤을——."
"나는 황영림에게 부탁했다."
보다 못한 가취가 몸을 내밀었으나 현요는 담담한 말투로 거부했다.
"자아, 황영림. 노래하거라. 그대라면 설령 음의 기운이 높아지지 않았다 하여도 멋진 진혼가를 선보일 수 있겠지. 궁녀와 무관들은 추녀의 진혼가가 기적을 일으킬지 어떨지, 밖에 나가 확인하도록."
"……."
마지막 희망이었던 동설과 경창까지 내쫓기는 바람에 혜월은 숨을 들이켰다.
황제의 명을 거역하는 것은 묘안이 아니다. 그렇다고 이대로 노래를 시작할 경우, 내용물이 '황영림'이 아니라는 사실을 너무나 쉽게 들키고 만다.
현요는 그 순간부터 혜월을 고문할 생각인지도 모른다.
그런 사태가 찾아올 경우, 혜월은 도저히 비밀을 지킬 자신이 없었다.
'어떻게, 하지?'
다른 가문의 궁녀와 무관들이 차례차례 연회장을 나갔다. 동설과 경창은 반역죄를 무릅쓸 각오를 하고서 그 자리에 머무르려 했

지만,

“왜 그러시나요, ‘영림’ 님?”

그들이 입을 열기도 전에 옆자리에 있던 청가가 벌떡 일어섰다.

“저희도 빨리 당신의 아름다운 노래를 듣고 싶지만…… 세상에, 안색이 좋지 않으신 것 같네요.”

청가는 걱정스러운 듯 혜월의 얼굴을 들여다보더니 마치 그때 처음 깨달았다는 듯 눈을 깜박였다.

이어서 누가 봐도 동경하는 ‘황영림’을 향하는 다정한 미소를 지으며 혜월의 손에 잔을 쥐여 주었다.

“혹시 추워서 몸이 좋지 않으신가요? 그렇다면 폐하께서 자상하게도 내려 주신 이 술로 몸을 덥혀야겠네요. 그러고 나서 평소와 같은 노랫소리를 들려주시어요.”

청가가 조용한 소리를 내며 목이 긴 술병을 쪼르륵 기울였다.

가득 채운 잔 위를 자신의 손으로 덮으며 청가는 이렇게 말했다.

“자, 단숨에.”

눈꼬리가 긴 눈동자가 자신을 똑바로 바라보자 혜월은 당황했다.

지금까지의 관계, 그리고 청가의 성격으로 미루어볼 때 이 상황은 확실히 실패하리라는 사실을 알고 있는 혜월에게 일부러 술을 먹여서 강제로 기예를 선보이게 만들려는 의도가 분명했다.

하지만――.

‘어쩌면 자리의 흐름을 바꾸어 주려 하는 걸까?’

청가가 눈빛으로 한 번 더 ‘빨리’ 하고 재촉하자 혜월은 각오를 굳히고 흐름에 몸을 맡기기로 했다.

"그렇게 하겠어요."

작은 소리로 중얼거리고 단숨에 술잔을 비웠다.

그 순간 벌어진 일이었다.

"윽……!"

마치 목구멍이 불타는 것만 같아서 혜월은 있는 힘껏 술을 뿜어내고 말았다.

"크, ……커헉! 으윽……."

헉, 하고 숨을 들이켠 순간 침이 기도로 들어가는 바람에 더욱 숨 쉬기가 괴로워졌다.

몸을 반으로 꺾고 호흡도 어려울 정도로 기침을 해 대자 청가가 "어머나!" 하고 비명을 질렀다.

"정말 죄송해요! 제가 그만 술과 착각해서 날초(辣酢)를!"

날초란 이름 그대로 생고추를 식초에 절여 만든 조미료다.

볶음요리 등을 할 때 소량 넣으면 맛이 좋지만, 이 양을 단숨에 들이켰을 경우 독을 마신 것이나 마찬가지다.

강렬한 식초와 고추의 자극에 노출된 혜월은 목이 타들어가는 것이 아닌가 싶을 정도의 감각마저 느꼈다.

"콜록콜록! 으…… 흐윽……."

계속해서 침이 샘솟고, 격렬한 통증에 말조차 제대로 할 수가 없었다.

"아아, 제가 무슨 짓을 한 걸까요. '영림' 님, 정말로 죄송해요."

청가는 얼굴이 새파래진 채 혜월의 등을 쓸어내리다, 황제 쪽을 돌아보고는 재빨리 부복했다.

"외람되오나 아뢰옵니다. 지금의 '영림' 님은 도저히 노래를 부르실 수 없는 상태입니다. 이 책임은 제가 달게 받겠습니다. 영림 님의 몫까지, 제가 하루 밤낮으로 계속해서 노래하도록 하겠습니다."

아무래도 혜월이 노래를 부르지 못하게끔 해 준 모양이었다.

'고맙긴 하지만 진짜로 목을 망가뜨릴 필요가 있었어?! 이 병약한 몸으로는 최악의 경우 죽을 수도 있다고!'

방금 전 청가는 식초 냄새를 들키지 않으려 손으로 잔을 덮기까지 했다.

아니, 고추가 들어 있는 식초라니, 농작물에 뿌리는 살충제――황영림이 애용하기 때문에 알고 있었다――와 실질적으로 성분이 같잖아!

"……그렇다면 되었다."

다행히 흥을 잃은 듯한 현요가 싸늘하게 고개를 끄덕였다.

"벌 대신 진혼가를 부르게 해 보았자 위로가 되지는 않을 터. 목을 다친 황영림과 금청가는 되었고, 남은 두 추녀가 제창하라."

"아, 알겠습니다."

갑자기 지명된 방춘과 가취는 황급히 황제 앞으로 이동하여 공손히 진혼가를 올렸다.

노래를 면제받은 혜월은 안도하여 가슴을 쓸어내렸다.

너무 난폭한 방식이기는 했지만 청가의 임기응변이 고마웠다. 물론 말려든 방춘과 가취도.

"훌륭한 노래였다."

현요는 노래를 지시한 사람치고는 형식적인 칭찬만 건넨 뒤 무성의한 손짓으로 추녀들을 물러나게 했다. 기대에 어긋나기라도 한 태도였다.

'여흥을 끝낸 이상, 이런 연회 따위 빨리 끝내버리면 좋을 텐데.'

혜월은 마른기침을 계속하면서 기대했지만 그 소망은 금세 배반당하고 말았다.

창을 통해 달을 올려다본 현요가 이렇게 중얼거렸기 때문이다.

"여흥은 끝났지만 달은 아직 높구나. 그렇다면 대화를 즐겨 보도록 할까."

그리고 천천히 시선을 들더니 수심 어린 눈빛으로 혜월을 응시했다.

"추녀들의, **어린 시절 이야기**라도 듣고 싶구나."

얇은 입술에 늘 띠는 옅은 미소가 피어올랐다.

하지만 그 눈은 싸늘하게 식어 있었다.

"경창 공, 언제까지 그 자리에 머물러 있을 생각이지?"

"바깥에서 고분고분 망이나 보고 있을 상황이 아니라는 걸 알잖아, 취관장님?"

한편 다른 가문의 무관과 궁녀들과 함께 허울 좋은 핑계로 연회장에서 쫓겨난 경창은 안의 상황을 확인하기 위해 문 앞에 계속 붙어 있었다.

"지금 위협은 밖이 아니라 이 안에 있어. 설마 폐하께서 이렇게까지 노골적인 수단을 선택하실 줄이야."

혜월 앞에서 보이던 태연자약한 태도는 사라지고, 지금은 걱정 많은 오라비 그 자체의 얼굴로 짜증스럽게 머리를 쓸어 올리고 있었다.

지금 실내에서 벌어지고 있을 공방전에 소중한 동생과 그 친구의 목숨이 걸려 있으니 어쩔 수 없는 일이었다.

"폐하는 대체 뭘 원하시는 거지?"

현요의 진의를 파악할 수 없었다. 경창은 아름다운 얼굴을 찡그렸다.

처음에는 황제가 도술을 탄압하려 했던 이유가 부왕과 마찬가지로 모반에 준하는 사상을 싫어하기 때문이라고 생각했다.

하지만 알아보면 알아볼수록 현요는 통제에 집착하지 않았다. 치세를 돌아보아도 현요의 정책은 오히려 유화적이어서, 노예로 학대당하던 이민족들에게 호적을 부여했으며 이주민들의 이종교 건축도 허가했다. 독립하고 싶어 하는 변경 지역이 있으면 자치도 인정해 줄 정도였다.

게다가 도술도 정말 모반 사상이라며 불쾌하게 느끼고 있다면 당당하게 처형하면 그만이다.

그런데 현요는 그렇게 하지 않고 오히려 그들을 자유롭게 풀어놓고서 이렇게 몰래 일부를 사냥하고 있다.

심지어 느닷없이 고문하지도 않고 마치 무언가를 노리는 듯 신중을 기하면서.

"폐하는 무언가를 신중하게 확인하려 하시는 것 같아. 추녀가 위험 사상인 도술을 사용하는지 아닌지가 아니라…… 예컨대 몸이 바뀌었는지 아닌지를.”

“몸이 바뀌었다는 사실을 어떻게 알아차리신 거지? 게다가 그것을 굳이 확인하실 필요는 또 뭐고?”

“그걸 모르겠다니까.”

냉정하게 묻는 진우에게 저도 모르게 신경질적으로 대꾸한 경창은 다시 문에 귀를 댔다.

“아무튼 정체를 들키는 일만은 피해야 해……. 아아, 노래가 무사히 끝났어. 청가 님께 감사드려야겠네.”

“물을 가져왔습니다. 주인을 걱정하여 물을 가져왔다는 핑계로 안에 들어가겠습니다.”

그때 땀으로 흠뻑 젖은 동설이 물동이를 가져왔다.

마찬가지로 쫓겨났던 동설은 경창의 명령으로 재입실 구실을 만들어 온 것이다.

“응, 부탁해, 동설. 마침 청가 님의 임기응변으로 ‘영림’이 목을 다쳤어. 그 애를 요령껏 폐하 앞에서 데리고 나와 줘.”

“예. 궁지에 몰린 그분이 술법을 사용하시기 전에 어떻게 해서라도.”

동설은 평소 냉정하던 얼굴에 초조한 기색을 띠며 고개를 끄덕였다.

주혜월이 궁지에 몰리면 술법을 폭주시킬 수도 있다는 사실을 주위 사람들은 누구나 다 알고 있었다.

“실내에는 촛대도 많습니다. 그분은 손쉽게 불을 조종하실 수 있죠……. 무의식적으로 불꽃에 이변이라도 일으킬지 모릅니다.”

동설이 정원의 횃불을 바라보며 중얼거리는 것을 듣고 경창은 문득 눈을 빛냈다.

"——그거다."

그리고 힘차게 등 뒤의 진우를 돌아보았다.

"취관장님, 부탁이 있어."

"부탁?"

"응."

경창은 복도에 놓여 있던 촛대를 하나하나 집어 들었다.

자, 갖고 있어, 하고 한꺼번에 다섯 개의 촛대를 상대에게 들려준 후 이렇게 덧붙였다.

"만일을 대비한 계획을 세워 놓고 싶은데, 취관장님의 화술에 의지해야 해."

어린 시절 이야기라는 말에 혜월은 드디어 째지는 비명을 지를 것만 같았다.

'그런 걸 내가 어떻게 알아!'

황제와 황영림은 말하자면 이모부와 조카 사이다. 황후의 사랑하는 조카였던 영림은 어린 시절부터 빈번히 후궁에 드나들었을 테니, 당연히 황제와도 교류가 있었으리라.

만일 이 자리에서 당시 있었던 일을 묻는다면 자신은 무어라 대답해야 좋을까.

아니, 잘 생각해 보면 자신은 황영림이 가족들과 어떤 관계이며 자기 영지에서 어떻게 자랐는지조차 알지 못한다.

'기억이 안 난다는 말로 밀어붙이는 데에도 한계가 있겠지.'

혜월은 이를 갈며 계속 마른기침을 해 댔다.

몸이 좋지 않다는 핑계로 하다못해 조금의 시간이나마 벌 수 있다면 좋을 텐데.

"'영림 언니', 괜찮으세요?"

"그렇게 몸이 좋지 않다면 일단 물러나 방에서 쉬는 편이 좋을 듯한데."

방춘과 가취는 기침을 이유 삼아 혜월을 도망치게 해 주려 했으나 현요는 그조차 대화에 이용했다.

"그대는 정말로 옛날부터 몸이 약했지. 하지만 이전에 '병세가 눈에 보일 때는 오히려 안심이 된답니다'라고 하지 않았던가? 어른스러운 그대를 보고 나는 매우 감탄했었다."

벌써 '추억 이야기'가 시작된 모양이었다.

'황영림이 진짜 그렇게 대답했는지, 시험해 보고 있는 거야?'

혜월은 기침으로 호흡이 흐트러진 채 필사적으로 머리를 굴렸다.

그 여자라면 어린 시절부터 이미 그런 말을 했을 것 같다. 그러나 황제 앞에서 의기양양하게 자기 주장을 펼치는 모습을 상상하기는 어려웠다.

"폐하 안전에서, 그렇게 건방진 말씀을 드렸다니, 부끄럽기 그지없사옵니다……. 콜록."

일단은 나중에라도 철회할 수 있도록 애매하게 대답해 놓았다.

하지만 매번 이렇게 얼버무릴 수도 없을 터였다.

"무례하게 입실하는 것을 용서해 주십시오."

그때 문이 열리고 늠름한 목소리가 울려 퍼졌기에 혜월은 퍼뜩 고개를 들었다.

물동이를 든 동설과 촛대를 다섯 개나 들고 있는 취관장이었다.

"필두 등황 궁녀 동설이 인사 올립니다. 외람되오나 주인의 몸 상태가 좋지 않아서 물을 가져왔사옵니다."

"취관장 진우가 인사 올립니다. 방금 전 해가 짐으로써 점점 더 음의 기운이 차오르고 있습니다. 실내를 더욱 밝게 하려 합니다."

두 사람은 예를 취한 뒤 재빨리 행동을 개시했다. 진우는 촛대 하나를 동설에게 건네고 우선은 황제 곁에, 이어서 세 가문의 추녀들에게 촛대를 하나씩 나누어 주었다.

한편 동설은 촛대와 물동이를 들고 재빨리 혜월에게 접근했다.

그리고 물을 먹여 조금이나마 기침이 진정된 주인을 확인한 뒤 황제를 돌아보고 깊이 고개를 숙였다.

"황송하오나 말씀 올립니다. 듣기 고역스러운 기침 소리를 오랫동안 폐하께 들려드려서는 병의 기운이 폐하께 옮겨 갈 수도 있습니다. 부디 퇴실 허가를 내려 주십시오."

아무래도 동설 역시 혜월을 이 자리에서 도망치게 해 주려는 모양이었다.

혜월은 더욱 열심히 기침했지만 현요의 대답은 이러했다.

"상관없다. 고작 이 정도 기침을 병의 기운이라 한다면 피해 지역을 위문하는 일은 불가능하지. 자신의 방에 틀어박혀 있는 것보다, 이 자리에서 대화를 나누는 편이 추녀의 병세에도 더욱 좋을 것이야."

절대로 놓아 줄 생각이 없는 모양이었다. 혜월의 마음이 조급해졌다.

그렇지 않아도 현가 출신인 현요는 물의 기질이 짙어서 그의 앞에 있으면 자꾸 동요하게 되는데 말이다.

'나보고 어쩌란 거야!'

마음속에 파도가 치는 것과 동시에 체내의 기운이 솟구쳐서 자꾸만 터져나올 듯 흔들리는 느낌이 든다.

무심코 술법을 쓰지 않도록 계속 신경을 곤두세우고 있었는데 진우가 촛대를 다섯 개나 가져오는 바람에 실내에 불의 기운이 더 한층 짙어지고 말았다.

'마음이 흐트러지면 안 돼……. 술법을, 쓰면 안 돼.'

주먹을 꽉 부르쥐던 혜월은 문득 울고 싶어졌다.

어쩌다 이런 일이 벌어지고 말았을까.

용모도 그리 뛰어나지 않고, 노래도 춤도 엉망이고, 교양도 없고, 유일하게 자유자재로 다룰 줄 아는 것은 도술뿐인데. 단 하나뿐인 그 풍부한 재능을 세간에서는 혐오하고 단죄하려 든다.

억눌러야만 한다. 들켜서는 안 된다. 눈에 띄면 살해당하고 말 것이다——.

"술법을 사용하십시오."

그러나 퇴실을 허락받지 못하고 당황하는 줄 알았던 동설이 냉정하게 속삭이는 바람에 혜월은 놀랐다.

"제가 신호를 보낼 테니, 그때 경창 님께 염술을."

필두 궁녀는 추녀의 등을 쓸어내리며 아주 작은 소리로 말했다.

'염술을? 경창 님에게?'

계속 금지당하고 있었던 도술을 갑자기 쓰라는 말에 혜월은 당황했다.

아무리 몸을 바꿀 때와는 비교도 되지 않을 정도로 작은 규모의 술법이라고는 하나 염술을 사용할 경우 실내의 촛대가 한꺼번에 흔들릴 정도의 이변이 일어날 것이다.

상(像)과 상을 잇는 눈앞의 촛대는 동설이 등으로 가려 준다고 해도, 실내의 불길이 동시에 흔들리면 의심을 안 받을 수가 없을 텐데.

"폐하께 들키고 말 거야."

"취관장님께서 시선을 끌어 주실 겁니다."

혜월이 작은 소리로 재빨리 대꾸하자 동설이 낮은 목소리로도 단호히 말했기에 더욱 당황스러워졌다.

'시선을 끌어? 취관장님이?'

그게 무슨 말이야? 라고 묻는 것보다 먼저 일이 벌어졌다.

촛대를 다 나눠준 진우가 황제 앞에 무릎을 꿇고 진언을 시작한 것이다.

"보고드립니다. 방금 전 추녀들이 진혼가를 제창했을 때, 밤의 기운이 한층 맑아지는 것을 느꼈습니다. 이 또한 백성들의 평온을 비는 추녀들의 절실한 마음과 그것을 이끄는 폐하의 높으신 덕에서 기인했다 할 수 있겠습니다. 무관들도 모두가 새삼 폐하의 깊은 자비를 느끼고 있사옵니다."

신비로운 푸른 눈동자에 콧날이 날렵한 옆얼굴.

영국의 무관이라기보다는 북방 나라의 기사를 방불케 하는 자태로 진우는 문득 검자루에 손을 짚었다.

"이 자리에 함께하지 못한 무관들을 대신하여, 충성의 증거로 검의 빛을 바치고자 합니다."

그리고 망설임 없이 검을 뽑았다!

"꺄아악!"

아무리 황제의 피를 물려받았다고는 하나, 일개 무관이 갑자기 검을 뽑는 것은 모반이나 다름없었다.

도검 종류에 익숙지 않은 추녀, 특히 방춘과 청가는 무시무시한 빛에 저도 모르게 주저앉았다.

"무슨 짓이냐!"

"반역인가!"

"모두 나와서 막아라!"

황제의 주위를 둘러싸고 있던 심복부하들이 일제히 진우의 목덜미에 칼을 들이밀자, 문 바깥에서도 급한 상황을 알아차린 무관들이 밀려들었다.

우당탕탕!

수많은 남자들이 발소리로 바람을 일으킨 그 순간, 동설이 날카로운 시선을 던졌다.

"지금입니다."

퍼뜩 놀란 혜월이 재빨리 촛대의 불꽃을 향해 불렀다.

'경창 님!'

실내의 불길이 흔들렸으나 다행히 난폭한 남자들이 일으킨 바람 때문에 일어난 현상으로 보였다.

『…….』

후욱, 하고 불꽃 안쪽으로 무언가가 연결된 기척이 느껴졌다.

그러나 불길 너머는 고요하기 그지없었다.

'대체, 무엇을?'

의아한 기분으로 불을 들여다보고 있는데 이윽고 붉은 윤곽 안쪽으로 종이가 스윽 들이밀어졌기에, 혜월은 눈을 깜박였다.

『괜찮아.』

종이에는 글자가 적혀 있었다.

마치 교본처럼 얄미울 만큼 아름다운 필적이었다.

『폐하의 질문은 이쪽에서도 동시에 듣고 있어. 내가 쓴 대로 대답하면 돼.』

상대방은 꽤나 빠른 속도로 글자를 써내려갔다.

그렇구나, 이러면 주위에 목소리를 들키지 않고 대화를 나눌 수가 있다.

『나는 집요하기로 유명한 동생 전문가거든. 나한테 맡겨.』

글 마지막에는 덤인지 무슨 그림까지 그려져 있었다.

『영림도 근육도 널 응원해.』

'영문을 모르겠네.'

그 마지막의 팔을 안쪽으로 꺾은 듯한 그림은 동생, 아니, 근육을 그린 듯했다.

글씨는 달필인데 그림은 전혀 사실적이지 못했다. 그 차이가 묘하게 우스웠다.

'역시 그 여자의 오빠야.'

혜월은 어쩐지 갑자기 어깨 힘이 탁 풀려버린 기분에 기묘한 한숨을 흘렸다.

게다가 눈앞까지 흐려지는데 이것은 어이가 없어서일까.

'나중에 「의외로 그림은 서투르네」라고 말해 줘야겠어.'

온몸에서 쓸데없는 긴장이 빠져나가고, 대신 뱃속 깊은 곳에서부터 힘이 차오르는 것을 느꼈다.

그래, '나중에'다. 이런 곳에서 끝날 수는 없다.

반드시 이 상황을 빠져나가고 말 것이다.

"무시무시하구나, 진우. 이 아비에게 무언가 하고 싶은 말이라도 있었느냐?"

상석에서는 아직도 호위들이 진우를 둘러싸고 검을 들이밀고 있었다.

옥좌에서 내려다보는 현요의 싸늘한 시선을 진우는 같은 온도의 눈빛으로 받아칠 뿐이었다.

"당치도 않은 말씀이옵니다. 티끌 한 점 없는 충성심을 바치기 위해, 그것도 무릎을 꿇은 채로 검을 뽑았을 뿐인데 설마 호위들이 이렇게까지 겁을 집어먹을 줄은 상상도 하지 못했사옵니다."

"뭐라고?! 이놈, 노예의 자식 주제에!"

뻔뻔하게 말하며 검을 집어넣는 진우를 보고 호위들이 고함을 질렀다.

"좋다. 다들 검을 내려라. 이 녀석에게 야심이 없다는 사실은 잘

알고 있으니."

그러나 그것을 황제 스스로가 제지했다.

관용적이라고도, 모멸적이라고도 받아들일 수 있는 말투였다.

"이후로는 오해받을 만한 언동은 엄중히 삼가도록 하라. 보고, 수고 많았다. 바깥 감시를 계속하도록."

"예."

의젓한 그 지시에 미끼 역할을 끝낸 진우는 예를 취한 뒤 엄숙히 그 자리를 벗어났다.

여전히 무표정하게 사라지는 취관장을 향해 추녀들은 시선이 마주치는 것을 피하듯, 그리고 혜월은 비밀스러운 감사를 담아 고개를 숙여 배웅했다.

첩을 통해 낳은 자식의 모습이 사라지자 현요는 다시 추녀들을 돌아보았다.

"어디, 그럼 가끔은 딸 같은 추녀들과 함께 소탈한 대화라도 나누어 볼까?"

"감사한 말씀이옵니다."

혜월은 이번에야말로 당당하게 고개를 들었다.

시야 한구석, 동설의 등에 가려진 위치에서 따스한 불꽃이 춤을 추었다.

"내가 황성 내에서 가장 좋아하는 장소를 기억하고 있느냐? 그대도 한 번 데려간 적이 있었는데."

"콜록, 콜록. ……실례했습니다. 네, 잊을 수가 없지요. 황기궁 뒤쪽에 있는 언덕——양락구(陽樂丘)의 정상 말씀이시지요. 폐하께서 해돋이를 보자고 말씀하셔서, 함께 간 적이 있었습니다."

"그랬던가. 황기궁은 서쪽에 있으니 해돋이를 보기 편한 곳은 아니었던 것 같다만."

"콜록……. 아닙니다. 확실히 황기궁은 해가 가장 마지막으로 뜨는 곳이지만, 그렇기 때문에 후궁의 건물들을 순서대로 비추어 나가는 모습을 바라볼 수가 있다고 폐하께서 말씀하신 적이 있습니다."

염술을 이용한 대화는 생각보다 더욱 매끄럽게 진행되었다.

우선 현요가 말을 하는 사이, 질문을 예측한 경창이 붓을 놀리기 시작한다.

혜월은 기침하는 척을 하면서 황제에게서 고개를 돌리고 촛대의 불꽃을 들여다보고, 답변을 훔쳐본 후 대답하는 방식이다.

현요와 영림이 만날 때는 반드시 피붙이인 황후 견수가 함께 있었다.

그리고 견수에게 인사하러 갈 때, 병약한 영림의 곁에는 반드시 동생 바보인 황가 형제가 있었다.

즉, 현요와 영림의 대화를 경창도 전부 보고 들었다는 뜻이다.

혜월은 영림이 병약해서——그리고 경창이 한 번 들은 이야기를 절대로 잊지 않는 집요한 남자라서 다행이라고 처음으로 생각했다.

"어린 시절부터 그대는 상냥한 아이였지. 연못의 연꽃이 시들었다며 울었던 일을 기억하느냐?"

『아니, 동생은 열매가 맺힐 것을 기뻐했어.』

"그래, 의외로 식욕이 왕성했다. 분명 튀김과자를 즐겨 먹었지?"

『아니, 먹고 싶어 했지만 기름이 들어가면 위장에 탈이 나서 먹지 못했어.』

"저런, 저런. 내 기억력도 꽤나 감퇴한 모양이야. 머리가 좋아지는 약을 달여 먹는 편이 좋겠구나. 그러고 보니 그대는 분명 약 조제에 조예가 있지 않았느냐?"

『맞아. 단, 황제 부부에게는 선보였어도 공공연한 장소에서 선보인 적은 없으니 겸손한 태도를.』

현요의 질문은 교묘했으나 경창의 대답은 그 이상으로 교묘하면서 또한 적확했다.

혜월은 줄줄이 적혀 내려가는 문자를 다급히 읽으며 조심스럽게 질문을 부정하고, 또는 황송한 듯 미간을 찌푸리며 간신히 현요의 추궁을 받아냈다.

"정말이지 기품이 있는, 아주 자랑스러운 추녀로군."

현요는 단순한 어린 시절 추억 가지고는 흔들리지 않는다는 사실을 알아차린 모양이었다.

옛날이야기를 계속하는 척하면서 이번에는 교양을 물었다.

"아, 그렇지――추녀가 되기 전 문답 시험에서 그대와 무엇에 대해 이야기하였더라?"

'문답 시험이라고?'

혜월은 반사적으로 몸이 굳어졌다.

입궁 전의 문답 시험은 '여자의 정절은 어떻게 지켜야 하는가', '가난한 자를 어떻게 구제해야 하는가' 등의 질문에 대해 경전을 인용하여 의견을 늘어놓는 방식이다.

관리가 되기 위해 보는 과거 시험과는 달리 내용이 어디까지나 고전과 예술, 도덕 등에 한정되어 있지만 혜월은 이것을 매우 어려워했다.

결국 감정에 치우친 치졸한 의견을 경전도 제대로 인용하지 못하고 작은 소리로 늘어놓았더니 시험관도 어처구니없다는 표정을 지었던 일이 기억난다.

후견인이었던 귀비 주아미가 뒤에서 자연스럽게 보충해 준 덕분에 시험관에게서 '주혜월의 의견에서는 서민의 솔직한 마음이 느껴진다'는, 경멸과 종이 한 장 차이인 '평가'를 받았지만 그것을 이 자리에서 재현한다고 생각하니 그것만으로도 혓바닥에 쓴맛이 느껴지는 듯했다.

"분명 '시력을 잃은 자는 가치가 없는가'라는 질문이었지."

현요가 진의를 읽을 수 없는 표정으로 이쪽을 바라보았다.

"자, 어떻게 대답하였더라?"

——자, 대답하거라. 주혜월.

그 순간, 약 2년 전의 그 시험장으로 다시 끌려들어간 기분이 들어서 혜월은 식은땀을 흘렸다.

처음 보는 시험관들. 싸늘한 눈빛으로 자신의 값어치를 따지던 궁녀들.

왕도풍이라는 머리 모양은 화려하지만 비녀가 너무 무거워 내내 머리가 아팠다. 허리띠도 너무 세게 묶어서 가쁜 숨이 턱까지 차오르는 것만 같았다. 수렴 너머에서는 이 나라에서 가장 고귀한 황제와 황후가 이쪽의 문답을 지켜보고 있었다.

반듯한 자세로 앉아야 하는데. 아니, 그보다 빨리 대답해야 하는데. 혜월은 자꾸만 이곳저곳으로 정신이 팔렸다.

'경전 내용을 엮어서…… 교양 있게…….'

무리야, 하고 내면의 자신이 비명을 질렀다.

그것은 입시를 앞두었을 때의 자신이자 지금의 자신이기도 했다.

왕도의 인간들을 감탄하게 만들 만한 교양 따윈 없다. 경전의 내용도 잘 모른다.

이제 와서 벼락치기로 지식을 익힌다 한들 대체 무슨 소용이란 말인가.

늘 그렇게, 가슴속으로 외치고 있었다.

『당연히 가치가 있다고 대답했어. 「수덕기(修德記)」 25장, 폭풍우 치는 밤의 이야기.』

경창은 불꽃 너머로 이미 답변을 내놓았다.

그러나 추녀라면 당연히 알고 있을 그 장에 대체 무슨 이야기가 적혀 있는지 생각이 나지 않았다.

'안 되겠어……. 침착해야 해. 진정하면, 제대로…….'

수덕기를 읽은 적이 있을 터였다. 그때도 황영림에게서 가르침을 받았다.

그런데 내용이 기억나지 않는다.

긴장감은 적이라고, 전에 황영림이 말했다.

정말로 그 말이 맞다. 꽤나 노력을 해 왔는데도 초조함과 공포에 짓눌려서 중요할 때 그 성과를 발휘하지 못한다.

'지식을 선보여야 해. 공부한 내용을, 가르침을, 교본대로…….'

'학문'이라 불리는 무언가를 앞에 두면 혜월은 늘 압도당했다.

자신이 배워야만 하는 양이 너무 방대해서. 자신에게 부족한 분량이 그야말로 정신이 아득해질 정도여서.

'빨리 대답해야 해.'

분명, 불꽃 너머에서 경창도 어처구니없어하고 있을 터였다.

울고 싶은 기분으로 혜월은 불꽃을 훔쳐보았다.

『괜찮아.』

그리고 어느 틈엔가 덧붙은 그 말에 저도 모르게 입술을 떨 뻔했다.

『너라면 할 수 있어.』

――당신이라면 할 수 있어요, 혜월 님.

방울이 울리는 듯한 그 아름다운 목소리가 귓가에 되살아났다.

――무엇을 말하는가가 지성, 무엇을 말하지 않는가가 품성이라고 하죠.

산더미처럼 쌓인 교본을 보고 조급해하는 혜월을 보고 영림은 늘 이렇게 격려해 주곤 했다.

――바꿔 말하면 남 앞에서 늘어놓기 위한 지식 같은 건 애써서 익히지 않아도 괜찮아요. 말 잘 하는 사람보다 상대의 마음을 헤아리고 침묵할 줄 아는 이를 사람들은 더욱 고귀하게 여기죠. 그리고 혜월 님은 타인의 마음에 그 누구보다 민감한 분이시니까,

그 누구보다 품성을 닦을 소양을 갖고 계신 거예요.

정말이지, 스스로도 감당이 되지 않을 만큼 감정적인 혜월의 성격을 가볍게 장점으로 바꾸어버리는 영림을 보면 감탄이 나올 정도다.

자신은 품성에 중점을 두는 추녀라고 말했을 때 청가는 일소에 부쳤지만, 실제로 영림의 그 말이 정신적 지주가 되어 주었기에 혜월은 학문과 마주할 수 있었다.

"왜 그러시죠, 추녀님?"

입을 열지 못하는 혜월이 걱정되는지, 동설이 조심스럽게 등을 쓰다듬어 주며 말을 걸었다.

"어서, 폐하께 대답을 하셔야지요."

"——물론, 가치가 있다고 대답했습니다."

조급해하는 궁녀를 밀어내다시피 하며 혜월은 등을 곧게 폈다.

'괜찮아.'

방금 전까지 머릿속에 안개가 낀 것 같았는데, 지금은 원하는 정보가 손바닥 안에 가볍게 떨어져 내린 듯했다.

『「수덕기」 25장, 폭풍우 치는 밤의 장. 창(昌). 병으로 실명한 늙은 고용인의 이야기.』

"예컨대 『수덕기』 25장에 의하면 옛 창이라는 나라에 병으로 시력을 잃은, 늙은 고용인이 있었다고 합니다."

혜월이 교본에 어둡다는 사실을 눈치 채고, 경창이 자세한 내용을 추가해 주었다.

이 대답이 맞다고 확신한 혜월은 목소리에 힘을 담았다.

"일을 하지 못하게 된 고용인을, 원래 주인은 쓸모가 없다고 판단하고 쫓아냈습니다. 하지만 옆집 주인은 그 고용인이 이미 평생분의 일을 했다고 생각하고 자기 집으로 맞아들여 돌봐 주었습니다. 그러던 어느 날, 폭풍우가 치던 밤. 장사를 마치고 돌아오는 길에 눈앞이 제대로 보이지 않아 우왕좌왕하는 주인을 앞이 보이지 않는 고용인이 '저는 익숙합니다'라면서 이끌어 주었다지요."

결과적으로 옆집 주인은 무사히 집에 돌아올 수 있었으나 옛 주인은 폭풍우 속에서 귀로를 서두르다 절벽에서 떨어지고 말았다.

혜월은 영림이 이 일화에 스스로를 어떻게 겹쳐 보았을지 알 것 같은 기분이 들어서 이렇게 덧붙였다.

"저 자신도 병으로 앓아눕기 쉬운 몸이지만, 그렇기 때문에 타인에게 도움이 될 수 있는——가치를 발휘할 수 있는 날이 오리라 믿고 있습니다."

현요는 잠시 말이 없었다.

그리고 탁자에 술잔을 내려놓더니 작은 소리로 "그랬지"라며 고개를 끄덕였다.

"총명하고 인정 많은 그대의 답변을 들으면 늘 마음이 편안해지는구나."

이것이 정답이었다.

혜월은 안도로 가슴을 쓸어내렸다.

"마음이 편해진다고 하니, 후궁에 작은 영묘가 있지. 어린 시절 그곳에 자주 숨어들어 놀곤 했다. 역대 황자와 공주들의 다양한 낙서가 있다는 사실을 그대는 아는가?"

『맞아. 어린 영림도 우리와 함께 탐색을 했어.』

"예. 어린 시절 오라버니들과 몰래 탐색을 했습니다."

현요가 또다시 질문을 던졌으나 더는 흔들리지 않았다.

왜냐하면 자신은 이제 괜찮으니까.

옆의 동설은 완전히 안심한 표정으로 이쪽을 바라보고 있었다.

"그래서 그대의 오라비들이 자랑스럽게 가르쳐 주곤 했다. 누구의 글자가 달필이고, 누구의 그림이 뛰어난지를."

『글이 달필이었던 사람은 선대의 제3황자, 예술적 정취가 있는 그림은 세 대 전의 제2황자.』

"콜록. 그랬지요. 분명 선대 제3황자의 글씨는 낙서임에도 불구하고 매우 뛰어났고, 세 대 전 제2황자의 그림은 예술적 정취가 있었습니다."

경창의 지시에 의지하여 혜월은 막힘없이 대답했다.

대답하면서 황가 남매는 당당하게 영묘에 침입하여 낙서 품평까지 했단 말인가, 하고 얼굴이 일그러질 뻔했다. 대담한 데도 정도가 있다.

"그래. 반대로 아주 볼품없는 시가 있었다고도 했다. 그것은 누구의 것이었더라……."

『선대의 제1황자. 글씨가 엉망이고 단어 선택도 부자연스럽다는 평판.』

경창이 가볍게 글을 썼다.

혜월 자신도 그 영묘의 눈에 띄는 장소에 누군가가 시를 새겼던 일을 떠올렸다.

'맞아, 나도 본 적 있어. 이름까지 적혀 있었지. 보자, 선대의 제1황자……. 그 사람은 분명 황가 쪽 인물이었지?'

황족의 계보에 그리 밝지는 않지만 분명 선대 황가의 비는 숙비 자리에 있었고, 제1황자는 그 아들이었을 터였다.

모친이 황후가 아니었다고는 하나 제일 먼저 태어난 사내아이였고, 부친도 귀여워했기에 일찌감치 황태자로 책봉되었다. 그러나 현가 황후에게서 태어난 막내 황자 현요가 대두됨에 따라 폐적을 당했다고 들었다.

'폐적당한 데다 품행인가 소양에 문제가 있었다고 했지. 글씨가 엉망인 것도 납득이 돼.'

그렇다면 이 대답은 틀림이 없다.

"그렇군요. 아마도 그것은――."

선대의 제1황자일 것입니다, 하고 의기양양하게 대답하려던 혜월은 문득 입을 다물었다.

『왜 그래?』

불꽃 너머에서 경창도 의아한 듯 그렇게 적었다.

"……."

『선대 제1황자, 호명(護明)이야. 황가 숙비에게서 태어난 황자, 후에 폐적당한.』

경창이 더 자세히 적어 주었지만 그래도 혜월은 침묵을 지켰다.

'정답은 알고 있어. 나는 대답할 수 있어. 하지만.'

――무엇을 말하는가가 지성, 무엇을 말하지 않는가가 품성.

황영림이라면 누군가를 뒤에서 비하하는 발언은 아무리 가족끼리라 해도 결코 입 밖에 내지 않을 것이다.

"……글쎄요."

최종적으로 혜월은 느릿느릿 손으로 뺨을 감싸며 고개를 갸웃했다.

그 여자는 마치 흘러넘치는 감정을 막기라도 하려는 듯 툭하면 뺨에 손을 댄다.

슬픔도, 분노도, 그 외의 그 어떤 모든 어두운 감정들도 전부 덮어서 감추고 가장 아름다운 얼굴로 미소만 짓는다.

"죄송합니다, 잊어버렸어요."

황제 상대로도 망설임 없이 시치미를 뚝 뗄 수 있다.

잠시 침묵이 흘렀다.

이윽고 현요는 조용히 훗 웃은 듯했다.

"그렇지, 그대는 그런 추녀야."

이번에야말로 혜월은 전신에 안도가 차오르는 감각을 얻었다.

방금 전 막힘없이 경전을 인용했을 때보다 몇 배는 스스로가 자랑스럽게 느껴졌다.

"제법이잖아……."

한편 불꽃 너머에서는 경창이 멍하니 중얼거렸다.

꽉 움켜쥐고 있던 붓에서 작은 먹물 방울이 툭 떨어졌다.

주혜월이 설마 그 상황에서 자신의 조력을 거부하고, 질문에 '잊어버렸다'고 답할 줄은 꿈에도 생각지 못했다.

하지만, 그렇다.

생각하면 생각할수록 자신의 동생이 누군가의 글씨를 비웃을 리가 없었다.

게다가 그 흐름에 올라탔다면 황영림이 자기 오라비들의 험담을 한 꼴도 되었으리라.

아무튼 황제의 추궁을 피하기 위해, 그리고 혜월을 돕기 위해 질문에 답하는 데만 급급했던 자신을 경창은 자각했다.

'우와, 창피해.'

붓을 들고 있지 않은 손으로 얼굴을 가리며 고개를 숙였다.

'도와줄게'는 무슨. 이래서는 오히려 자신이 도움을 받은 것이나 마찬가지다.

틀어올린 머리를 마구 헝클어뜨린 경창은 겨우 고개를 들었다.

촛불 위에서 흔들리는 붉은색 윤곽 속에 늠름한 '그녀'의 자태가 보였다.

여동생의 얼굴을 한 완전히 다른 여성.

금세 태도가 흐트러지고 울상을 지으며 엉거주춤 일어서려나 싶지만 또 상상도 하지 못한 뚝심을 가지고 제자리에서 버틴다.

뜻밖의 일면이 차례차례 나타나는 바람에 눈을 뗄 수가 없다.

"……."

경창은 한 손으로 입을 가린 채 가만히 촛불을 들여다보았다. 그러나――.

그때 불꽃 안쪽에서 현요가 자리에서 일어나는 모습이 보여서 경계심이 전신을 휘감았다.

'모르겠다.'

느긋하게 한 손으로 뺨을 감싸는 추녀 앞에서 현요는 눈을 가늘게 떴다.

이 여자가 정말 황영림인지 아닌지――판단할 수가 없었다.

'찬앙례에서 사용된 것은 틀림없이 염술이었지. 술사일 가능성이 높은 것은 부친이 도사 지망생이었다던 주혜월. 하지만 성 아랫마을에서 주혜월은 도술을 사용하지 않고, 대신 「황영림」의 주위에서 이변이 일어났어. 그렇다면 생각할 수 있는 것은 두 사람의 **몸이 바뀌었을** 가능성인데.'

이 세상에 영혼과 육체를 바꾸는 술법이 존재한다는 것.

그리고 사람들의 눈앞에서 도망치려 하는 술사는 때로 타인의 육체를 빼앗을 수도 있다는 것.

그 사실을 현요는 어떤 경위를 통해 잘 알았고――동시에 진심으로 증오했다.

만일 눈앞에서 그런 끔찍한 술법이 사용되었다면 반드시 술사를 죽여야만 한다.

그러나 그것은 몸이 바뀌었다는 사실을 증명하고 난 다음의 일이다.

몸을 바꾸는 술법은 현요로서는 가장 신중하게 대처해야 할 문제였다.

'처음에는 침착하지 못했던 것 같은데.'

현요가 아는 황영림은 누가 뭐래도 황가의 피를 물려받은 만큼 늘 태연자약한 소녀였다.

우아하고 가냘파 보이는 것은 겉모습뿐. 그 마음은 늘 흔들림이 없고, 무의식 속에서 항상 죽음을 마주하고 있기 때문인지 주위와의 사이에 희미하게 선을 긋고 있었다.

최근 들어 은밀부대에서 올라온 보고처럼 '주위와 빈번하게 말다툼을 하고', '눈매를 치켜올리며 화를 내는' 등의 행위를 보인 적은 없었다. 그렇기에 그것만으로도 내용물이 정말로 황영림인지 의심할 만한 근거가 되었다.

다른 가문의 추녀들이 유난히 걱정스러운 듯 이 추녀를 주시하고 있는 것도 부자연스럽고——황영림은 주위에서 선망의 눈빛을 받은 적은 있어도 얕보인 적은 없다——, 날초 때문에 목을 다쳤다고는 하나 기침을 감추는 기색을 보이지 않는 것도 묘했다. 그러나 현요는 지금까지 거의 후궁에 관여하지 않았기 때문에 황영림이 친구들 앞에서는 소탈한 태도를 보인다고 한다면 납득할 수밖에 없었다.

게다가 어린 시절의 추억을 전부 정확히 기억하고, 심지어 결코 타인의 험담을 하지 않으려 애쓰는 모습은 확실히 평상시의 '황영림'다워 보였다.

'……번거롭군.'

믿으려 하면 믿을 수 있다.

그러나 의심하려 하면 끝이 없다.

이렇다 할 결정타를 얻지 못한 상황에서 현요의 마음은 차츰 불온한 방향으로 기울었다.

기본적으로 냉담하며, 심지어 전쟁을 관장하는 현가 출신. 본래 현요의 성격에 비추어 본다면 용의자의 안전 따위 일일이 참작해 주지 않을 것이다.

역시 대화로 정체를 캐내려 한 것 자체가 너무 돌아가는 길이었던 모양이다.

손톱 한두 개 뽑아 보면 이런 문제 따위 눈 깜짝할 사이 해결될 것이 뻔한데.

'이젠 시간이 없다. 역시 내 본성에 어울리지 않는 방법을 택할 상황이 아니었어.'

현요는 술잔을 내려놓고 천천히 자리에서 일어섰다.

눈앞의 추녀가 정말로 주혜월이라면 가벼운 고문에도 금세 비명을 질러댈 것이다.

그리고 황영림이 맞다면, 반대로 비명조차 삼켜버릴 것이 분명하다.

어차피 이 자리에는 '그 사람'을 떠올리게 하는 감시자——황후도 없지 않은가.

"폐하……?"

놀란 얼굴로 자신을 마주보는 추녀에게 한 걸음 다가간, 그 순간이었다.

——타앙!

문이 세차게 열리고 어떤 인물이 실내로 걸어 들어왔다.

"황제 폐하께 인사 올립니다."

동시에 울려 퍼진 것은 낮고 차분한 목소리였다.

당당히 방을 가로질러 들어와 우아하게 무릎을 꿇은 인물을 보고, 아무리 현요라 해도 미미한 놀람을 감추지 못했다.

"대륙에서 가장 고귀하신 분이 변경의 이 땅까지 왕림하셨는데, 하찮고 어리석은 이 아들이 차마 태평하게 왕도에 머물러 있을 수는 없었기에 길을 서둘렀습니다."

아주 조금 숨이 가빠 보이는 건 밤낮 꼬박 말을 달려 왔기 때문일까.

늘 완벽하게 틀어 올린 머리도 한 올이 흐트러져 있고, 날카로운 미모에는 약간의 땀이 배어났다.

그러나 다음 순간 그는 당당하게 고개를 들고 빈틈없는 미소를 지었다.

"이제부터 폐하는 제가 모시겠습니다. 자죽례를 마친 제 약혼자들에게는 한동안 휴식을 허락해 주시겠습니까?"

――추녀에게는 결코 손대지 못하게 할 것입니다.

방대한 양의 정무와 수많은 방해를 뚫고, 자신을 가로막으러 이 자리에 나타난 자는 바로 황태자 요명이었다.

***

"아얏."

튀어나온 나뭇가지에 다리가 걸리는 바람에 영림은 작은 비명을 질렀다.

한순간 멈춰 서서 재빨리 전신을 내려다보았다. 외투가 더럽혀지지 않도록 벗어서 천에 둘둘 말아 드는 바람에 옷자락 아래로는 다 드러난 상태여서 양 다리가 노출되어 있었다.

정강이에는 나뭇가지에 긁힌 상처가 끊이지 않았고, 아래쪽 옷자락도 진흙에 더럽혀지고 실이 다 풀려 있었다.

하지만 이 정도라면 나중에 외투를 걸쳐서 숨길 수 있다.

'여기까지 꽤 강행군이었지. 이 정도로 그쳐서 오히려 다행이야.'

운제원까지의 직선거리를 중시한 나머지 길 없는 길을 헤쳐나오다 중간에 작은 절벽에서 미끄러져 떨어지는 일도 있었다. 그러나 그 덕분에 일몰 전, 간신히 산기슭 근처까지 내려올 수 있었다.

거기서부터는 더욱 묵묵하게 산길을 내려와서 하늘이 완전히 어둠에 잠긴 지금, 영림은 겨우 열단봉이라 불리는 산 자체를 빠져나왔다.

아직도 덤불에 뒤덮인 길 위에 있으나 조금만 더 나아가면 단숨에 시야가 탁 트일 터였다.

거기서 마을길로 나와, 한 각만 더 달리면 운제원의 문이 보이리라.

'잠깐 휴식을 좀…….'

무릎이 덜덜 떨리는 것을 느끼고 한순간 근처에 있는 나무 그루터기에 앉을 뻔했다.

이미 장딴지가 열기를 띠며 부어올랐고 호흡도 무척 가빴다.

여기까지 전령병도 깜짝 놀랄 정도의 속도로 산을 내려왔으니 아무리 혜월의 몸이 튼튼하다 해도 조금은 쉬어갈 필요가 있었다.

'아냐, 안 돼. 그게 치명적인 실수로 이어질 수 있어.'

하지만 금세 생각을 고쳐먹고 턱까지 흐르는 땀을 닦았다.

몇 각의 시간차가 아까워 이렇게 단신으로 산을 내려온 몸이다. 여기서 '잠깐' 휴식했다가, 그것이 만에 하나 혜월에게 영향을 끼칠 수도 있다고 생각하면 도저히 쉬고 있을 수가 없었다.

완전히 흐트러진 머리를 다시 단장한 뒤, 영림은 품에 안고 있던 외투를 걸쳤다.

여기서부터는 사람을 마주칠 가능성이 있다.

'서둘러야 해.'

머리 위에서 빛나는 달의 기울기로 미루어볼 때 지금은 술(戌) 정각에 해당하며, 운제원에서는 황제를 모시고 야간 연회가 열리고 있을 터였다. 아니면 이미 연회가 끝났을까. 요명은 늦지 않게 도착했을까.

이래저래 속을 끓이며 거기서 1각을 더 걸려, 완전히 새벽이 되어 버린 해(亥) 정각 무렵이 되어서야 영림은 드디어 운제원의 문을 두드릴 수 있었다.

"'주혜월'입니다. 들여보내 주세요."

차림새와 표정을 깔끔하게 정돈한 영림이 평온하게 말했다.

"네? 주혜월 님?! 여긴 어떻게?"

"황제 폐하께서 왕림하셨다는 소식을 듣고, 자죽례를 일찍 끝내고 이렇게 서둘러 찾아왔습니다."

놀라는 문지기와의 대화를 한 마디로 끝내고 영림은 급히 안으로 들어갔다.

그리고 가볍게 운제원 안을 둘러보았다.

입구 부근에 황실 깃발이 달린 마차, 그리고 복도 곳곳에 실력 있는 호위들이 보였다. 이미 황제가 이 자리에 도착한 게 분명하다.

그러나 적어도 광장과 복도에서 잔인한 처형이 이루어지고 있는 기색은 없었다. 사람의 죽음을 알리는 징 소리가 울릴 기색도.

한동안 복도를 달려 연회장으로 향하던 영림은 도중에 스쳐 지나간 마구간에 황태자의 강제마가 묶여 있는 것을 확인하고 안도했다.

요명이 무사히 달려와 준 것이다.

"——……잖아."

"정말, ……님도 참."

시선을 밖으로 돌린 순간, 연못 중앙의 정자에서 여자들의 화사한 목소리가 들려 왔다.

머리 위에서 타오르는 횃불 불빛에 의지해 눈을 커다랗게 뜨고 보니, 그곳에는 네 가문의 추녀들이 있다는 사실을 알 수 있었다.

추운데도 모피를 두르고 나와 밤 경치를 즐기는 모양이었다.

'혜월 님!'

네 명 중 유난히 두터운 모피를 두르고 돌로 만든 의자에 앉아 있는 '황영림'——즉, 혜월을 발견한 영림은 안도한 나머지 그 자리에서 소리를 지를 뻔했다.

성 아랫마을 나들이를 다녀온 이후로 줄곧 접촉을 피하고 있었기에 혜월을 보는 건 이래저래 한 달 만이었다.

자신의 얼굴인데도 무척 그립게 느껴졌다.

혜월은 찻잔을 양 손으로 들고 홀짝홀짝 차를 마시고 있었다.

옆에 있는 청가를 향해 뚱한 표정으로 고개를 드는가 하면, 방춘을 향해 눈썹을 치켜올리고, 가취를 보고는 한숨을 쉬고, 지친 듯 의자 등받이에 몸을 기댄다.

계속해서 표정이 바뀐다――살아 있다.

오랜만에 만났다는 기쁨과 무사함을 확인한 안도감으로 저도 모르게 눈물이 그렁거릴 것 같았다.

'다행이야……!'

황제의 접근을 잘 피해낸 모양이었다.

영림은 제자리에 쓰러질 것 같았으나, 다급히 무릎에 힘을 주고 다시 매무새를 고쳤다.

추녀들이 있는 정자는 분명 감시당하고 있을 테니 '주혜월'이 정신없이 뛰어오면 의심을 받을 것이 뻔하다. 애당초 형편없는 꼴을 보여 혜월을 걱정시키고 싶지 않았다.

정신력으로 병을 이겨내는 것과 같은 방식으로, 피로와 통증을 전부 억누른 영림은 고개를 단호히 치켜든 뒤 정자로 넘어가는 다리를 건넜다.

"어머나, 여러분. 모두 모여 있었네요!"

목소리를 높이자 혜월이 뒤를 홱 돌아보았다.

아아, 혜월이 무사해서 다행이다.

하지만 얼마나 무서웠을까.

매사에 다소 서투르고 쉽게 겁을 집어먹는 여인이다. 다른 가문의 추녀들에게 솔직하게 의지하지도 못하고 고독만 곱씹고 있을

지도 모르고, 갑자기 황제가 협박을 하는 바람에 절망에 갉아먹히고 있을지도 모른다.

하다못해 자신이 곁에 있어 주었다면, 조금이나마 정신적인 위안이 되었을 텐데.

안타까운 마음으로 다리를 건너는데 혜월이 눈을 부릅뜨더니 제자리에서 벌떡 일어섰다.

"어머나, '주혜월' 님."

성큼성큼 다리를 건너 이쪽으로 다가오는 모습을 보아하니, 얼굴을 마주치자마자 화를 버럭 낼지도 모른다.

왜 더 빨리 오지 않았어, 덕분에 실컷 쓴맛을 보고 말았잖아——.

"뭘 태평하게 여길 찾아온 거야?"

'어?'

눈물을 글썽이며 고함을 질러댈 것을 각오했던 영림은 어처구니없다는 표정으로 목소리를 낮춰 내뱉은 혜월의 말에 저도 모르게 움직임을 멈추었다.

"저, 그게……."

"폐하는 몸이 바뀐 것을 의심해서 나를 마구 몰아붙이셨지만, 전하가 개입하신 덕분에 무사히 회피할 수 있었어. 지금은 그대로 전하가 폐하를 상대해 주고 계셔. 문제없이 잘 진행되고 있으니까, 너는 나와의 접촉을 최대한 피해."

억누른 목소리로 차례차례 쏟아진 정보를 영림은 간신히 꼭꼭 씹어 삼켰다.

즉 이미 궁지는 모면했으니, 이제 와서 영림이 와 봤자 의미가 없다는 뜻이다.

오히려 이렇게 접촉을 할 경우 운이 나쁘면 또 의심을 받을지 모른다며 경계까지 하고 있다.

"네가 없어도 난 잘 해낼 수 있어."

이미 요명도 달려와 준 이상, 영림의 조력 따위는 필요하지 않았다.

"그건……."

심장이 지글지글 타들어가는 기분이 들었으나 이것이 무슨 감정인지 알 수가 없었다.

'수치심'에 조금 가까운 느낌을 받은 영림은 갑자기 솟구치는 그것을 얼버무리기 위해 머리카락을 귀에 걸었다.

다행이라며 안도해야 하는데도 마치 문전박대를 당한 기분이 드는 이유는 무엇일까.

아니, 그것도 오만일 뿐이다. 그저 '어떻게든 해야 해'라는 사명감에 휘말려 달려온 자신이, 결국 헛발질을 했을 뿐.

"정말 다행이에요. 죄송해요, 중요할 때 전혀 도움이 되어 드리지 못해서……."

머리카락이 땀으로 흠뻑 젖었다.

흙탕물이 묻고 나뭇가지에 여기저기 긁힌 자신의 다리가 갑자기 초라하고 흉하게 느껴져 자연스럽게 외투를 매만져 옷자락을 감추었다. 흐트러진 호흡도 다시금 정신력으로 가다듬었다.

중요할 때를 맞춰 오지 못했을 뿐만 아니라 소중한 친구의 몸에 상처까지 입혔다.

"뭐, 좋아. 이 정돈 아무것도 아니었어."

혜월은 어깨를 으쓱하다가 영림의 반응이 시원찮은 것을 보고는 의아한 듯 미간을 좁혔다.

"아무리 너라도 열단봉에서 자죽례를 올리는 건 쉽지 않았겠지. 하지만 어떤 의미에선 네가 늦었기 때문에 전하가 예정보다 일찍 오실 수 있었던 것 같기도 해. 결과가 좋았으니까, 다 좋았던 걸로 해 두자고."

혜월은 요명을 때맞춰 보내기 위해 영림이 어떤 노력을 했는지 모른다.

영림 또한 결코 그 말을 할 생각은 없었다.

왜냐하면 그래서는 마치 옆구리 찔러 절 받기처럼 감사를 강요하는 꼴이 아닌가.

"맞아요. 전하가 일찍 오셔서 정말 다행이네요."

"다른 가문의 추녀들도, 동설과 취관장님도, 그리고 경창 님까지도 도와주셨어. 나도 의외로 주변 사람들이랑 잘 지낼 수 있나 봐."

혜월이 흐흥, 하며 뒤를 돌아보았다.

붉게 타오르며 정자를 비추는 횃불, 그 불빛이 혜월의 뺨까지 반짝반짝 빛나게 만들어 그 모습을 바라보던 영림은 눈이 부셨다.

"그렇군요. ……정말 잘 되었어요."

"뭐야?"

그러자 조심스러운 맞장구를 들은 혜월이 조금 토라진 얼굴로 입을 삐죽거렸다.

"네가 태평하게 자죽례나 올리고 있는 동안 나도 진짜 열심히 견뎠거든? 조금 더――.”

하지만 내뱉으려던 불평을 삼키더니 “뭐, 좋아” 하고 코웃음을 쳤다.

“아무튼 오늘 밤엔 이제 원래 몸으로 돌아가는 도술을 쓸 수 없어. 폐하가 계시는 동안에도 당연히 무리야. 왕도에 돌아간 후 다시 작전을 짜야 하니까, 그때까지는 의심을 사지 않도록 접촉을 피해야 해. 그리고…….”

마지막으로 무언가 말을 덧붙이려던 혜월이 또다시 입을 다물었다.

“그럼, 그만 가 볼게.”

그렇게 말한 뒤, 다시 추녀들이 모여 있는 정자로 돌아갔다.

“‘혜월 님’! 오셨군요. 잠시 여기서 차라도…….”

“어머나, 안 돼요. 많이 지치신 것 같은걸요.”

이쪽의 존재를 알아차린 청가가 몸을 내밀었으나 혜월이 ‘영림’인 척하며 가로막았다.

“우리도 조금만 더 수다를 떨다가 각자의 방으로 돌아가도록 하죠. 슬슬 추워지네요.”

그것은 ‘황영림’과 ‘주혜월’은 항상 따로따로 행동했다는 인상을, 이 정자를 멀리서 보고 있을지도 모르는 인물에게 심어 주려는 행동일 터였다. 역시 혜월은 다 생각이 있다.

‘……어머?’

든든한 친구의 모습에서 자랑스러움과 기쁨을 느껴야 하는 장면인데, 어째서인지 심장이 욱신욱신 아파서 영림은 고개를 갸웃했다.

'어머머?'

아무래도 몸의 반응이 이상하다.

자신은 혜월이 주위 사람들에게 인정과 사랑을 받기를 늘 바라왔을 터였다. 동설과 리리가 혜월을 칭찬할 때마다 영림 자신에게까지 봄바람이 불어 오는 듯한 행복한 기분을 맛보곤 했으니.

그런데 어째서 지금 이렇게 가슴이 아플까.

'산을 내려온 영향일까?'

가슴을 꾹 누르자 정자로 돌아간 혜월이 한순간 이쪽을 돌아보았다.

퍼뜩 놀란 영림은 다급히 미소를 지으며 손을 흔들었다.

상대가 반응하기 전에 고개를 숙이고 발걸음을 돌렸다.

어둠 속에 가라앉은 복도를 걸으며 혜월이 횃불이 하나 가득 켜진 정자에 있어 주어서 다행이라고 생각했다.

밝은 곳에서는 어두운 곳이 잘 보이지 않을 테니 말이다.

――보기 흉하게 진흙이 묻은 옷자락도, 어설픈 미소도, 분명 알아차리지 못했을 테니.

"뭐야, 뭘 그렇게 바른 자세로 걸어?"

한편 정자로 돌아온 혜월은 등을 곧게 편 채 왔던 복도를 돌아가는 영림의 뒷모습을 빤히 쳐다보았다.

"그 어느 때라도 의연하려고 하다니, 그런 건 전혀 '주혜월'답지 않아."

무심코 쯧쯧 혀를 찰 것만 같다.

나 참, 자죽례가 길어지기에 혹시 무슨 소동이라도 일어났나 싶어 걱정했는데 저렇게 유유히 나타날 줄이야.

혜월의 위기를 알고 조금은 마차를 재촉했을 줄 알았는데, 나타난 영림은 머리도 깔끔하게 정리되어 있고 옷자락도 차분하게 갖춘 평소의 우아한 모습이었다. 복도와 다리에서도 서두르는 기색이 없고, 호흡조차 전혀 흐트러지지 않았다.

'하나도 걱정 안 한 거 아냐? 다른 가문 추녀들조차도 함께 걱정해 주었는데.'

혜월은 돌로 만들어진 의자에 걸터앉으며 '아냐, 아니지' 하고 생각을 고쳤다.

갑자기 황제가 나타났다고 해서 '주혜월'이 '황영림'을 걱정하는 건 기묘한 일이니, 주위의 눈을 생각하면 이 정도가 적당하다.

저 여자도 이제야 좀 익숙지 않은 연기에 진심으로 도전할 생각이 들었는지도 모른다.

'하지만 나도, 연기가 서툴러도 노력하고 있다고.'

찻잔을 집어 들어서 자꾸 뚱한 표정을 지으려고 하는 입술을 가렸다.

솔직히 말하자면 혜월은 영림에게서 칭찬을 받고 싶었다.

이 난국을, 늘 의지만 하던 영림의 힘을 빌리지 않고 헤쳐나온 일을 다름아닌 영림 본인이 기뻐해 주길 바랐다.

'뭐야, 눈을 동그랗게 뜨고 「정말 굉장해요!」라고 말할 줄 알았

는데.'

갑자기 황제가 기습한 이 사건이 '아무것도 아니었다'고, 사실은 손톱만큼도 생각하지 않는다.

무서웠고, 눈물이 날 것 같았고, 벌써 몇 번이나 마음속으로 황영림의 이름을 불렀는지 모른다.

이 자리에 없는 영림의 말을 자꾸만 떠올리며 거기에 매달리는 꼴사나운 짓거리까지 하고서야 겨우 사태를 극복할 수 있었다.

그래도 '네가 없어도 괜찮았어'라고 허세를 부렸던 건, 자립한 모습을 보여주고 싶었기 때문이었다.

'툭하면 자립이니, 근성이니 떠들어대던 주제에. 자립한 여자의 모습이 네 이상(理想)이었던 것 아니었어?'

황영림에게 의존하지 않아도 자신의 두 발로 설 수 있다. 자신도 약간은 사교적으로 굴 수 있다. 혜월의 성장을 자기 일처럼 기뻐하는 영림이라면 분명 요란하게 반가워할 줄 알았다.

'다른 가문의 추녀들과도 잘 지내는 모습을 보여줬잖아?'

황영림은 툭하면 '다른 가문의 추녀 여러분과도 교류를 하셔야죠'라거나, '혜월 님의 매력을 더 많은 사람들에게 알려야 해요'라는 소리를 늘어놓았다.

혜월 자신은 얼굴만 마주하면 서로 뱃속을 탐색하기 시작하는 추녀들과 이제 와서 교류를 가져야겠다는 생각은 손톱만큼도 없지만, 그래도 영림이 그렇게 말한다면 익숙지 않은 사교 활동도 노력해 보려고 하지 않았던가.

'더 칭찬해 달라는 요구도 꾹 참았단 말이야.'

바로 얼마 전까지의 혜월이었다면 상대에게서 원하는 만큼의 칭찬을 끌어내지 못할 경우, 짜증을 내며 찻잔을 집어던졌으리라.

하지만 그런 태도가 유치하다고 반성했기 때문에 애써 아무 말도 하지 않고 참았던 건데.

'뭐야…….'

찻잔에서 피어오르는 김으로 입술을 적셨다.

문득 그때 맞은편 자리의 청가가 말을 걸었다.

"영림 님은 뭐라고 하셨어? 무사하셨어? 정말이지, 기껏 정자까지 찾아와 주신 영림 님을 그렇게 돌려보낼 필요는 없었잖아."

"맞아요. 저도 열단봉의 상황을 듣고 싶었어요."

"오늘 밤 일어났던 일도 공유하고 싶었다만."

방춘과 가취도 차례차례 거들었다.

그렇지 않아도 기분이 나쁜데 불평까지 쏟아지니, 혜월은 코웃음을 치며 일동에게서 거리를 두었다.

"어쩔 수 없잖아. 접촉하면 의심받을 텐데."

"말은 잘 하네. 영림 님을 한 번이라도 보고 싶어서 이 추운 날 정자에 나와 기다리고 있었으면서. 우리까지 끌어들여서 말이야."

하지만 청가가 바로 단호하게 대꾸했다.

그랬다. 혜월이 이렇게 정자에 나와 있던 이유는 오늘 안에 운제원으로 오기로 되어 있던 황영림의 모습을 확실히 자신의 눈으로 보기 위해서였다.

괜찮다고 말해 주지 않으면 저 걱정 많은 친구가 멧돼지처럼 돌진할 것 같았으므로.

물론 그럴 필요도 없었지만.

“자, 그럼 무사히 영림 언니의 안부도 확인했으니 저희는 그만 들어가 봐도 될까요? 벌써 밤이 꽤나 늦었어요.”

“그렇군. 본래 예정대로라면 내일 왕도로 출발해야 하지만, 폐하가 오신 이상 시찰에 우리도 함께해야 할지도 모른다. 만전의 준비를 기해야지.”

물러날 시점이라고 느낀 방춘과 가취가 슬슬 돌아갈 준비를 시작했다.

혜월은 지금까지 아무 불평 없이 함께해 준 추녀들을 바라보다 차분하게 입을 열었다.

“아까는 도와줘서 고마웠어.”

혜월 자신이라면 고맙다는 말을 한 해에도 한 손으로 꼽을 정도밖에 내뱉지 않지만 황영림이라면 사소한 일에도 일일이 감사 인사를 했을 테니 말이다.

봐, 난 이렇게 노력하고 있잖아, 하고 혜월은 새삼 토라졌다.

특히 새침한 금청가에게 고개를 숙이다니 정말이지 굴욕적인 기분이다.

그러나 청가에게도 노래 자리를 피하게 해 준 은혜가 있다.

“솔직히 그렇게까지 할 필요가 있었나? 하는 생각은 했지만, ……덕분에 살았어.”

우물우물 중얼거리자 금청가는 당황한 듯 눈을 커다랗게 뜨더니, 마치 그것을 감추려는 듯 고개를 홱 돌렸다.

“딱히 뭐. 서투른 노래는 나도 별로 듣고 싶지 않았을 뿐이야.”

이쪽을 흘끔 쳐다본 청가가 덧붙였다.

"뭐, 네가 수덕기를 기억하고 있었던 건 칭찬해줄 수도 있어."

그러나 거만한 청가의 앞에서 결국 혜월은 얼굴을 찌푸리고 말았다.

"……뭔가 좀, 아닌 것 같은데."

"뭐?"

"네가 우물쭈물 칭찬해 줘 봤자 하나도 기쁘지 않아."

"뭐라고?"

청가가 관자놀이에 퍼런 핏줄을 세웠다.

화나게 만든 모양이지만 순수한 사실이었다.

전에는 그렇게나 주위에서 자신을 추어올려 주기를 바랐는데.

지금은 추어올려 주는 것까지는 아니지만 이렇게 어느 정도 괜찮은 평가를 받았는데도 전혀 들뜨지 않는다.

'뭐야.'

혜월은 마음속으로 다시 중얼거리며 다 마신 찻잔을 난폭하게 탁자 위로 내려놓았다.

＊＊＊

얼굴부터 털썩 쓰러진 영림을 침대는 부드럽게 받아 주었다.

운제원 한구석, '주혜월'에게 주어진 방이 있다.

리리까지 열단봉에 두고 왔으니——지금쯤 그들은 텅 빈 가마를 메고 천천히 산을 내려오고 있으리라——, 이 자리에는 영림

외에 아무도 없다.

촛불조차 켜지 않은 어두운 방에는 환기하기 위해 열어 놓은 창으로 달빛이 비쳐들었다.

영림은 몸을 뒤척여 반듯하게 드러누운 채, 희푸른 빛이 가느다랗게 벽을 비추는 모습을 멍하니 바라보았다.

움직임을 멈추니 다리가 바로 통증을 호소하기 시작했다.

피로가 잔뜩 쌓여서 저림까지 느껴지는 다리를 영림은 무의식적으로 주물렀다.

이것은 친구의 몸이다. 아무리 어르고 달래도 충분하다고 할 수 없다. 게다가 동에게 약속한 이상 내일도 다시 한 번 열단봉을 찾아가야 한다. 건강한 몸 상태를 갖춰 놓아야만 했다.

'차라리 열단봉에 그냥 머물러 있는 편이 나을 걸 그랬어.'

황제의 기습에 대처하는 데 필요한 것은 어디까지나 황태자의 개입일 뿐, 확실히 경행의 말대로 자신이 달려올 필요는 없었다. 조금이라도 접촉을 줄이고 도술이 노출되는 일을 피하려 애써 왔는데, 왜 이렇게까지 급박하게 찾아오고 말았을까.

'그야, 혜월 님이 걱정되었으니까.'

내면의 자신이 작은 소리로 변명했지만 또 한 명의 냉정한 자신은 금세 그것을 부정했다.

그렇다고 감정에 휘말려 행동해서는 안 되는 일이었다.

혜월을 위한 일이라고 주장하며 도술을 쓰게 했다가 결과적으로 위험에 몰아넣고 말았는데, 왜 하나도 학습을 하지 못했을까.

지금 영림이 해야 할 일은 도술의 노출을 피하는 일. 즉, 혜월과

거리를 두는 일이다.

'혜월 님은 내가 없어도 다른 사람들과 잘 지내고 있잖아.'

따스한 불빛으로 가득한 정자, 사람들 속에 자연스럽게 녹아든 혜월의 모습을 떠올린 영림은 또다시 몸을 뒤척였다.

"……정말 늠름하셨어."

목소리를 내어 스스로를 타일러 보았다.

그렇고말고. 자신은 지금까지 혜월이 주변 사람들과 잘 지내기를 그토록 바라지 않았던가.

혜월은 매력적인 인물이다. 오해받기 쉬운 부분도 있지만, 혜월이 조금만 마음의 문을 열면 많은 사람이 그 매력을 알아차리고 교류를 원할 것을 알고 있었다.

실제로 혜월이 궁지에 빠지자 다른 가문의 추녀들을 비롯하여 다양한 사람들이 도움의 손길을 내밀어 주지 않았나.

'맞아, 맞아. 혜월 님에게는 그런 사랑스러움이 있어. 저도 모르게 주위에서 손을 내밀고 싶어질 만큼.'

나뭇가지에 긁혀 상처가 난 손바닥을 가볍게 주무르며 영림은 고개를 끄덕거렸다.

지금까지 불우한 환경에서 지냈기에 본디 받아야 할 애정과 평가를 받지 못했던 친구.

그것이 정정되려는 지금, 이렇게 기쁜 일은 또 없다.

딱딱한 껍데기에 한 번 금이 가면 분명 씨앗을 가르고 새싹이 움틀 것이다. 내내 움츠리고 있던 싹은 마침내 떡잎을 펼치고 사교성이라는 이름의 꽃을 피우리라.

영림은 어디까지나 혜월이 우연히 맨 처음 사귄 친구에 불과하며, 분명 혜월은 점점 자신을 필요로 하지 않게 될 것이다.

그것이 곧 성장이며 성장은 반가운 변화다.

아름다운 꽃을 꺾어서 곁에 두는 것보다는 녹색이 넘치는 들판에서 힘차게 자라나기를 바라는 것이야말로 참된 우정이다.

병약한 자신은 이른 나이에 혜월을 두고 떠나게 될지도 모르니 더더욱.

'하지만.'

발걸음을 돌려 정자로 돌아가던 혜월의 모습을 떠올렸다.

웃음소리가 가득한 곳. 시끌벅적한 장소.

자신을 두고 사라지는 혜월을 보고 사실은 그때 소맷자락을 잡아당기고 싶었다.

잠시만요. 부디——.

"안 돼!"

방금 전의 광경을 더듬듯 무의식적으로 허공에 손을 뻗는 스스로를 알아차리고 영림은 침대에서 벌떡 일어났다.

그리고 물 흐르는 듯한 동작으로 자신의 뺨을 세게 내리쳤다.

대체 자신은 지금 무슨 생각을.

'안 돼! 영림! 친구의 행복과 자립을 기뻐해야 할 장면에서! 그 자립하는 친구의 발목을 잡고 싶어 하다니!'

심장이 쿵쿵 정신없이 뛰었다.

지금 아주 조금——아니, 상당히, 혜월이 자신을 더 의지해 주면 좋겠다는 생각을 해버렸다. 다른 추녀들과는 잘 지낼 필요도 없다고.

'내가 이렇게 못된 성격을 갖고 있었다니, 정말 깜짝 놀랐어.'

심지어 황가의 인간이 타인의 자립과 노력을 부정하다니.

한동안 영림은 가슴을 꾹 누르며 "정말 놀랐어……" 하고 중얼거렸다.

그러고는 뺨이 순식간에 달아오르는 것을 알아차리고 황급히 댈 천을 찾기 시작했다. 이것은 혜월의 몸인데, 공연히 더욱 세게 내리치고 말았다.

정말이지 다양한 방면으로 스스로가 실망스러울 뿐이었다.

전에는 그래도 좀 더 분수를 알고 행동했는데.

"아무튼 혜월 님의 발목을 잡는 짓만은 하면 안 돼."

욱신거리는 뺨에 천을 대고 꾹 누르며 영림은 스스로를 타일렀다.

애당초 혜월이 황제의 눈에 띈 것 자체가 찬앙례 자리에서 영림이 혜월로 하여금 대규모 도술을 쓰게 만들었기 때문이었다.

그렇지 않아도 민폐를 끼쳤는데 이 이상 혜월의 행복을 방해해서는 안 된다. 생각조차 용서받을 수 없다.

도술 건은 자신이 책임을 지고 끝까지 숨겨야 한다.

'혜월 님과 거리를 둘 것. 철저히 연기할 것. 그리고 의심스러운 언동을 늘 조심할 것.'

수없이 마음속으로 중얼거리며 영혼에 아로새겼다.

그때 문득 방문 쪽에서 똑똑 두드리는 소리가 들려왔다.

"——'주혜월', 방에 있느냐?"

차분하고 낮은 목소리.

'전하?'

깜짝 놀라서 문을 여니 달빛을 등지고 문가에 서 있는 사람은 황태자 요명이었다.

"전하! 어떻게 된 일이신가요? 이렇게나 늦은 밤에, 시종 하나 없이."

"그건 내가 할 말이다."

당황하며 일단 방 안으로 들이려 하는데 요명이 한숨을 쉬며 가볍게 그것을 제지했다.

아무래도 심야에 추녀의 방으로 들어오는 일은 삼가려는 모양이었다.

당연한 일이다. 무엇보다 이쪽에도 곁에서 모시는 궁녀 하나 없으니 말이다.

"방금 전 경창이 '주혜월' 혼자서 운제원을 찾아왔다는 소식을 급히 보고하더군. 무슨 일인가 싶어서 상황을 보러 왔다."

결국 황태자는 시종일관 주위에서 감시를 당할 수밖에 없다. 요명은 이 방문을 비밀로 할 생각이 없는지, 누가 엿들어도 상관없도록 영림을 '주혜월'로 취급했다.

"열단봉의 자죽례는 어떠하였느냐?"

'아아…… 강제마를 타고 맞이하러 오시지 못해서 걱정이 되셨구나.'

재빨리 질문의 의도를 파악했다.

영림을 데려오지 못한 채 운제원으로 직행할 수밖에 없었던 걱정 많은 사촌오라버니는 속을 끓이고 있었으리라. 심지어 요명을 먼저 보내기 위해 영림은 '자죽례가 길어져서'라는 핑계까지 댔다. 험난한 피해 지역에서 무슨 소동에 휘말린 게 아닐까 염려가 된 모양이었다.

요명에게 보고를 했다는 경창 또한 스스로 동생의 상태를 확인하지 못해――당연하다, 황가의 무관이 심야에 주가의 추녀를 방문하는 것은 부자연스러운 일이므로――무척이나 걱정하고 있을 터였다.

아마도 요명은 경창 몫까지 걱정을 짊어지고 지금 이 자리에 찾아왔을 것이다.

"문 안으로 들어올 때 혼자였다고 하던데, 왜 가마를 타고 돌아오지 않았지? 설마 그럴까 싶지만, 혼자서 산을 내려온 것이냐?"

"저어, 그……."

하기야 일반적인 귀족 아가씨라면 말을 타고 데리러 가지 못한 이상, 가마나 마차를 타고 이동하는 것이 보통이다. 그렇다면 짐꾼과 마부가 함께 도착하지 않은 것은 이상하다.

"도중에 가마에서 내렸어요. 마음이 급해서. 폐하를 '환대'하는 자리에 늦지 않도록 운제원에 도착해야 한다는 생각밖에 없었답니다. ……결과적으로는 늦고 말았지만요."

영림은 식은땀 대신 간신히 미소를 지었다.

과보호 기질이 심한 황가의 남자들.

장남 경행은 그나마 병약한 영림에게도 "갈 수 있는 데까지 가보거라, 기합으로!" 하고 손을 놓아 줄 때가 있었지만 차남 경창, 그리고 사촌 요명은 너무 무모한 짓을 했다가는 정말로 영림을 감금할 가능성이 있다.

“조금은 스스로 걸었어요. 하지만 정말 아주 조금이에요. 가마도 저를 따라오는 형태로 금세 운제원에 도착할 거예요.”

거짓말은 하지 않았다. 도중까지라고나 할까, 열단봉에 갈 때 가마에 탄 것도 사실이다.

아마 몇 각만 지나면 리리만을 태운 가마가 운제원에 도착하리라. 몇 각쯤이야 넓은 시야로 보면 ‘금세’의 범위다.

“호오?”

자연스럽게 옷자락을 고치고 부은 다리를 감추는 영림을 향해 요명은 많은 말이 담긴 시선을 던졌지만, 엿듣는 누군가를 경계했는지 질문을 바꾸었다.

“그렇다면 자죽례는? 무슨 소동이 일어나지는 않았나?”

황제가 방해 공작을 하지 않았는지 걱정이 되는 모양이었다.

“글쎄요…….”

영림은 잠시 생각에 잠겼다.

방해 공작이 있었다는 사실 자체는 말하는 편이 좋겠지만, 요명 일행에게 쓸데없는 걱정을 끼치고 싶지는 않았다.

그들이 자신보다 혜월을 더 신경 써 주길 바랐기 때문이었다. 열단봉 쪽에 더 많은 호위를 배치했다가 혜월 보호가 소홀해지는 사태는 피하고 싶었다.

게다가 식량 분실을 비롯하여 궁녀들의 반항, 산적 등장 등 여러 일이 있었지만 뭐, 생각해 보면 실제로 피해가 발생하지는 않았다.

"종합적으로 말해서 아무 문제없었습니다."

"잠깐. 대강 뭉뚱그리지 말거라."

시선을 비스듬히 피하며 얼버무렸으나, 감이 좋은 요명은 그 순간 눈살을 찌푸리며 얼굴을 들이밀고는 억지로 시선을 맞추었다.

"경위를 말해."

"……길이 험하여 짐꾼들이 짐마차를 절벽 아래로 떨어뜨려 식량의 일부를 분실했습니다. 하지만 금세 다른 것으로 보충했어요. 다소 태도가 나쁜 궁녀도 있었지만 가볍게 주의를 주었더니 크게 반성했고, 줄을 어지럽히는 장난꾸러기도 있었지만 짐꾼들의 협력으로 붙잡을 수 있었습니다."

최대한 아무 일 아닌 듯 전달했다.

절반쯤이야 '일부'이고, 가청에게 내린 벌도 솥 앞에 세워 놓은 것이 전부고, 산적도 '장난꾸러기'의 범위에 들어간다. 괜찮다, 거짓말은 없다.

"저를 걱정해 주시다니 참으로 황송합니다. 그보다 다른 추녀님들의 상태는 어떤가요? 폐하께서 갑작스럽게 왕림하셨는데, 저는 환대에 참가할 수가 없어 너무나 죄송스럽습니다."

화제를 바꿀 겸 진심으로 걱정하며 물었다.

혜월에 대해 묻는다는 사실을 순식간에 이해한 요명은 날카로운 얼굴에 온화한 미소를 지었다.

"괜찮다."

영림은 그 한 마디에 액면 이상의 의미가 담겨 있다는 사실을 알 수 있었다.

"추녀들의 대응에 폐하도 만족하신 모양이더군. 특히 '황영림'은 **여전히** 총명하고 고상한 추녀라는 사실을 납득하신 것 같았다."

혜월은 빈틈없이 '황영림'을 연기했다——몸이 바뀌었다는 사실을 들키지 않았다는 뜻이다.

"폐하는 든든한 추녀들의 모습을 지켜보신 덕분인지, 지금은 다른 일을 신경 쓰고 계시지."

현요는 '황영림'이 누군가와 몸이 바뀐 것이 아닌지, 또 도술 사용이 가능한 게 아닌지, 라는 의심을 일단 내려놓았다.

지금은 다른 쪽에 관심이 옮겨 갔다고 한다.

"다른 일이란 것이 무엇인가요?"

"'사언(賜言)'이다. 폐하는 내일도 운제원에 머물러 근린 피해 지역에서 앞이 보이지 않는 자, 몸이 부자유한 자, 병세가 위중한 자를 모아 친히 말씀을 하사하시겠다는군. 또한 굶어 죽은 백성이 있으면 당신께서 직접 애도하고 싶으시다고. 갑작스러운 방문의 목적은 아무래도 그것이었던 모양이다."

"사언이 목적……?"

역대 황제들 중 현요는 피해 지역과 전쟁터의 시찰 횟수가 독보적으로 많은 일로 유명하다.

신분이 낮은 백성, 그것도 장애와 병이 있는 자를 직접 만나서 격려해 주는 행동은 황제로서는 말도 안 될 정도로 파격적인 자비였기에 사언을 받은 백성은 기쁨에 목이 멜 정도라고 한다.

그렇다면 그 자비로움을 선전하면 좋을 텐데 현요는 언제나 사전에 아무 예고도 하지 않고, 오히려 선행을 감추기라도 하는 듯 기록도 남기지 못하게 했다.

"폐하께선 정말로 온 마음을 다해 백성을 사랑하시는군요."

영림은 신중하게 맞장구를 쳤다.

언제나 담담하며 정무에도 크게 집착하지 않는 황제. 한편으로 도술의 사용을 집요하게 추적하는 황제. 백성을 사랑하는 황제.

현요의 행동에는 일관성이 없어 보였고 진의를 파악하기가 힘들었다.

"하지만 외유 기간을 연장하게 된다면 진혼제 당일까지 왕도로 돌아갈 수 없을 것입니다."

"음. 그 점에 대해 폐하는 '추녀들은 왕도의 진혼제에 참석하지 않아도 좋다'라고 말씀하셨다. 극음일까지 이 땅에 머물러 이곳에서 봉가를 올리면 된다고 말이지. 진혼가는 음의 땅에서 바치는 편이 훨씬 큰 도움이 된다고 하니."

계속 '진혼제에 늦지 않아야 한다'는 생각을 가지고 움직였는데, 당사자가 오히려 결석을 허락하다니 맥이 빠지는 기분이었다.

하지만 숙영지까지 쫓아올 정도로 현요가 경계하는 이상 진혼제에 편승하여 원래 몸으로 돌아가는 도술을 쓰는 것도 불가능할 터였다. 영림 일행이 서둘러 귀환할 이유는 이제 사라진 것이나 다름없었다.

"저, 폐하도 진혼제 당일에는 돌아가시겠지요?"

요명은 어쩔 도리를 모르겠다는 듯 한숨을 내쉬었다.

"모레까지 출발하면 그래도 늦지는 않겠지. 폐하도 그러실 생각이라 믿고 있지만…… 모르겠다. 방금 전 말씀을 나누어 보니 사언에 상당한 의욕을 불태우고 계신 듯했어. 한 명이라도 더 많은 백성과 대화를 나누고 싶다고."

황제인 현요가 이 땅에 머무른다면 황태자가 먼저 도성으로 돌아갈 수도 없다.

그렇다면 국가 행사인 진혼제에 황제도, 황태자도, 추녀도 출석하지 않는 사태까지 고려해야 한다. 전대미문의 일이다.

"대체 폐하께선 무슨 생각으로……."

"지금쯤 왕도는 대혼란에 빠졌겠지. 하지만 폐하의 의지는 곧 나라 그 자체의 의지다. 그래서 말이다만."

요명은 지긋지긋하다는 표정으로 고개를 끄덕인 뒤 이렇게 말을 이었다.

"폐하는 추녀가 담당한 각각의 피해 지역에서 사언의 대상이 될 인물을 모아 오라고 하셨다. 병세가 위중한 자는 운제원에서 치료해 주고 싶고, 굶어 죽은 자의 시체는 애도하고 싶다고 말이지. 또한 백성들이 겁을 집어먹지 않도록 부디 황제의 이름을 꺼내지 말고, 각 가문의 자선 행위로 취급하라고 하셨다."

"폐하의 이름을 꺼내지 말고, 병세가 위중한 자와 시체를 모아 오라……."

영림은 살짝 미간을 찌푸렸다.

현요는 본래 눈에 띄는 일을 꺼려하는 인물이다.

액면 그대로 다섯 가문 전체를 챙겨 주었다고 받아들일 수도 있다.

하지만 추녀들을 핑계 삼아 다른 무슨 일을 꾸미고 있는 게 아닐까, 하고 생각하는 건 지나친 생각일까.

"그런 연유로 내일은 추녀들이 다시 한 번 피해 지역에 가게 되었다. 또한 예무관인 경창에 더해 나와 취관장은 병약한 '황영림'이 걱정되므로, 그쪽에 동행하여 피해 지역을 시찰할 것이야."

매끄럽게 설명하는 요명의 의도를 영림은 바로 알아들었다.

황제의 진의를 파악할 수는 없지만, 추녀의 피해 지역 방문은 현요에게서 떨어질 좋은 구실이므로 우선 따르기로 한다. 그것을 눈치채고, 황제가 주시하고 있는 혜월의 주위를 요명과 경창과 진우——아군이 빈틈없이 둘러싼다.

영림은 "훌륭한 생각이십니다" 하고 열심히 고개를 끄덕였다.

"저도 '황영림' 님의 몸이 걱정되었습니다. 부디 전하와 다른 분들이 그분을 지켜 주세요."

"'주혜월'이여. 너는 가장 험난한 땅을, 심지어 호위무관도 경행 하나만 데리고 재방문해야 한다. 용서하거라."

"전하께서 제게 사과하실 이유라고는 단 하나도 없습니다."

영림은 그 자리에서 예를 취했다.

제일 걱정되는 것은 혜월의 안전이며, 혜월을 지켜 준다면 이쪽에는 인원을 배분해 주지 않아도 아무 상관없다.

게다가 영림 스스로도 열단봉을 가능한 한 빨리 재방문하고 싶던 참이었다.

"마침 오늘은 식재료의 일부가 미처 도착하지 못해 안타까웠습니다. 전하께서 재방문을 허락해 주신다면 더할 나위 없는 행운입니다."

"쌀이라면 위로품으로 나도 가지고 왔다. 보충할 몫으로 많이 가져가거라. 죽을 끓여 나누어 주기보다는, 그냥 쌀을 있는 그대로 주는 편이 백성들의 공복도 보다 장기간 막을 수 있겠지."

"자비로우신 말씀, 진심으로 감사드립니다."

필요한 것을 아낌없이 건네 주는 요명에게 영림은 진심으로 감사 인사를 했다.

덕분에 피해 지역 구제에 한층 박차를 가할 수 있게 되었다.

진혼제까지 왕도로 돌아가야만 한다는 제약이 사라진 이상, 작정하고 덤빌 수 있다.

"실은, 외람되오나 고작 하루 죽을 나누어 주는 것으로는 진정한 의미의 구제라고 할 수 없지 않을까, 하는 염려가 있었습니다. 보다 근본적으로 백성들의 처지를 개선할 방법이 없을지 남몰래 생각하던 참이었지요."

"호오."

요명이 흥미를 느낀 눈치였기에 영림은 낮에 생각한 내용을 털어놓았다.

"그랬군. 그거 재밌겠구나. 어디 한 번 해 보자꾸나. 단――."

그렇게 말하며 몸을 내밀려던 순간, 요명은 문득 움직임을 멈추고 복도 쪽을 돌아보았다.

맑은 음색이 귀로 흘러들었다.

"이건…… 피리인가?"

가늘게 허공에 녹아 흐르는 소리였다. 마치 여자의 흐느낌 소리처럼 슬프고, 은밀한.

하지만 그렇기 때문에 그 고요한 울림에 귀가 더욱 민감하게 반응했다.

한동안 함께 귀를 기울이던 영림이었으나, 이윽고 요명과 얼굴을 마주본 뒤 누가 먼저랄 것도 없이 방을 나섰다.

슬픈 선율에 이끌려 복도를 나아가서 조금씩 피리 소리가 나는 쪽으로 다가갔다.

"도대체, 어떤 분이."

꽤나 능숙한 솜씨였다. 이 정도로 고귀한 음색을 낼 수 있다면 악기의 전문가일 것이라 생각했지만, 이 숙영지에 악단 따위를 불렀을 리가 없다.

추녀들도 음악에 조예가 있지만 다들 이미 잠들었을 터였다. 게다가 추녀들이 특기로 하는 악기는 대체로 금(琴)이나 얼후 등의 현악기이니, 이렇게까지 노련하게 피리를 다룰 수 있을 것 같지는 않았다.

오라비 경창을 필두로 무관이면서도 악기를 즐기는 호사가가 없지는 않지만, 이렇게까지 훌륭한 연주를 선보일 수 있는 자는 얼마 되지 않으리라.

참고로 옆에서 함께 걷는 요명은 문무 양면으로 뛰어나지만 사실 음악의 재능만은 다소 떨어져, 사람들 앞에서 금조차 탄 적이 없다.

'치, 각, 치, 각, 궁, 우——.'

어린 시절부터 음악에 친숙했던 영림의 귀는 무의식적으로 음계를 잡아내기 시작했다.

잔물결과 큰 물결이 온화하게 되풀이되는 듯한 선율은 마치 물처럼 매끄럽게 가슴속 깊은 곳으로 스며들었다.

'이 곡, 어디선가…….'

기억 속 깊은 곳에서 희미하게 떠오르는 무언가를 느끼고, 무심코 뺨을 손으로 감쌌다.

기예에 뛰어났던 어머니의 피 덕분인지 영림은 한 번 들은 연주를 정확히 기억할 수가 있었다.

지금까지 누군가가 이 곡을 연주하는 것을 들은 적은 없었다. 하지만 신기하게도 선율이 귀에 들어옴에 따라 차츰 '나는 이 곡을 알고 있어'라는 감각이 강렬해졌다.

'대체, 어디서.'

실로 아름다운 곡이었다. 자연스럽게 귀로 스며들어서 무심코 따라 흥얼거리고 싶어진다.

만일 여기에 가사가 붙어 있었다면 그 어떤 어린아이라도 쉽게 익힐 수 있을 것이다.

소리를 더듬어 가다 보니 두 사람은 복도를 빠져나와 달빛이 쏟아지는 연못으로 나왔다.

아까까지 추녀들이 있었던 연못 위 정자와는 반대로 연못 기슭에는 산을 흉내 낸 인공 언덕이 있었다.

가지가 멋진 소나무와 기암괴석을 가져다 놓은 그 장소에 한 인물의 그림자가 보였다.

"——……!"

보름달이 되기에는 아직 며칠 부족한 달 아래, 피리를 연주하는 인물의 정체를 알고 요명과 영림은 순간 숨을 들이켰다.

황제, 현요였다.

'그랬지. 폐하는 음악을 사랑하는 분이셨어.'

섬세하고 우아한 것을 사랑하는 현요는 군사 연습보다 무악(舞樂) 연회를 즐기고, 검보다 악기를 더 많이 수집한다고 들었다. 그러나 스스로 연주하는 모습을 보기란 처음이었다.

옆에 있는 요명도 눈을 크게 뜬 걸 보니 아마 마찬가지인 듯했다.

서로 눈짓을 한 뒤, 조심스럽게 발소리를 죽이고 복도로 되돌아갔다.

요명이 시선으로 재촉했기에 얌전히 주어진 방으로 돌아오기는 했지만, 도중에 딱 한 번 영림은 언덕을 돌아보았다.

고요히 서 있는 모습.

피리에 숨을 불어넣는 현요의 얼굴은 여전히 단정했고, 감정을 읽을 수가 없었다.

하지만――그가 연주하는 피리 소리는 슬픔을 소리 높여 외치는 듯했다.

"폐하는 대체 무슨 생각이신 건지……."

아들인 요명도 부왕의 진의를 도저히 알 수가 없어서 미간을 찌푸렸다.

"저, 저 곡을 아는 것 같아요."

"그래?"

"하지만 어디서 들었는지 기억이 안 나서……. 전하는 들으신 적 있나요?"

"아니, 없다. 아마도."

음악에 자신이 없는 요명의 대답은 평소와 달리 애매했다.

영림 또한 자신의 애매한 기억이 안타까웠다.

선율은 귀에 익다. 그런데 들은 기억이 없다니.

'악보만 읽은 적이 있는 걸까? 하지만, 어디서? 하다못해 이 곡이 무엇을 위해 연주되는지만이라도 알 수 있다면…….'

슬픈 선율로 미루어볼 때 송별 연회에서 연주되는 곡일까. 아니면 세상을 버린 사람의 무료함을 달래기 위해 만들어졌을까.

이런저런 생각을 하며 묵묵히 복도를 걷다가, 마침 방 앞에 도달했을 때 종 소리가 울려 퍼지는 것을 듣고 걸음을 멈추었다.

"아……."

자(子) 정각.

"날짜가 바뀌었군."

요명의 별 생각 없는 한 마디에 문득 깨달았다.

태양이 하늘 높이 빛나는 정오를 양(陽)의 극이라 한다면, 그 반대에 해당하는 지금은 음(陰)의 극이라는 말이 된다.

음의 연못, 그리고 음의 각에 연주하는 곡은 영혼을 달래고 위로한다.

한 마디로――.

"폐하께서 연주하시던 곡은…… 진혼가일까요?"

요명은 의표를 찔린 듯 고개를 들더니 차분하게 끄덕였다.

"그럴 수도 있겠구나."

그렇다면, 누굴 위해서?

백성일까? 그렇다면 역시 현요는 백성들의 안녕을 비는 자비로

운 군주라는 뜻일까?

자신이 들은 곡의 정체, 그리고 현요의 본성을 헤아릴 수가 없어서 영림은 미간을 찌푸렸다.

## 5. 영림, 폭파하다

“감사합니다, 추녀님.”

“아니에요. 죽이 아니라 쌀을 그냥 드리게 되어 죄송해요.”

“아뇨, 그러는 편이 보존하기도 더 쉽습니다. 감사합니다!”

행렬에 늘어섰던 맨 마지막 백성에게 쌀자루를 건네며, 주가의 추녀——의 얼굴을 한 영림은 다정하게 눈웃음을 지었다.

다시 찾아온 열단봉, 자죽례 다음날 저녁 무렵.

영림은 요명이 가져온 쌀을 빌려서 받아 들고 약속대로 잃어버린 절반의 식량을 보충하러 와 있었다.

이틀 연속으로 험난한 산길을 왕복하는 꼴이 되었던 주가의 궁녀들은 피로를 감출 수 없는 기색이었지만, 그래도 자랑스러운 얼굴로 한숨을 내쉬고 있었다.

겨우 제 소임을 다한 남자 짐꾼들도 안도한 표정이었다.

“드디어 모든 쌀을 다 나눠줬네요, 추녀님.”

“응, 리리. 이제야 겨우 자죽례를 완결지은 것 같아.”

한편 영림으로 말하자면 당연한 의무를 다했을 뿐이라는 듯 냉정했다.

겸손한 그 반응에 근처에 있던 은주 궁녀 가청은 커다란 눈을 휘둥그렇게 떴다.

“어머나, 아무리 나머지 반을 꼭 가져다주겠다는 약속을 했다

하더라도 다음날 바로 그 말을 지키는 추녀는 그리 많지 않아요. 신속한 대응에 백성들도 분명 혜월 님을 칭송할 거예요."

어제의 '교육'이 효과를 다소 지나치게 발휘한 건지, 있는 힘껏 자신을 추켜올리는 가청을 보고 영림은 쓴웃음을 지었다.

나중에 들은 이야기지만 결국 가청을 비롯한 궁녀들은 '황후가 혜월을 버리려고 한다'는 소문을 퍼뜨린 인물의 정체를 몰랐다. 가청은 같은 방을 쓰는 궁녀에게 들었다고 하고, 그 궁녀는 또 다른 궁녀에게 들었다고 하는데, 또 그 궁녀는 가청에게 들었다는 상황이었다.

애당초 후궁이란 소문이 혼자서 걸어다니는 장소다.

예컨대 방춘처럼 대화를 조종하는 게 특기인 인물을 궁녀로 변장시켜서 우물가 회의 자리에 한 명 집어넣으면 그 어떤 소문이든 진실처럼 퍼져버린다.

그 악의 있는 자는 궁녀로 변장했을지도 모르고, 환관이나 하인으로 변장했을지도 모른다. 잡아내기란 불가능하다는 뜻이다.

영림은 열심히 아부하는 가청에게 가벼운 미소를 지으며 이렇게 대답했다.

"신속하게 대응할 수 있었던 건 다행스러운 일이지만, 어제오늘 사이에 쌀을 준비할 수 있었던 건 전하 덕분이야. 나를 칭찬하는 건 도리에 맞지 않아."

그러고는 운제원이 있는 방향을 돌아보며 요명 일행이 현재 무엇을 하고 있을지 생각했다.

'지금쯤 폐하는 운제원에서 사언을 하고 계시겠지. 혜월 님은

전하 일행과 함께 근린 피해지, 단앙으로 가셨을 테고. 무사히 잘 지내고 계실까?'

실은 오늘 아침 단앙으로 향하는 혜월과 열단봉으로 향하는 영림은 운제원 문까지 각자 마차와 가마를 타고 함께였다.

요 한 달 사이 계속 서로 거리를 두고 지냈기에 나란히 이동하는 일은 퍽 오랜만이었다.

'사실은 얼굴을 보고 인사 한 마디라도 건네고 싶었지만.'

잘 다녀오세요. 어젯밤엔 푹 주무셨나요. 부디 몸조심하시길.

자신의 말 한 마디에 얼굴을 환히 빛내거나, 고개를 홱 돌리거나, 흥! 하고 코웃음을 치는 등 표정이 풍부한 친구가 그리웠다.

하지만 결국 영림은 말 걸고 싶은 것을 꾹 참았다.

지금 이 순간에도 은밀부대의 감시를 받고 있을지 모르고, 어떤 것이 계기가 되어 몸이 바뀐 사실을 의심받을지 모른다. 애당초 혜월에게서도 어젯밤 '뭘 태평하게 여길 찾아왔느냐'며 잔소리를 들은 후가 아닌가.

'의심받지 않기 위해, 도술을 들키지 않기 위해. 떨어져 있는 일이 곧 혜월 님을 지키는 일이야.'

스스로를 그렇게 힘주어 타이르며 가마 속에서 고개를 푹 숙이고 앉은 채, 혜월을 배웅했다.

'에잇, 우울하게 회상에나 잠겨 있어 봤자 아무 소용도 없어. 뭐든 중요한 건 근성이야. 근성이라고, 영림!'

그러다 어느 샌가 몸을 웅크리고 있는 스스로를 발견하고 황급히 가슴을 폈다.

애당초 열단봉에 공헌하기 위해 재방문한 입장이니 더욱 정신을 바짝 차리고 일에 임해야 하지 않겠는가.

힘차게 뺨을 찰싹찰싹 때린 영림은 시선을 느끼고 돌아보았다.

고민 어린 표정으로 이쪽을 바라보던 그 사람은 촌락의 소녀, 리안이었다.

아까 받은 쌀자루를 꽉 움켜쥔 채 이쪽의 눈치를 보고 있었다.

시선이 마주치자 금세 얼굴을 돌리기는 했지만, 주위 소녀들이 "자, 빨리 감사하다고 해"라고 재촉하자 떫은 얼굴로 영림에게 다가왔다.

"무슨 일이니, 리안?"

"……저기."

말을 걸자 리안이 우물쭈물 중얼거렸다.

"정말로, 이틀 연속으로 와 줬구나."

"이 녀석, 어제 동 선생님한테 얘길 듣고도 몇 번이나 '정말?' 하고 끈질기게 의심했나 몰라요."

"추녀님은 아무리 진정을 올려도 한 귀로 듣고 한 귀로 흘리는 다른 귀족들과 다르다고 했는데도."

리안이 시무룩한 표정을 짓자 옆에서 소녀들이 놀리듯 한 마디씩 거들었다.

아무래도 리안은 '쌀의 절반을 보충하러 다시 오겠다'는 영림의 선언을 믿지 않았던 모양이었다.

"어쩔 수 없잖아. 어차피 귀족들이란 말만 그럴싸하게 늘어놓는 주둥이만 산 인간들인걸."

토라진 듯한 리안이 당당하게 불경한 발언을 내뱉자 소녀들이 "야!" 하고 당황했지만 영림은 오히려 흐뭇함마저 느꼈다.

불만을 확고하게 표현할 수 있는 것은 바람직한 일이다.

불평불만을 표준 장비로 장착한 친구를 둔 몸이다 보니, 리안의 활기찬 언동을 보면 왠지 기분이 좋아진다.

"……게다가 쌀을 보충해 준다고 해도, 결국 수해가 일어난다는 건 변하지 않아."

하지만 리안이 문득 눈을 내리깔며 중얼거린 내용에는 영림도 정신이 퍼뜩 들었다.

"어차피 아무것도 달라지지 않잖아. 하늘은 우릴 도와주지 않아. 죽 한 그릇 얻어먹는다고 뭐…… 뒷일은 결국 스스로 알아서 해야 해."

하늘은 기적을 일으키지 않는다. 의지할 수 있는 건 자신뿐이다.

그 발언은 공교롭게도 영림이 어린 시절부터 늘 마음속에 품은 말과 똑같았다.

주위의 조력을 기대하지 않는 태도는 분명 자립적이라고 할 수도 있으리라.

하지만 최근 들어서는 이런 생각도 든다. 그것은 거절 또는 포기와 종이 한 장 차이인 태도가 아닐까, 하고.

누군가가 자신을 도와주리라는――그런 기적을 믿을 수가 없을 정도로 지쳐버린 게 아닐까.

"이해해, 리안. 무언가를 솔직하게 소망하는 건 현실을 받아들이는 일보다 훨씬 용기가 필요하지. 기대를 배반당할 수도 있다는 공포까지 동시에 받아들여야만 하니까."

영림은 리안의 앞에 쪼그려 앉았다. 그리고 그 비쩍 마른 손을 잡고 장난스럽게 말했다.

"얘, 리안. 내기하지 않을래?"

"내기?"

"응."

의아한 표정을 짓는 소녀를 보며 영림은 생긋 웃었다.

"총명한 네가 고통스러운 상황 앞에서 비관적인 태도를 취하는 건 당연한 일이야. 하지만 만약에 내가 사소한 기적을 일으킨다면——그때는 '어차피 달라지지 않잖아'라는 말을 하지 말아 주었으면 해."

"'사소한 기적'?"

"응. 열단봉 사람들을 돕기 위해 어떤 '지원'을 생각하고 있어. 사실은 오늘 중으로 할 수 있으면 좋았겠지만 조정이 필요하거든. 하지만 반드시 하루 더, 이곳을 찾아오려 해."

영림이 몰래 검토하고 있는 '지원'은 가능하면 여러 곳에서 허가를 받은 뒤 진행하고 싶었다.

이미 요명에게서 "재미있겠군" 하고 찬성을 받았으나 너무 적극적으로 덤벼들었다가는 요명에게 폐를 끼치게 될 우려가 있다.

"뭐……? 하루 더 와 준다고?"

"혹시 쌀을 더 가져다주는 거야?"

"언제 와? 내일?!"

리안이 눈을 커다랗게 떴고, 소녀들도 신이 나서 몸을 내밀었지만 영림은 "아직 조정 중이야"라며 미소 짓는 데 그쳤다.

한층 더 흥미를 느낀 아이들이 영림을 둘러싼 순간, 등 뒤에서 말을 거는 자가 있었다.

"아니, 이런. 아이들과 몹시 친해지셨군요. 이것도 추녀님의 인덕 덕분이겠지요."

돌아보니 그곳에는 상냥한 미소를 띤 촌락의 지도자――동이 있었다.

"이야기 나누시는 중에 실례하겠습니다. 마을 사람들이 자꾸만 추녀님께 감사 인사를 드리고 싶어 해서요."

동의 등 뒤에는 조심스럽게 이쪽의 눈치를 보는 마을 사람들이 있었다.

대부분은 영국식으로 고개를 숙였지만, 다른 지방 억양이 심하거나 이국의 언어밖에 구사할 줄 모르는 자들은 동이 대신하여 이야기를 했다.

"모두가 감사하고 있습니다. 만일 다른 분이셨다면 떨어뜨린 쌀을 보충해 주실 일도 없이 그냥 그대로 끝나 버렸겠지요. 그런데 물고기 낚는 법을 가르쳐 주시고, 그 다음날 바로 절반 이상의 쌀을 가져다주시고, 심지어 희망자는 숙영지에서의 치료까지 약속해 주실 줄이야. 저희는 오히려 이득을 본 기분입니다."

동이 말하자 그 등 뒤를 둘러싼 주민들도 고개를 끄덕거렸다.

생선과 죽을 배불리 먹은 그들은 혈색이 조금이나마 좋아지고, 기력도 되찾은 듯했다.

이곳 열단봉 안에서도 병이나 부상이 심한 자는 이후 영림과 동행하여, 숙영지로 가서 치료를 받아도 좋다는 이야기도 전달해 놓았다.

자신들에게도 손을 내밀어 주는 사람이 있다——그 실감이 그들의 마음속에서 반짝이는 듯했다.

"그렇지, 리안. 추녀님께 답례 선물은 드렸니?"

만족스러운 표정으로 백성들을 둘러보던 동이 리안에게 시선을 던졌다.

"아뇨, 아직……."

"약속대로, 정말로 추녀님이 와 주시지 않았니? 어서 선물을 드리렴."

동이 타이르자 리안은 마지못한 태도로 품 속을 뒤지더니 비쩍 마른 팔에 무언가를 얹어서 내밀었다.

"이게 뭘까?"

"행운을 비는 끈팔찌예요. 급하게 만든 거지만. 아니, 진짜로 올 줄은 생각도 못 했으니까."

"어머나. 그럼 네가 직접 만든 거니, 리안?"

"동 선생님이 그러라면서 재료까지 가져다 떠맡기니까 만든 것뿐이에요."

리안의 퉁명스러운 태도를 얼버무리려는 듯 동이 붙임성 있는 웃음을 띠었다.

"이 근방 산악지대에 널리 퍼져 있는 민예품입니다. 주민들 중 몇 명은 이런 수예가 특기지요. 팔에 묶고 지내다가 자연스럽게 끊어지면 소원이 이루어진다고들 합니다. 가난한 촌락에서는 이런 것밖에 준비할 수가 없었습니다만, 혹시 괜찮으시다면 받아 주십시오."

보아하니 리안의 반항적인 태도 때문에 상대의 반감을 살 것을 우려한 동이 일부러 리안에게 끈팔찌를 만들도록 지시한 모양이었다.

영림은 소녀에게 전혀 화가 나지 않았다는 사실을 전달하고, 한층 더 명랑하게 웃으며 손을 내밀었다.

"정말 멋지네. 그럼 받아도 될까?"

"특수한 매듭이라 여기서 묶는 편이 좋을 겁니다. 리안, 묶어 드릴 수 있겠니?"

"……네."

리안은 쌀쌀맞은 표정과 달리 손은 교묘하게 움직였다.

매듭은 금세 꽃 모양으로 완성되었고 심지어 끈 끝은 정교하게 엮어 넣어서 고정시킨 덕분에 풀리지 않았다.

마치 원래부터 끄트머리가 없는 원 모양인 것 같았다. 훌륭한 솜씨다.

"어머나, 정말 아름다워. 이렇게 멋진 선물을 받다니 오히려 미안하네."

섬세한 끈팔찌를 보고 영림이 감탄한 덕분에 주위 분위기가 많이 누그러졌다.

리안 또한 머쓱한 듯 고개를 돌리고는 있었으나, 반론과 불평을 내뱉지는 않았다.

그 모습을 보고 주인에게 아부하는 데 여념이 없는 궁녀 가청이 재빨리 영림을 추어올렸다.

"어머나, 혜월 님도 참. 백성들에게서도 이렇게까지 칭송을 받으시다니. 하기야 그도 그럴 거예요. 이틀 연속으로 쌀과 자비를 베푸는 추녀가 세상에 또 있겠어요? 열단봉 백성들은 구원받은 거예요."

그 순간 등 뒤에서 대화를 듣고 있던 짐꾼 남자 중 하나가 혼자 무어라 중얼거렸다.

목소리의 주인은 짐꾼들의 필두인 안기였다. 감격에 북받친 듯 눈가를 꾹 누르고 있었다.

"안기?"

"죄송합니다, 저도 모르게 그만 가슴이 메어서……. 실은 저도 이 열단봉과 비슷한 피해 지역에서 자란 사람입니다. 병사가 되어 공을 세운 덕분에 지금은 이렇게 황성에서 일자리를 얻었지만, 만일 제가 어렸을 때 이렇게 다정하게 말을 걸어 주시는 귀족분이 계셨다면……."

얼굴을 한껏 일그러뜨리며 말문이 막히고 만 안기에게 주민들은 연대감과 위로가 담긴 시선을 보냈고, 가청을 비롯한 궁녀들은 자랑스러운 듯 가슴을 폈다.

"안기——."

"아, 그렇지. 다정한 분이라고 하니."

영림은 안기에게 말을 걸려고 했지만, 그보다 먼저 동이 몸을 내밀었다.

"어제 와 주셨던 무관님은 어디 계십니까? 실은 그분께도 이 끈팔찌를 선물하고 싶은데요."

동은 그렇게 말하며 리안에게 끈팔찌를 하나 더 꺼내게 했다.

남성용이어서 그런지 영림에게 선물한 것보다 훨씬 두껍고 넓어 보였다.

"그분께는 낚시 방법도 배우고 여러 모로 큰 신세를 졌습니다. 오늘도 와 주셨을까 싶어 찾아 보았는데 도무지 모습이 보이지 않아……."

난처한 얼굴로 동이 말하자 영림은 눈을 깜박였다.

쌀을 나르는 일이라면 짐꾼들만 있어도 가능하리라는 판단에 경행에게는 어떤 임무를 부탁해 중간에 이 자리를 벗어나게끔 했기 때문이었다.

"마음 쓰시게 해서 죄송해요. 그분은 열단봉에 더욱 보탬이 되는 일을 하기 위해 개별 행동에 나서셨답니다."

"개별 행동이라고요?"

"네. 돌아가는 길에는 합류할 예정이지만……. 아아, 괜찮으시다면 동 씨도 함께 숙영지에 가지 않으시겠어요? 이곳에 가져온 것보다 더 많은 약과 청결한 침대도 있어요."

경행과의 재회를 바라는 건가 싶어서 영림이 제안했다.

현요가 직접 말을 걸 대상은 앞이 보이지 않거나 걷지 못하는 등, 중증의 장애를 입은 자들로 한정되어 있지만 동의 저 다리 부상을 보면 충분히 사언의 대상이 될 법했다.

동은 솔깃한 표정이었으나 영림이,

"숙영지에는 때때로 높으신 분도 찾아오신답니다. 입신의 명예를 얻을 가능성도 있으니, 괜찮으시다면 함께 와 주세요."

그렇게 덧붙이자 펄쩍 뛰면서 제안을 거절했다.

"아뇨, 저처럼 건강한 자가 그런 영예를 입는다면 벌을 받을 겁니다. 귀중한 기회는 보다 큰 곤란에 처한 이들에게 양보하겠습니다."

그러나 이어서 진심으로 난처한 듯 눈썹을 축 늘어뜨렸다.

"하지만…… 그 무관님께는 꼭 직접 감사 인사를 드리고 싶군요. 주민들도 낚싯대 만드는 법을 더 배우고 싶다고 간청하고 있고, 어제 포박한 산적도 어떻게 처리해야 할지 무관님께 지시를 받아야 할 것 같습니다."

동은 조심스러운 태도로도 끈질기게 매달렸다.

놀랍게도 산적들은 일단 동의 지시에 따라 멀리 떨어진 곳에 붙잡아 놓기만 했다고 한다.

하기야 그들을 어떻게 처분할지는 무관인 경행의 지시를 받는 편이 좋을 듯하다.

'게다가 「지원」을 실현시키기 위해서는 역시 큰 오라버니를 모셔 오는 편이 좋을 테고.'

영림은 재빨리 머리를 굴린 뒤, "알겠습니다" 하고 고개를 끄덕였다.

"실은 지금 아이들에게도 이야기했는데, 열단봉에 '지원'을 이어가기 위해 하루 더 이곳을 방문할 생각이었어요. 그때 반드시 큰…… 경행 님을 모셔 오겠습니다."

"심지어 하루 더 와 주신다는 말씀이십니까?"

"네. 연일 시간을 빼앗게 되어 죄송하지만요."

"아닙니다! 며칠이든 얼마든지 와 주십시오."

동은 진심에서 우러나는 미소를 지으며 열심히 "꼭 와 주셔야 합니다" 하는 말을 반복했다. 경행에게 줄 선물이라고, 끈팔찌도 꽤나 공들여 만든 모양이었다.

이야기를 나누는 사이 슬슬 해가 지기 시작했다. 이 이상 늦어지면 귀로가 위험하다.

이별을 아쉬워하는 주민들의 배웅을 받으며, 영림 일행은 중병 환자와 부상자들을 짐마차에 태워서 운제원으로 돌아왔다.

"주민들에게 완전히 사랑받는 분이 되셨네요."

돌아오는 길, 가마 안.

바닥과 벽 양쪽에 꽉꽉 차 있는 짐을 팔로 밀면서 리리가 어깨를 으쓱했다.

사언 대상자인 중상자를 짐마차에 실었기 때문에 추녀와 그 시녀가 타는 가마에까지 짚과 약 등을 가득 실어, 자칫 방심하면 짐이 무너져 내릴 것 같은 상태였다.

그러나 좁고 갑갑한 공간이나마 단둘이 편하게 대화를 나눌 수 있는 환경이었기에 리리는 다소 안도한 눈치였다. 역시 이틀 연속 열단봉을 왕복하다 보니 긴장과 피로가 쌓인 모양이었다.

"어떻게 할 거예요, 영림 님. 세 번째로 방문하겠다는 약속까지 해 버리시고. 아무리 자애로운 것도 좋지만, 궁녀들도 짐꾼들도 이젠 체력의 한계라고요. 다음 방문에도 따라올지 어떨지 모르겠네요."

"맞아."

가청을 비롯한 궁녀들의 대부분은 귀한 집 딸들이다.

건장한 짐꾼들도 커다란 솥과 대량의 식재료를 들고 산을 왕복하다 보면 지칠 수밖에 없다.

특히 지금은 산길 중에서도 가장 좁고 험한 길을 걷고 있기에, 말에게만 짐을 맡길 수는 없다면서 짐꾼들 모두가 이마에 비지땀을 흘려 가며 필사적으로 가마와 짐을 운반하고 있었다.

"그래서 다음 열단봉 방문은 나랑 큰 오라버니 둘이서만으로도 충분할 것 같아."

영림은 목소리가 새어 나가지 않도록 가마 창문이 꽉 닫힌 것을 확인한 뒤 덧붙였다.

"누가 적인지 모르는 이상 엮이는 인원 수는 최소한으로 하는 편이 안전하니까."

"그러고 보니 경행 님은 어디 가셨나요?"

언급된 경행이 아침부터 내내 모습을 보이지 않았기에 리리는 미간을 좁혔다.

"아무리 그래도 호위인데, 대체 왜 개별행동을 취하고 계시는 거예요?"

"아, 그건 말이지——."

그러나 영림이 대꾸하려던 찰나, 이변이 일어났다.

"으아아악! 말이 날뛴다!"

등 뒤에서 비명 소리가 들려 왔다.

“어?! 뭐야, 이쪽으로 왔잖아!”

“도망쳐! 빨리! 부딪혔다가는 절벽에서 떨어질 거야!”

“가마 꽉 잡아!”

가마를 떠받치던 남자들이 동요해서 고함치는 소리가 들렸다.

아무래도 뒷줄에서 중상자가 탄 짐마차를 끌던 말이 갑자기 날뛰기 시작한 모양이었다.

마부가 고삐를 놓쳤고, 말은 앞에서 나아가던 이 가마를 향해 돌진하는 듯했다.

“도망쳐! 빨리 가라고!”

“아니야! 가마를 내려!”

뜻밖의 사태에 가마꾼들의 걸음이 흐트러져 가마가 덜컹덜컹 흔들렸다.

다음 순간,

——쿵!

“으아아아악!”

갑작스러운 충돌음과 비명이 울려 퍼졌다. 한 박자 늦게 가마가 기우뚱 기울었다.

“이, 이 멍청아! 추녀님이——.”

“안 돼, 이미 늦었어!”

몸이 허공으로 내던져지는 감각이 들었다. 맞은편에 앉아 있던 리리가 “말도 안 돼” 하고 중얼거렸다.

“리리! 몸을 웅크려!”

영림은 재빨리 리리를 부둥켜안고 서로의 몸에 머리를 파묻는 자세를 취했다.

——쾅! 콰과과광!

시야가 격렬하게 흔들리고 전신이 위아래로 부딪혔다.

어느 쪽이 하늘인지 알 수 없는 상태로 꽉 닫힌 가마와 그 안의 두 사람은 여기저기를 찧으면서 절벽을 굴러 떨어졌다.

"……윽!"

내장을 마구 헤집는 듯한 감각에 비명조차 나오지 않았다.

——쿵……!

마지막으로 가장 크고 둔탁한 소리와 함께 가마가 지면에 닿았다.

아니, 낙하가 끝났다고 해야 좋을까.

가마는 가마꾼이 드는 손잡이 부분이 바닥에 붙어 있는 모양이어서 그런지 바닥을 아래로 하고 착지했다.

바닥 가득 깔려 있던 짚이 진동으로 마구 뒤섞인 결과 천장에서 후두둑 떨어져 내렸다.

그래서 오히려 다행이었다. 짚과 약초가 완충재 역할을 해 준 것이다.

"으……."

짚이 전부 바닥으로 떨어졌을 무렵, 리리가 천천히 눈꺼풀을 들어올렸다.

한순간 기절한 모양이었다.

멍하니 주위를 둘러보려다가, 누군가가 자신을 꽉 껴안고 있는 것 같다는 사실을 알아차린 그 순간——단숨에 정신이 확 들었다.

"영림 님?! 괜찮으세요?!"

영림은 리리의 머리를 지키려는 듯 자신의 어깨에 바짝 붙인 채 꼼짝도 하지 않았다.

“혹시 머리라도 다치신 건……? 저를 감싸느라 그러신 거예요? 영림 님! 몸은 괜찮으세요?!”

“아, 미안해.”

급하게 주인의 어깨를 잡고 흔들려 하는데 영림이 퍼뜩 놀란 듯 몸을 떼었다.

“무사해. 그냥 이 독특한 부유감, 안전히 확보된 상태로 낙하하는 감각이 꼭 중독될 것 같아서.”

“머리는 괜찮으신 거죠?!”

동요한 나머지 불경하기 짝이 없는 고함을 지른 뒤, 리리는 안도의 한숨을 내쉬었다.

“정말 다행이에요. 짚이 꽉 차 있어서……. 이 높이에서 떨어지고도 무사하다니 기적이네요.”

“그러게.”

영림은 부스스 몸을 일으켜 가마 밖으로 기어나갔다.

위를 올려다보니 절벽은 머리 위 한참 꼭대기——가지와 잎이 가득한 나무에 가려져 보이지 않을 정도의 높이였다.

목소리도 닿지 않을 거리다.

“말도 안 되는 행운이네.”

그렇게 중얼거리며 나뭇잎 사이로 비쳐드는 석양을 향해 눈을 가늘게 떴다.

그렇다. 어쩔 수 없는 사고라고 생각한다면 불가능한 결과다.

가마가 통째로 절벽에서 미끄러져 떨어졌는데 다른 누군가가 말려들지도 않았고, 뼈 하나 부러지지 않았다니.

**'살려 준 거야.'**

누군가가 가마를 짚으로 꽉꽉 채우라고 지시했다.

그 장소, 그 순간, 그 상황에서 가마가 떨어지게끔 계획을 짰다.

'주혜월'이 호위에게서 떨어져 고립되도록. 단, 목숨은 잃지 않는 범위 내에서.

'죽을 쑬 때와 똑같아. 위기를 직면하게 만들어서 도술을 쓸지 안 쓸지 시험해 보고 있어.'

길도 없는 산중에 떨어졌는데 추락한 게 자신들뿐이라는 건 그나마 불행 중 다행이었지만, 짐꾼들이 수색한다 해도 장소를 알아내 여기까지 도달하는 데에는 상당한 시간이 걸릴 터였다.

그 사이 '주혜월'은 아무도 없는 숲 속에 궁녀와 단둘이 남아 있어야 한다. 감시도, 상황에 따라서는 암살도 너무나 쉬울 것이 틀림없다. 어쩌면 지금 이 순간에도 조금 떨어진 나뭇가지에 앉아 은밀부대가 이쪽의 동향을 주시하고 있을지도 모른다.

경행에게 개별 행동을 부탁한 것은 역시 다소 무방비한 생각이었던가 보다.

"여긴 어딜까요……. 어쩌죠, 영——."

"쉿——."

단둘뿐이라는 이유로 진짜 이름을 부르려는 리리를 영림은 한쪽 눈을 끔벅하며 막았다.

가마 밖으로 나가면 누군가가 대화를 엿들을지도 모른다.

"'주혜월'의 궁녀 된 자가 그렇게 훌쩍훌쩍 우는 소리를 하지 말란 말이야! 떨어진 건 어쩔 수 없는 일이니 우리가 할 수 있는 일을 하면서 도움을 기다려야지!"

혜월인 척하고 일부러 언성을 높이자 똑똑한 궁녀는 정신을 퍼뜩 차리고 조심스럽게 주위를 둘러보았다.

"……그렇군요. 그래야겠죠."

"그래. 원래 경행 님과도 조금만 더 가면 합류할 예정이었어. 추락 사실을 알면 반드시 구하러 와 주실 거야."

영림은 고개를 끄덕이고는 품에서 단도를 꺼내들었다.

오라버니가 주었던 새피리 기능이 딸려 있는 칼이다. 날밑 구멍을 바람에 노출시키면 사람의 귀에는 들리지 않는 소리가 분명 비둘기를 불러 줄 터였다.

——단, 그 비둘기가 은밀부대의 손에 잡히지만 않는다면 말이지만.

'그렇다 해도「주혜월」이 운제원으로 돌아오지 않으면 반드시 주위에서 날 찾아 줄 거야. 추락을 목격한 사람이 저렇게나 많으니 우리 편의 귀에 들어가지 않을 리가 없겠지.'

만일 혜월이 추락 사실을 알면 염술을 동원해 이쪽의 안부를 알아내려 할지도 모른다.

'즉, 불만 계속 피우고 있으면 우리는 살 수 있어——.'

거기까지 생각했다가 영림은 문득 얼굴이 굳어졌다.

안 된다. 감시당하는 상황인 이상 혜월에게 염술을 쓰게 할 수는 없다.

'혜월 님께 도움을 요청해서는 안 돼.'

불 앞에 서면 안 된다. 혜월을 끌어들이게 된다.

도술로 구제받는 데 의지하지 말고, 어디까지나 자신의 힘으로 이 난국을 타개해 나가야 한다.

'괜찮아.'

영림은 가볍게 뺨을 때린 뒤 고개를 들었다.

이래 봬도 노력을 사랑하는 황가의 여자다.

궁지에 몰렸어도 구조를 바라지 않고, 스스로의 힘으로 극복하겠다는 것은 무척이나 당연한 생각이다.

"자, 리리. 목소리 한 번 내고 가자."

갑작스러운 추락. 일몰을 앞두고 숲은 점점 어두워지고, 심지어 추위도 격심하다.

하지만 영림은 그래도 이 상황을 어떻게든 이겨내겠다며 주먹을 불끈 쥐었다.

조난당하고 나서 안 사실인데, '가만히 기다린다'는 건 매우 어려운 일이었다.

완전히 해가 떨어지기 전에 움직여야 한다면서 물이 있는 곳을 찾고, 평평한 장소로 가마를 옮기고, 몸에 두르기 위해 짚을 끌어내는 등, 바쁘게 돌아다니는 동안에는 괜찮았지만 그것이 다 끝나고 나니 리리의 말수가 급격히 줄어들었다.

해가 지고 하얀 달이 떠오를 무렵, 두 사람은 가마에 틀어박혀 아무 말도 하지 않았다.

"춥네요……."

가마 속에 웅크리고 앉은 채 리리가 나직이 중얼거렸다.

바람을 막아 주는 지붕 달린 가마와 함께 떨어져서 그나마 다행이었지만, 그럼에도 불구하고 한밤의 산속은 매우 추웠다.

방금 전까지 탐색을 하고 다닌 덕분에 바로 옆에 물가가 있다는 사실도 알아냈고, 운제원으로 가져갈 약을 싣고 있었으니 당장의 부상과 병에도 대응할 수 있다.

그런 식으로 좋은 조건들을 하나하나 꼽아 가며 스스로를 위로해 보아도 한편으로는 추위가 심신을 갉아먹었다.

"추워……."

하다못해 가마 바깥에 불이라도 피울 수 있었다면.

그러나 만에 하나 혜월이 이쪽을 걱정하여 염술을 사용했다가 은밀부대의 눈에 띌 수도 있다고 생각하니 망설이게 된다.

공복과 추위. 그리고 점점 어두워져 가는 시야가 리리를 조용히 궁지로 몰아넣었다.

"역시 불을 피워야겠어, 리리. 감시를 지나치게 경계했던가 봐. 나는 가마 안에 있을 테니까 너 혼자만이라도."

보다 못한 영림이 제안했으나 리리는 바로 고개를 가로저었다.

"아뇨……. 이 상황은 아무리 생각해도 이상해요. 가, 감시당하고 있는 거예요. 제가 불을 피웠다가 혜월 님이 저를 떠올리기라도 하면 염술로 연결되고 말 거라고요."

하지만 다음 순간에는 몸에 두른 짚을 꽉 움켜쥐고 있었다.

"무서워……."

멀리서 들려오는 짐승의 울음소리. 달빛은 있지만 해가 뜨기까지는 아직 멀었고, 영원히 이어지는 어둠 속에 사로잡힌 것만 같았다.

절벽에서 떨어진 후 시간이 얼마나 흘렀을까. 구조대가 오기야 하겠지만, 자신들은 대체 앞으로 얼마나 더 이곳에 있어야 좋을까. 살아날 수 있기는 할까.

자꾸만 부정적인 생각이 떠올랐고, 그것이 차츰 갑갑할 정도로 가슴을 짓눌러 리리의 목구멍에서 쏟아져 나올 것만 같았다.

"우, 우리, 정말, 살 수 있겠죠?"

"그럼."

"표식도 길도 없는데…… 누가, 아, 알아차려 주긴 하겠죠?"

"그렇고말고. 리리, 진정해. 천천히 숨을 내쉬는 거야."

흐읍, 흐읍, 하고 점점 숨이 가빠지는 궁녀에게 영림은 조용히 말을 걸었다.

리리 또한 혜월과 마찬가지로 불의 성질이 강한 주가의 여인이다. 감정이 풍부한 성격의 소유자지만, 그 풍부한 상상력과 과격한 마음이 부정적인 방향으로 내달리면 걷잡을 수 없이 스스로를 몰아넣는다.

"비, 비둘기가, 통, 와 주질 않네요……."

"그러게. 하지만 괜찮아. 아침이 되면 해가 뜰 거야. 길로 돌아갈 수만 있으면 우리 힘으로 산을 내려갈 수 있어."

"도, 돌아가지 못하면……."

“가마 속에는 짚도, 약도, 소금도 있어. 물도 바로 곁에 있고. 당분간은 살아남을 수 있어. 그러니까 괜찮아.”

최대한 온화하게 말하려 애썼지만 리리는 “무, 무리예요” 하고 쉰 목소리로 내뱉으며 고개를 가로저었다.

“무리예요. 여자들끼리만 산에서 며칠을……. 지, 짐승이 나타나거나 산적에게 습격을 당하면, 짚이 있어도, 약이 있어도, 그런 건, 아무짝에도 쓸모없잖아요! 우리는 무력해요!”

감정에 휘말려 고함을 지른 리리는 정신을 퍼뜩 차리더니 얼굴을 일그러뜨리고는 커다란 눈에 눈물을 글썽였다.

“죄, 죄송해요. 궁녀인 제가, 영림 님을 달래 드려야 하는 입장인데.”

후회와 자기혐오. 공포, 초조함, 불쾌함.

엉망진창으로 뒤섞인 채 부풀어 오른 그것을 리리는 입술을 꽉 깨묾으로써 어떻게든 억누르고 있는 모양이었다.

하지만 입술이라는 출구를 막은 탓인지 눈에서 눈물이 펑펑 쏟아져 내렸다.

“죄, 죄송해요, 저…….”

“용서할 수 없어.”

줄곧 상냥하게 맞장구를 치던 영림이 문득 낮게 중얼거리자 리리는 어깨를 움찔 떨었다.

“죄, 죄송해요――.”

“세상에서 제일 귀여운 내 궁녀를 이렇게 울리다니, 죽음으로 갚아야만 해.”

황급히 눈물을 닦았으나 이어지는 말이 너무나도 뜻밖이었기에 리리는 눈을 깜박였다.

"네?"

맞은편에서 추위를 견디고 있는 줄 알았던 주인이 어느 틈엔가 짚을 벗고 차분하게 웃고 있었다.

마치 봄바람이라도 맞는 듯한 표정으로 영림은 천천히 리리의 뺨으로 손을 뻗었다.

"미안해, 리리. 적이 감시하고 싶다면 마음대로 하라고 생각했는데, 네가 이렇게나 무서워할 수도 있다는 걸 더 고려했어야 했어. 빨리 도움을 요청하자."

"네……?"

차가운 손끝이 뺨에 남은 눈물 자국을 닦았다.

"하지만 비둘기도 안 오고 염술도 쓸 수가 없는데, 도대체 어떻게……."

"물론 내가 할 수 있는 방법을 동원할 거야. 다행히 여기엔 약도, 쇠로 만든 솥도 있으니까. 이래 봬도 나는 약 다루는 데에는 제법 실력이 있거든."

가벼운 그 말에 리리는 의아한 표정을 지었다.

약으로 어떻게 구조를 요청한단 말인가.

"저어, 영림 님……."

"약이라 하면 보통 약초를 제일 먼저 떠올리지만, 실은 광석에서 얻는 것도 많아."

영림은 짚을 내려놓은 뒤, 대신 가마 속을 뒤적거려 한구석에 쑤셔 넣어 두었던 약봉지를 꺼냈다.

항균작용을 한다는 유황과 초석, 독을 흡착하여 배출한다는 목탄 종류.

그것들을 솜씨 좋게 섞더니 약봉투 종이를 재사용하여 깔끔하게 뭉쳐서 공기를 뺐다.

"그리고 광석류 약은 무심코 섞어서 실수로 불을 붙여버리면 강렬한 반응을 일으키거든. 그래서 고대 의사들은 그 약을 이렇게 불렀지."

그리고 약 조제에 쓰는 쇠솥을 꺼내서 거기에 뭉친 약을 넣고는 미소지었다.

"——'화약'이라고."

요염한 그 미소에 리리는 등골에 오싹해지는 것을 느꼈다.

"네……?"

"약 따윈 아무짝에도 쓸모없다고 했지? 우리는 무력하다고. 하지만 그렇지 않다는 걸 증명해 줄게."

자, 하고 손을 잡아끌며 가마 밖으로 나왔다.

옆구리에 끼고 있던 쇠솥을 가마에서 조금 떨어진 지면에 안정적으로 내려놓은 후, 영림은 생글생글 웃으며 말했다.

"산불이 날까 걱정했지만 이젠 알 바 아니야. 시원하게 한 방 쏘아서 감시하는 분들께 보여드리자."

"어, 어……."

리리가 당황하거나 말거나 영림은 짚을 꼬아서 만든 새끼줄을 풀고 손톱으로 긁어서 가늘게 만들었다.

그리고 들고 있던 단도로 수정 비녀를 부숴서 불똥을 튀겨, 불타기 시작한 밧줄을 쇠솥 속에 휙 던져 넣었다.

"자, 만일을 대비해서 물가로 도망치자!"

"네?"

염술이 연결되는 일을 피하기 위해서인지, 영림은 리리의 팔을 잡고 재빨리 물가로 달려갔다.

"저기, 대체 무슨——."

눈을 희번덕거리던 리리가 당황을 감추지 못한 채 주인을 부른 그 순간.

——쿠우…… 웅!

뒤쪽에서 굉음과 섬광이 번쩍였다. 리리는 저도 모르게 제자리에서 자빠질 뻔했다.

"엎드려!"

순간 영림이 머리를 껴안아 주었지만, 정작 당사자는 냉정한 눈으로 하늘을 올려다보고 있었다.

이미 섬광은 사라지고 달빛 가득한 밤하늘에 하얀 연기만이 피어오르고 있었다.

"후후, 생각보다 금세 솟구쳤네. 쇠솥의 모양이 딱 좋았던가 봐. 아주 훌륭했어."

"이, 이…… 게, 무슨……."

리리는 허리에서 힘이 쭉 빠졌다.

제자리에 주저앉은 리리가 주인의 시선을 뒤따라서 멍하니 밤하늘을 올려다보았다.

"당신…… 어, 어떻게 폭탄을 만든 거야!"

"어머나, 폭탄이라니 그런 무서운 게 아니야. 밤하늘에 불꽃놀이를 피워 올렸을 뿐인걸."

"아니, 방금 전에 '시원하게 한 방'이라고 했잖아요?!"

리리가 있는 힘껏 고함을 지르자 영림은 조금 안타까운 듯 손으로 뺨을 감쌌다.

"으음――. 감 껍질이 있었다면 빨간색을 낼 수 있었을지도 모르는데, 마침 없었지 뭐야."

"이제 와서 불꽃놀이인 척하지 말라고요!"

현 상황을 타개하기 위해서라는 이유로 천연덕스럽게 폭발물을 만들어낸 추녀를 앞두고 무슨 지적을 더 해야 좋을지 알 수가 없었다.

"참고로 약은 아직 더 있어."

"생글생글 웃으면서 다음 폭파 선언을 하지 말라고!"

리리는 불온한 미소를 짓는 주인을 재빨리 제지했으나,

"앞으로 몇 발만 더 쏘면 탐색대가 우리의 위치를 금세 알아차릴 거야. 금방 구조하러 와 줄 테니 걱정 마."

다정한 그 말에 리리는 순간 말문이 막히더니 눈이 촉촉해졌다.

'영림 님.'

염술을 통해 혜월과 연결되는 일을 그렇게나 두려워했으면서, 겁을 집어먹은 리리를 위해 다른 방법을 찾아 준 것이다.

굉음과 함께 폭발이 일어나는 한복판이라면 만일 염술이 연결되어 '불꽃이 부풀어오르고', '목소리가 들리는' 이상 현상이 발생

해도 주위에서 알아차리지 못할 테니까.

'이 사람, 정말…….'

흔들림 없는 마음과 놀라운 순발력에 진심으로 경의가 흘러나왔다.

그렇게나 가슴을 가득 메우던 공포도 폭풍으로 함께 날아가 버렸는지, 사라지고 없었다.

"감사합니다."

이 사람과 함께 있으면, 괜찮아.

고양되는 기분을 안고 주인처럼 고개를 들려던 그 순간이었다.

"추녀님, 리리 님. 겨우 찾았습니다!"

등 뒤에서 덤불이 부스럭거리며 갈라지고 사람 그림자가 튀어나오는 바람에 리리는 놀라서 돌아보았다.

그리고 외쳤다.

"안기 님!"

하얀 숨을 토하며 뛰어온 사람은 짐꾼들 중 한 명, 안기였다.

"다행이다! 계속 이 근방을, 찾아다녔는데……. 오늘 밤은 그만 포기해야 하나 생각하던 차에 폭발음이 들려서 혹시나 하고……."

허억, 허억, 하고 잔뜩 지친 기색을 보이는 짐꾼의 모습에 리리는 안도로 눈물을 글썽거렸다.

정말로 구조하러 와 줬구나, 하는 마음에 가슴이 떨렸다.

"감사합니다. 모두들 찾아봐 주셨군요!"

"아뇨, 감사 인사를 하실 필요는 없습니다. 저희가 말을 잘 붙잡고 있었더라면!"

안기는 성실해 보이는 얼굴을 일그러뜨리며 무릎을 꿇었다.

리리는 "아니에요!" 하고 외치며 뛰어가 고개를 들게 하려 했으나, 뜻밖에도 등 뒤의 영림이 팔을 붙잡아 그것을 막았다.

"그래."

영림은 달빛보다 싸늘한 눈빛으로 안기를 응시했다.

"용서할 수 없어."

"네……?"

전하의 호접 황영림은 그 누구보다 자애롭고 또 관용적인 인물일 터였다.

아무리 위험한 상황에 처했다고는 해도, 그리고 거만한 '주혜월'을 연기하는 중이라 해도 혼자서 뛰어와 준 고용인을 책망하다니.

"나에 대한 판단은 끝났어?"

하지만 이어지는 영림의 말에 리리는 눈을 커다랗게 떴다.

"네……?"

엎드렸던 안기도 리리와 마찬가지로 멍한 표정으로 이쪽을 바라보고 있었다.

영림은 "연기도 참 잘 하네"라며 미소를 짓더니 한 걸음씩 천천히 무릎을 꿇은 안기에게로 다가갔다.

"나, '주혜월'을 판단하려 했다면 출발 지점에서부터 감시해야 했겠지——즉 궁녀나 짐꾼이 수상하다고는 처음부터 생각했어. 그래서 어제 너희를 낚시 집단과 죽 쑤는 집단, 두 패로 갈랐던 거야. 그러자 사건은 죽을 쑤는 집단 쪽에만 연달아 발생했지."

바스락, 하고 차가운 들풀을 밟는 소리가 울려 퍼졌다.

"따라서 오늘은 죽을 쑤던 집단을 둘로 나눈 뒤, 나와 황경행이 각각 붙었어. 그러자 역시 내 쪽에 당신이 있었고, 내 쪽에서 사건이 일어났지. 그리고 지금 당신이 이곳에 왔어. 가마에 짚을 깔아 놓으라는 지시를 내린 건 짐꾼 필두인 당신이지?"

안기는 목소리를 떨며 깊이 고개를 숙였다.

"제, 제가 인도하는 자리에서 연달아 사고가 일어나게 되어 정말로 죄송합니다. 하지만 말의 폭주도, 산적의 난입도, 전혀 예상치 못한 일이었——."

"당신이 혼절시킨 그 산적 두령."

한 걸음 더 다가간 영림이 걸음을 멈추었다.

"얻어맞기 직전에 뭐라고 말하려 했던 것 같았어. '이런 건 얘기가 다르잖아' 같은 말이라도 하려고 했던 게 아닐까? 하지만 당신이 바로 기절시키는 바람에 뒷말을 잇지 못했지."

무릎을 꿇고 있기에 시선을 맞출 수는 없었다. 그저 싸늘하게 내려다볼 뿐.

"그리고 또 하나. 가청이 구제를 자랑했을 때 당신은 얼굴을 가리고 얼버무렸지만 무어라고 중얼거렸어. '다르'라고 들렸지. 아이들에게 들었는데, 단 지방에 전해져 내려오는 말이라지?"

허리띠에 꽂고 있던 단도를 재빨리 뽑았다.

영림은 망설임없이 뽑은 칼날을 안기의 목에 들이밀었다.

"실은 최근 나도 어디선지 모르게 이국풍의 남자 분을 만난 적이 있거든. 단 나리라고 불렸는데, 확실히 그 일대 출신이라 해도 위화감이 없는 뚜렷한 이목구비를 가진 분이셨어. 그래, 맞아. 전하께서 조사하신 바에 의하면 폐하 직속 은밀부대 중에 단 출신이 한 명 있다던데. 이름이 분명.”

망설임 없이 움켜쥔 단도가 부욱 하고 핏방울을 만들어냈다.

“안기(아킴).”

——타악!

움직임은 갑작스러웠다.

무릎을 꿇고 있던 안기가 준비동작도 없이 뒤로 몸을 젖히더니, 양손을 짚고 그 반동을 이용해 날카로운 발차기를 날렸던 것이다.

영림은 순간적으로 뒷걸음질 쳤으나 남자의 긴 다리에 맞고 단도를 떨어뜨렸다.

“……윽!”

스쳤을 뿐인데도 엄청난 위력이었다.

“괜찮으세——, 힉!”

다급히 리리가 달려왔으나 안기는 뒤도 돌아보지 않고 무언가를 집어던졌다.

푹 하고 둔탁한 소리를 내며 리리의 옷자락에 꽂힌 것은 낯선 모양의 예리한 칼날이었다.

“이런, 이런.”

순간적으로 영림과 리리를 무력화시킨 안기——아킴은 귀찮은 듯 무게중심을 한쪽 다리로 옮겨서 서더니 머리를 벅벅 긁었다.

“돌발적인 짓만 하는 추녀님인 줄 알았더니 의외로 섬세한데. 아니, 집요하다고 해야 할까.”

꽉 묶었던 머리를 풀어헤치고, 반듯하게 대고 있던 이마 가리개도 집어던졌다.

남자가 "하— 답답해 죽을 뻔했네" 하고 투덜거리며 머리를 헝클어뜨리자 아주 잠깐 관자놀이의 작은 문신이 달빛 아래로 떠올랐다.

머리가 흐트러졌고 성실한 분위기가 점차 사라져 갔다. 남자가 얼굴을 살짝 주무르자 점점 생김새도 달라졌다.

마치 성실한 고용인의 인격이 지워지고, 대신 만만찮은 남자가 몸을 빼앗은 듯 바뀌어 가는——그 정도로 극적인 변화였다.

"……외모와 목소리까지, 용케 그렇게 변화시킬 수가 있네."

"침으로 살짝. 더 젊게 만들 수도 있지."

아직 위화감이 남기는 했으나 아킴은 얼굴을 주무르며 어깨를 으쓱했다.

"자세히 알고 싶어?"

양손으로 뺨을 꼬집으며 익살스럽게 구는 태도는 뻔뻔하기까지 했다.

영림은 도발에 응하지 않고 어디까지나 담담하게 말했다.

"그래서, 변장까지 하고 날 감시한 성과는 어때? 당신이 아무리 날 협박하고 궁지에 몰아넣어도 나는 결코 도술 따윈 쓰지 않아. 애초에 쓸 줄을 모르는걸. 재난을 겪은 백성들까지 끌어들이는 어리석은 짓은 그만하고 슬슬 임무를 마치는 게 어때?"

"음——."

차분하게 압박하자, 아킴은 고개를 갸웃하며 턱수염을 쓸어내렸다.

"뭐, 그래. 추녀님, 확실히 당신은 내가 확인한 한 한 번도 도술을 쓰지 않았어."

긴장하며 옆에서 지켜보던 리리는 그 발언을 듣고 어깨 힘을 조금 풀었다.

그렇다. 실제로 지금까지 영림은 한 번도 신기한 힘을 쓰지 않고——애당초 도술 따윈 쓸 수 없으니 당연한 일이다——, 또한 염술에 의지하지도 않고 난국을 헤쳐나왔다.

슬슬 '주혜월'은 도사가 아니라고, 은밀부대가 판단해도 좋을 시기였다.

"응. 미안, 미안. 역시 내가 틀렸던 모양이야."

이윽고 아킴이 히죽 웃더니 양 손을 벌렸다.

너무나도 맥빠지는 태도에 리리는 저도 모르게 힘이 쭉 빠질 뻔했다.

하지만 다음 순간, 아킴의 미소가 사나워졌다.

"당신의 꼬리를 잡으려면 더 험난한 상황으로 몰아넣었어야 했는데."

"——!"

비명을 지르기보다 먼저, 아킴은 영림에게 덤벼들었다.

# 6. 혜월, 말에 타다

시간을 잠시 거슬러 올라.

자죽례 다음날, 다시 담당 피해 지역을 방문한 '황영림'——아니, 혜월 일행은 늦은 오후 철수할 무렵이 될 때까지도 백성들과 친근하게 대화를 나누고 있었다.

"다들 부디 건강하게 잘 지내요."

"감사합니다, 추녀님!"

"늘 단앙의 땅이 평안하기를 기원할게요."

"추녀님도 항상 몸조심하세요!"

황송해하는 백성들에게 끊임없는 미소와 함께 말을 걸고, 다친 자나 병이 난 자가 있으면 차례차례 짐마차로 불러들였다.

늙은 여자가 예의 없이 손을 내밀어도 망설임 없이 그 손을 맞잡았고, 어린아이들이 콧물을 흘리고 있으면 고가의 천으로 아낌없이 닦아 주었다.

물론 이것은 혜월이 진심으로 그렇게 하고 싶어서 그러는 것이 아니었다. 더러움을 접하면 기를 갉아 먹히기 때문에, 더러운 것은 정말 싫었다.

하지만 '황영림이라면 그렇게 했겠지'라고 생각하기 때문에 꾹 참았다.

더럽고 지저분한 피해 지역에서도 늘 청초한 자태를 유지하며,

수십 명과 대화를 나누느라 잔뜩 지친 상태로도 아름다운 미소를 계속 띠고 있다.

기품 있게, 고결하게, 그러면서도 너무 거만하지 않게.

사람들이 칭찬해 마지않는 '전하의 호접'은 그런 여자니까.

"황태자 전하, 황태자비 전하, 만세!"

"부디 건강하세요."

"이 은혜, 잊지 않겠습니다."

이틀 연속으로 위문을 받은 백성들은 무척 감동한 나머지 혜월 일행이 마차에 탄 후에도 계속 만세를 불렀다.

'흥. 아직 추녀고, 황영림이 황태자비가 된다고 정해진 것도 아닌데.'

내심 어깨를 으쓱하면서도 혜월은 계속 환송해 주는 백성들을 위해 창문 너머로 내내 미소를 지어 보였다.

"이봐."

호위가 창의 가리개 천을 내리고 마부가 마차를 출발시켰다.

하지만 아직 멀었다. 아직도 한동안 더 웃고 있어야 한다. 등도 곧게 펴고 있어야 한다.

"이봐, 주혜월. 이제 그만해도 된다."

백성이 달려와 억지로 가리개 천을 끌어내릴지도 모른다. 그 이전에 황영림이라면 동승자에게 늘 환하게 웃어 줄 것이다.

언제나 속세의 더러움 따위는 전혀 모른다는 듯 미소를 짓고 있는 천녀. 그것이 영림이기에——.

"이봐, 주혜월."

"어—이, 혜월 님?"

그러나 맞은편에 앉은 남자 두 명, 즉 황태자 요명과 예무관 경창이 미간을 찌푸리거나 한 손을 팔랑팔랑 흔드는 모습을 보고 혜월은 퍼뜩 정신을 차렸다.

돌아보니 옆에 앉은 동설도 걱정스러운 듯 이쪽을 바라보고 있었다.

"아, 네. 방금 뭐라고 하셨어요?"

"이제 억지웃음은 짓지 않아도 된다고 했다. 백성들에게서도 안 보이고 목소리도 마차 바퀴 소리에 가려질 테니."

"마차 안에는 우리밖에 없으니까 안심해도 돼."

"운제원에 도착할 때까지 반각 정도는 편하게 쉬십시오."

내막을 아는 그들이 입을 모아 말하자 힘이 탁 풀렸다.

하지만 금세, 혜월은 타고난 의심 많은 성격을 발휘하여 조심스럽게 자신의 뺨을 꼬집었다.

"혹시 미소가 어색했을까요?"

"무슨 말이지?"

드물게도 요명이 풋 웃음을 터뜨렸다.

"아주 잘했다. 누가 봐도 자애롭고 아름다운 미소를 끊임없이 짓고 있더군."

"그래, 맞아. 계속 백성들에게 자상하게 대하는 모습을 보고 감탄했어."

황태자가 칭찬하자 동설이 말없이 고개를 끄덕였고, 경창도 바로 동의했다.

"동생을 보면서 느끼는 건데, 피곤할 때도 계속 웃고 있는 건 엄청 피곤하지 않아? 용케 끝까지 잘 해냈구나. 대단해."

"실로 그렇습니다. 몸이 바뀐 상태에서 자죽례까지 추가되어서 이제 어떻게 해야 하나 걱정이 되었는데, 막상 뚜껑을 열어 보니 폐하의 추궁도 잘 이겨내시고 행사도 무사히 끝내셨죠. 참으로 든든합니다."

동설이 여전히 담담하게 칭찬을 이어가자 그 뒤에 요명이 가볍게 덧붙였다.

"노력의 성과로군."

짧은, 단 한 마디. 그러나 그렇기 때문에 진심으로 믿을 수 있는 그 말을 혜월은 남몰래 곱씹었다.

요명도, 동설도, 경창도, 전에는 혜월을 싫어했던 사람들이다.

하지만 세 사람 모두 혜월이 마음을 바로잡고 열심히 노력하면 반드시 그것을 인정해 주었다.

최근 들어서는 그들이 이렇게 칭찬하는 일도 늘어났다. 그 매끈매끈하고 아름다운 진주 같은 말들을 혜월은 소중히 가슴속에 담아 두었다가 때때로 꺼내서 들여다보곤 했다.

하지만 이번 일로 말하자면, 제법 많은 진주가 쌓였음에도 불구하고 마음 속의 상자는 도무지 충분한 무게를 띠지 않았다. 흔들면 딸그랑딸그랑 허무한 소리만이 울려퍼졌다.

——그렇군요. 다행이에요. 정말 잘 되었어요.

어젯밤, 황영림의 반응이 떠올랐다.

혜월이 무사히 황제의 심문을 피해냈는데도 영림이 한 말은 고작 그뿐이었다.

그 열정 넘치는 친구라면 분명 혜월의 분투를 듣고 "어머나, 정말이에요?!"라고 눈을 동그랗게 뜨고서 "역시 혜월 님이세요!" 하고 요란하게 추켜세워 줄 것이 틀림없다고 생각했는데.

그리고 자신은 "소란 좀 피우지 마"라고 타이르며 그리 싫지만은 않은 기분을 맛볼 줄 알았는데.

왠지 모르게 그런 대화를 상상했는데, 실제로 돌아온 것은 온화한 미소와 맞장구뿐이었다.

머리카락 하나 흐트러지지 않은 그 의젓한 자태.

'결국 그 여자는 높은 곳에서 나를 내려다보는 천녀였을 뿐이야.'

혜월은 내심 이를 갈았다. 무언가를 기대했던 자신이 부끄러웠고, 지금까지 황영림이 보여준 줄 알았던 우정도 사실은 자신의 환상이 아니었을까 하는 생각에 갑자기 불안해졌다.

왜냐하면, '황영림'으로 지내다 보면 통감할 수밖에 없었기 때문이었다. 영림이 평소에 얼마나 혜월의 이야기를 맞춰 주었는지를.

자신은 금청가처럼 대화에 고전을 인용하는 교양이 없다.

남방춘처럼 자유자재로 대화를 조종하여 이득을 끌어내는 재능도 없고, 현가취처럼 춤을 선보여 난국을 타개하는 기량도 없다.

한편 황영림은 그 전부를 할 수 있다.

실은 영림도 다른 추녀들과 함께 있는 편이 더 즐겁지 않을까.

비슷하게 아름답고 기예에 뛰어나고, 매사에 통달한 친구들에게 둘러싸여 있는 편이 영림도 쾌적하지 않을까. 어젯밤부터 계속 그런 생각이 혜월의 머릿속을 맴돌았다.

적어도 자신 말고 다른 사람들과 함께 있으면 누군가의 뒤처리를 해 주거나, 아무리 시간이 지나도 진전이 없는 상대를 일일이 칭찬해 주는 번거로움에서는 해방될 터였다.

'황영림에게는 많은 칭찬을 받았지만…… 사실은 「잘 됐네요」정도로밖에 생각하지 않았던 건지도 몰라.'

어젯밤을 제외하면 황영림과는 벌써 한 달 이상, 제대로 얼굴도 마주하지 못했다. 자신들이 어떤 거리감을 갖고 대화를 나누었는지 완전히 잊어버릴 지경이었다.

"감사한 말씀이지만, 더 정진해야만 해요."

그래서 혜월의 입에서는 나직이 그런 말이 흘러나왔다.

"황영림 입장에서 볼 때, 제가 연기하는 '황영림' 따윈 분명 불충분할 테니까요."

눈을 감으면 영림의 말이 되살아난다.

——정말 잘 되었어요.

온화하지만 온도가 없던 맞장구.

"이 재방문에서도, 폐하의 추궁을 피해낼 때도, 전부 타인의 힘에만 의지할 뿐이었어요. 혼자서는 아무것도 하지 않는 저를 보고 황영림은 분명 어처구니없어할 거예요."

스스로의 말에 마음이 어두워졌다.

한동안 덜컹덜컹 마차 바퀴가 바닥을 밟고 달리는 소리에만 귀를 기울였으나, 문득 마차 안이 유난히 조용하다는 생각이 들어 고개를 들었다.

그리고 놀랐다.

맞은편에 앉아 있는 남자 둘, 그리고 옆에 앉은 동설이 시큼한 무언가를 씹은 듯한 표정으로 이쪽을 물끄러미 쳐다보고 있었기 때문이었다.

"어?"

"아니."

"그, 아니."

"뭐랄까요."

세 사람은 서로 흘끔 얼굴을 마주보더니 시선만으로 무슨 대화를 나누는 듯했다.

이윽고 대표라도 하듯 경창이 한 손을 들고 입을 열었다.

"저기, 그건 혹시 흉내 내는 게 아니라, 정말로 진심에서 우러나 한 말이야? 만일 진심이라면 그 잠꼬대 같은 발상, 아니, 비관적인 망상은 대체 어떤 근거에서 우러나는 걸까?"

"잠꼬대……, 망상이라고?"

남이 진지하게 생각하고 있는데 말이 너무 심하지 않은가.

아니면 한 마차 안에서 우물쭈물 고민하는 게 짜증스럽다는 견제일까.

혜월은 감정에 몸을 맡기고 고함을 질러댈 뻔했으나 황태자 안전이라는 사실을 떠올리고, 간신히 헛기침으로 참았다.

"망상이 아니에요. 아시다시피 어젯밤 황영림은 운제원에 찾아와 제 모습을 확인했지만 그때의 태도도 쌀쌀맞았어요. 저는 폐하의 추궁을 피하느라 최선을 다해 노력했는데, 그 말을 해도 그저 '아, 그래' 하는 투였다고요."

이야기하다 보니 분노가 치솟았다.

부끄러움도 불안도, 전부 분노로 처리하는 방법 말고 혜월은 살아가는 방법을 몰랐다.

"어젯밤엔 처음으로 황영림을 귀찮게 하지 않고 일을 해결했단 말이에요. 그만큼 다른 추녀들과 전하의 힘을 빌릴 수밖에 없었지만…… 그래도 자랑스러웠고, 안심해 주길 바랐어요. 그런데 빈틈없이 잘 해냈다고 이야기했는데도 기뻐하기는커녕 그저 '그거 참 잘 됐네요'라고 말할 뿐이었어요."

"잠깐. 그때 넌 영림에게 구체적으로 뭐라고 말했지?"

"네? 그러니까 '네가 없어도 무사히 잘 해냈으니 걱정하지 않아도 괜찮아'라고."

혜월이 떠올리며 대답하자 황가의 피를 물려받은 세 사람은 동시에 머리를 부여잡고 무릎에 팔꿈치를 찍었다.

"너 말이야."

"그건……."

그중에서도 남자 둘은 사이좋게 신음했다.

"뭐, 뭐죠?"

"응, 있잖아. 영림 입장에서 말하자면 그건, 좀, 뭐랄까…… 치명상에 가까운 상처를 입지 않았을까. 순간적으로 명랑한 척 허세를 부릴 수도 없을 정도로."

"'이제 되었습니다'로군……."

경창은 관자놀이를 누르며 해설했고, 요명은 무엇을 떠올렸는지 다소 파래진 얼굴로 중얼거렸다.

"어어?"

혜월은 존댓말도 잊을 만큼 당황했다.

"왜 그렇게 되는 거야? 황가는 자립을 사랑하는 가풍이라고 하지 않았어? 기껏 나도 꼴사납게 의지만 하지 않고 해결하기 위해서 노력했는데."

"더 의지해 주길 바라는 거야. 좋아하는 상대라면 더더욱."

반론하자 경창이 고개를 들고 이쪽을 바라보았다.

"우리 황가 인간들에게 타인이 의지해 주는 건, 우리를 원하고 사랑해 준다는 것과 같은 말이야. 항상 나만 바라봐 줬으면 했는데 갑자기 엉뚱한 곳을 쳐다본다면――'그러면 안 돼' 하고 나라면 화를 내겠지. 영림이라면 화를 내기보단 슬퍼할 테고."

"뭐……?"

곧은 눈빛 앞에서 어째서인지 말이란 말은 전부 말라붙은 듯한 기분이 들어 혜월은 초조해졌다.

지금은 황가 인간들의 생태에 대해 해설을 듣고 있을 뿐이다. 왜 가슴이 철렁하는지 스스로도 알 수가 없었다.

애당초 타인이 민폐를 끼치면 끼칠수록 더욱 기뻐한다는 황가 출신 인간들의 방식을 정말로 이해할 수가 없었다. 이 정도면 피학적인 취향 아닐까.

"그런가? 하지만 적어도 황영림은 유유한 태도였어. 그래, 여전히 머리카락 하나 흐트러지지 않고 우아했다고. 미소를 띤 채 조용히 이야기를 하고, 나를 걱정하는 기색이라고는 손톱만큼도 없었고……."

처음에는 경창의 주장에 반사적으로 덤벼들었을 뿐이었지만 차츰 진심으로 슬퍼졌다.

“분명 황영림 입장에서는 황제의 추궁을 피하는 일 정도는 못 하는 게 이상한 일일 거야. 자죽례를 빈틈없이 해내는 것도, 다른 추녀들과 잘 지내는 것도. 당연해, 자기 자신의 일이니까.”

“저…….”

말하면서 차츰 풀이 죽어가는 혜월에게 동설이 침착한 목소리로 말을 걸었다.

“어젯밤, 저는 멀리서밖에 영림 님의 모습을 보지 못했으므로 묻고 싶습니다만, 영림 님은 정말로 유유한 태도였던가요?”

어젯밤 동설은 혜월 곁에 붙어서 정자에 함께 있었다.

복도를 건너 정자로 넘어오는 ‘주혜월’의 모습을 한 주인 곁으로 달려갈 수는 없었다.

“제 눈이 정확하다면 정자로 넘어오는 다리를 건너기 직전 영림 님은 황급히 옷매무새를 고치셨던 것 같습니다.”

“그러게. 나도 멀리서 보긴 했는데 다리 앞에서 잠깐 멈춰 섰던 것 같아.”

“뭐?”

경창도 거들자 혜월은 눈을 깜박거렸다.

정자는 횃불로 환했고 한편 다리는 어둠 속에 잠겨 있어서 달려오기 전의 황영림이 어떤 상태였는지는 제대로 보지 못했다.

“그, 글쎄? 하지만 황영림이라면 여유롭게 자죽례를 마치지 않았을까? 오늘 아침 운제원의 문 앞에서 스쳐 지나갔을 때도, 궁녀와 짐꾼들을 거느리고 아무 일도 없었던 것처럼 출발하던데."

그렇다. 오늘 아침, 출발하는 모습을 보았을 때 궁녀와 짐꾼들의 대열이 흐트러짐 하나 없이 등 뒤를 따라가는 모습에 혜월은 깜짝 놀랐다.

그중에는 가청을 비롯한 반항적인 궁녀, 그리고 아무렇게나 긁어모은 짐꾼들도 있었는데 정말이지 훌륭한 통제였다.

분명 어마어마한 천운과 재능을 가진 영림 앞에서 길은 자연스럽게 열리고, 모든 일이 문제없이 술술 풀릴 터였다. 가장 험난한 피해 지역을 담당하게 되었다 해도 영림에게 그런 것쯤은 아무 문제도 아니리라.

'그에 비하면 나는…….'

다시 고개를 숙이려 하는데 이번에는 요명이 끼어들었다.

"그 점에 대해서 말이다만."

요명은 경창이나 동설과 달리 의아해하기보다는, 홀로 깊은 생각에 잠긴 눈치였다.

"사실 나도 마음에 걸렸다. 본인은 딱히 별 일 없었다고 주장했지만, 열단봉에서도 소동이 있던 게 아닐까 싶어 진우를 시켜 조사하게 했지."

"네?"

생각지 못한 발언에 혜월의 눈이 커다래졌다.

그때 마차 창 밖에서 똑똑 두드리는 소리가 들렸다.

"전하, 오래 기다리셨습니다."

드르륵, 하고 창이 열려 내다보니 그곳에 나타난 사람은 그야말로 방금 이야기에 등장했던 취관장 진우였다.

그러고 보니 진우도 '황영림' 쪽에 붙어서 황제의 방해를 막아주는 입장이었는데 아침부터 모습이 보이지 않아서 의아해하던 차였다.

아무래도 요명에게서 특별한 임무를 지시받은 모양이었다.

진우는 말에 탄 채 창 너머로 접힌 종이를 건넸다.

"하명하신 보고서입니다. 어제 '주혜월'과 함께 열단봉에 갔다가 오늘 비번을 명령받은 짐꾼들로부터 이야기를 들었습니다. 짐꾼들은 황경행 공에게서 '일을 키우지 말라'는 명령을 받았기 때문에 좀처럼 입을 열지 않았기 때문에 결국 이 시간이 되어 버렸습니다. 죄송합니다."

차분하던 두 푸른 눈동자에 어째서인지 분노로도 보이는 빛이 떠올라 있었다.

"가능하면 지금 당장 읽어보시는 편이 좋겠습니다."

요명은 굳이 그런 말을 들을 필요도 없다는 듯 보고서를 펼쳤으나 훑어본 순간, 진우가 짜증이 난 이유를 이해했다.

"……이게 무슨……."

거기에는 어제 열단봉을 방문한 '주혜월'——영림에게 무슨 일이 일어났는지가 소상히 씌어 있었다.

"잠깐 실례하겠습니다."

얼굴을 일그러뜨린 요명의 곁에서 경창이 소꿉친구답게 소탈한 태도로 보고서를 함께 들여다보았다.

"어디……. '가는 길에 짐꾼이 식량의 반을 절벽 아래로 떨어뜨리고, 도착한 순간 백성들에게 둘러싸여 협박을 당함'. 어?"

하지만 경창은 초반에 기록된 내용을 읽은 시점에 이미 분노에 찬 소리를 지르고 있었다.

"'낚시로 식량을 보충하기 위해 남자들을 이끌고 근처 강으로. 솔선하여 얇게 언 얼음을 밟고 걸어가다 하마터면 물 속에 빠질 뻔한 장면도 여러 번'."

적혀 있는 내용을 암기하고 있는 건지, 진우도 험악한 얼굴로 함께 읽었다.

바로 얼마 전 찬앙례에서 영림이 샘에 빠지는 바람에 지켜보던 사람들까지 심장에 냉수가 끼얹어진 듯한 심경을 겪었던 일을 진우는 잊지 않았다.

정말로 그 추녀는 왜 이렇게 쉽게 습격을 당하고 또 쉽게 물에 빠지곤 하는 걸까.

"'죽을 쑤는 곳에서는 주가청을 비롯한 추녀 여러 명이 반항. 솥 하나에 쓰레기통 내용물을 쏟아 넣은 데다 야단을 치니 뻔뻔하게 폭언을 내뱉음. 추녀는 냉정한 태도로 해당 궁녀를 솥 옆에 세워 놓기만 하는 벌을 지시함'……. 궁녀가? 직무를 방치하고? 영림 님께 폭언을?"

마찬가지로 맞은편에서 보고서를 들여다보던 동설은 같은 궁녀들의 횡포에 무시무시하게 눈을 번득였다.

"등뼈를 뽑아버리는 게 좋지 않을까요?"

하지만 일동에게 가장 큰 충격을 준 것은 다음 부분이었다.

"'심지어 죽 쑤는 자리에 산적이 습격. 남자들은 대부분 강에 갔기 때문에 추녀는 죽을 폭발시켜 산적을 겁먹게 하고, 짐꾼들과 함께 포박. 저녁 무렵 산을 내려갔으나 유난히 가마가 가벼워 황경행에게 물으니 실은 추녀가 폐하를 뵙기 위해 한 발 먼저 운제원으로 향했다는 설명을 듣고 입막음을 당함'."

전문을 읽은 요명이 험악한 표정으로 눈을 가늘게 떴다.

"——이래 놓고 '문제 없었어요'라고?"

"잠깐……. 그럼 황영림은 혼자서 산을 내려왔다는 뜻이야?"

듣고 있던 혜월도 입을 가리며 신음했다.

여유작작하다니 말도 안 된다. 영림은 사건에 이어 또 사건, 방해에 이어 또 방해를 겪고 그것을 극복한 끝에 혜월에게로 달려와준 것이었다.

얼굴이 새파래진 혜월을 본 요명은 분노 섞인 한숨을 쉰 후 머리를 헝클어뜨렸다.

"마차로 저녁 무렵 출발했다면 운제원에 그 시각에 도착하지는 못했을 터. 아마도 영림은 모든 일을 정리하고 늦은 오후 열단봉을 출발했을 것이다. 혼자서. ……제길, 먼저 운제원으로 가 달라는 연락을 받았을 때 더 꼼꼼히 확인했어야 했는데."

그 말을 들은 혜월은 깨달았다.

요명이 그렇게 빨리 운제원으로 올 수 있었던 이유는 영림을 데리러 가기를 포기했기 때문이었다.

그리고 그것은 우연의 산물이 아니라 황영림이 그렇게 하도록 유도했기 때문이다. 덕분에 영림 본인은 혼자서 산을 내려오는 꼴이 되고 말았다.

'그런 황영림에게 나는「네가 안 와도 문제없었어」라고 말했다는 뜻이야?'

머리에서 핏기가 싹 빠져나간 기분이었다.

환하던 정자와 어둡던 다리. 갑자기 어젯밤의 광경이 떠올라 혜월은 숨 쉬기도 괴로워졌다.

그 춥고 어둡던 다리에서, 횃불을 쬐며 따뜻한 모피와 다른 사람들에게 둘러싸여 있던 자신을 보고 영림은 대체 무슨 생각을 했을까.

"게다가 심지어 '주혜월'은 어젯밤 늦게 몰래 운제원의 약방을 방문하여 진통 효과가 있는 약초와 붕대를 얻어 갔다고 합니다. 물론 이유는 피난 지역 재방문 때문이라고 했습니다만."

"……."

일동은 결국 표정을 잃고 대신 주먹을 부르쥐었다.

"그 멍청이가……."

혜월은 이를 갈다시피 중얼거렸다.

아름다운 자태, 한 점의 흐트러짐 없는 옷자락 속에 부상과 피로를 감추고 있다는 것을 알아차리지 못했다.

감춘 영림도 바보지만 그것을 꿰뚫어보지 못했던 자신은 더욱 어리석다.

"자기도 폐하의 계략에 계속 당했으면서……."

"하하, 내 동생이 이렇게 비밀이 많았다니. 나중에 며칠 붙잡고 설교를 해 줘야겠군."

경창은 낮은 소리로 웃었고 요명도 여전히 험악한 표정이었다.

창 밖, 먼 하늘에 가느다란 번개가 번득였다.

용의 기운을 이런 곳에서 발현하기에는 너무 아깝지만 아무도 그 점을 지적하지 않았다.

"……? 저 까마귀……."

그때 다가오는 암운을 올려다보려 창 쪽으로 얼굴을 붙이던 동설이 문득 미간을 찌푸렸다.

"뭔가 보통 새와는 다른데요."

동설이 가볍게 팔을 뻗자 까마귀는 마치 사냥감이라도 발견한 듯 힘차게 다가왔다.

날카로운 부리를 지닌 까마귀는 위험하다.

밖에 있던 진우가 재빨리 검을 휘두르려 했으나, 검은 발에 그와 같은 색의 천이 묶여 있는 것이 보였다.

검을 집어넣자 까마귀는 의기양양하게 내려와 마차 안으로 쑥 들어왔다.

"이건……."

그리고 얌전하게 앉아 날개를 접은 까마귀에게서 요명이 천을 풀었다.

거무스름한 천에 검은 먹――읽기 힘들기는 했지만 거기에는 경행의 필적으로 편지가 씌어 있었다.

『비둘기가 살해당했을 경우를 대비하여 까마귀로 같은 내용을 보냄. 열단봉에서 돌아오는 길에 추녀를 태운 가마가 중턱에서 추락. 궁녀 한 명과 함께 행방불명. 산을 수색 중.』

거기에 적힌 불온한 내용에 일동이 숨을 헉 들이켰다.

"가마가 추락했다고?"

"이것도 폐하의 계획인가?"

"맙소사……. 이번에는 '주혜월' 쪽을 노린 거야?"

요명과 경창의 얼굴이 새파래졌고, 혜월 또한 신음하듯 중얼거렸다.

그리고 창 밖으로 몸을 내밀어, 마부를 향해 고함을 질렀다.

"열단봉! 열단봉으로 가! 지금 당장!"

"추녀님."

하마터면 창 밖으로 굴러떨어질 뻔한 혜월을 동설이 안에서 다급히 끌어당겼다.

"위험합니다."

평상시 표정이 없던 얼굴에 지금은 강렬한 초조함이 담겨 있었다. 동설은 목소리를 낮춰 속삭였다.

"적이 공격할지도 모르는 장소에 경솔히 뛰어드실 생각입니까? 저희는…… 적어도 혜월 님은 열단봉에 가시면 안 됩니다."

혜월은 믿을 수 없는 기분으로 옆의 궁녀를 돌아보았다.

"무슨 소리야? 그럼 혼자 태평하게 여기서 기다리기나 하란 말이야?"

"영림 님이 어젯밤 운제원으로 달려오셨을 때, 당신도 바로 그렇게 말씀하시지 않았던가요? 오지 말라고."

신랄하게 비꼬는 말인 줄 알았는데 아니었다.

동설은 고뇌에 찬 표정으로 이쪽을 바라보고 있었다.

"질책하려는 것이 아닙니다. 말은 난폭했지만 당신이 옳았습니다. 서로가 말려들지 않게끔 하는 것이 이번 작전이었죠."

서로를 계속 피하는 추녀 두 사람을 한 달 동안 지켜본 궁녀는 진지한 표정으로 혜월의 손을 잡았다.

"영림 님이라면 같은 것을 바라실 겁니다. 왜냐하면 영림 님은 당신을 지키기 위해서 자신에게 방해 공작이 들어왔다는 사실을 감추셨으니까요. 그런데 그 상황에 달려가서 뭘 어떻게 하실 생각이시죠? 추녀가 한 명 늘어난다 한들 수색에 도움이 되진 않을 겁니다."

"그렇지 않아. 도술을 사용하면 어디 있는지 금세 알아낼 수 있고——."

"계속 감추었던 도술을 사용하시겠다고요? 그거야말로 적이 노리는 바가 아닙니까?"

당연한 지적에 혜월은 목젖을 울렸다.

그 말이 맞다.

황영림을 구하기 위해 자신이 쓸 수 있는 패는 도술밖에 없다. 그리고 도술을 쓰면 추궁을 피하는 등 열심히 기울였던 온갖 노력이 전부 허사로 돌아간다.

——뭘 태평하게 여길 찾아온 거야?

——너는 나와의 접촉을 최대한 피해.

——네가 없어도 난 잘 해낼 수 있어.

어젯밤 영림에게 쏟아냈던 말이 지금 그대로 자신에게 되돌아오는 것 같아서 주먹이 떨렸다.

"……."

그렇다. 그 여자는 자신이 구조하러 와 주기를 바라지 않을 것이다. 혜월의 도술 따위, 필요 없는 정도가 아니라 오히려 나쁜 방향으로만 작용할 것이 뻔하다. 접촉을 피하고 가만히 이곳에서 기다리는 것이 정답이다.

하지만.

"그런 문제가, 아니란 말이야……."

사고의 흐름을 정리하기도 전에 말이 먼저 튀어나왔다.

입을 뚫고 나온 그 말은 혜월의 마음에 불을 붙였고, 마치 그것이 불씨가 된 양 점점 불길이 거세졌다.

"정답이니, 오답이니, 나를 원하느니, 원치 않느니, 그런 문제가 아니라…… 내가 **그렇게 해야 한단 말이야**!"

왜냐하면 마음이 원하는 바가 바로 그것이기에.

"아니——."

"그래, 분명 말했어. '난 괜찮아, 넌 오지 마'라고. 그리고 지금 정반대 입장에 처해 있지. 상대가 내민 도움의 손길을 거부했으니까 나 역시 손을 내밀지 말아야겠지. 하지만 미안하게 됐어!"

당당하고 거만한 선언에 동설은 넋이 나간 듯 입을 벌렸다.

"그 여자는 참아야 해. 하지만 나는 참지 않아. 마음대로 움직이고, 마음대로 달려가고, 마음대로 도울 거야. 왜냐하면 자제심도 이성도 없는 악녀니까. 무슨 문제라도 있어?!"

혜월은 피가 솟구친 머리로도 불공평하며 부조리하기 짝이 없는 주장이라고 생각했다.

실제로 '아무리 불리한 상황이라도 상대를 돕는다'는 주장이 되었다는 사실을 욱한 혜월은 깨닫지 못했다.

"——큭."

조용해진 마차 안에서 제일 먼저 침묵을 깬 사람은 바로 경창이었다.

경창은 키득키득 웃으며 옆에 앉은 사촌형을 돌아보았다.

"그렇다는데, 어떻게 하시겠습니까, 전하?"

"그렇군."

요명은 한쪽 눈썹을 치켜올리며 가볍게 고개를 끄덕였다.

당연히 열단봉행을 찬성해 줄 거라는 기대를 담아 혜월은 몸을 앞으로 내밀었으나, 요명이 창으로 손을 내밀어 "마차를 멈추어라" 하고 진우에게 신호를 보내는 모습을 보고 깜짝 놀랐다.

"전하……?"

"이 마차로는 열단봉에 가지 않는다."

"그럴 수가!"

냉정한 대답에 혜월은 저도 모르게 목소리를 높였다.

누구보다 사랑하는 약혼자가 산에서 실종되었다는데, 어떻게 달려가지 않을 수 있을까.

"마차로는 좁은 길을 가지 못한다. 강제마로 단숨에 산을 달려갈 것이야."

"네?"

그러나 이어진 대답을 바로 알아듣지 못해 잠시 멍해졌다.

"강제마? 로, 산을 단숨에?"

"진우. 말을 데려와 주어서 고맙다."

"예. 당장 설교하러 달려가실 것 같아서 허락은 받지 않았으나 빌려 왔습니다."

놀랍게도 진우가 타고 있던 말은 운제원 마구간에서 쉬고 있던 강제마였던 모양이다.

마차에서 내린 요명은 진우에게서 말을 받아들고 훌쩍 안장에 올라탔다.

"주혜월. 너도 따라와라. 어디 있는지 알아야 하니까. 단, 말 갈기를 태우면 안 된다."

말 등에서 요명이 손을 내민 상대는 당연히 혜월이었다. 영림과 리리가 있는 곳을 알아내려면 염술을 사용할 필요가 있었다.

"네? 하지만 전, 승마 같은 건……."

그렇게 마부를 재촉했던 주제에 막상 스스로 말을 타려니 혜월은 겁이 났다.

그렇지 않아도 익숙지 않은 승마에 심지어 산길은 험하다. 게다가 염술까지 쓰면서 간다니 무리다.

"저, 정말 죄송합니다. 역시 술법을 쓰는 건 무모할 것 같습니다. 폐하나 그 수하에게 들켰다가는 위험할 수도……."

"무슨 말이지?"

그러나 요명은 날카로운 얼굴에 훗 하고 미소를 띨 뿐이었다.

"이젠 감추느니 마느니 하는 한가한 소리를 할 처지가 아니다. 이렇게 용의 기운으로 감추면 될 일."

요명이 인상을 찌푸리자 창 밖에서 가느다란 번개가 치직치직 허공을 달렸다.

"히익……! 요, 용의 기운이란 그리 쉽게 사용해도 될 것이 아니라 생각합니다만."

소용돌이치는 용의 기운 앞에서 완전히 겁을 집어먹은 혜월이 슬슬 뒷걸음질을 쳤다. 그러자 어째서인지 대각선 맞은편에 앉아 있던 경창이 생글생글 웃으며 양 팔을 벌리고 다가왔다.

"자, 자. 이젠 물불 가릴 때가 아니잖아."

"꺄, 꺄아악!"

다음 순간 경창은 눈에도 보이지 않는 속도로 혜월을 안아들고 마차에서 내리나 싶더니 말 등으로 훌쩍 집어던졌다.

무사히 요명에게 안긴 혜월은 눈 깜짝할 사이 말에 탄 사람이 되어 있었다.

"그럼 저희는 각자의 말로 쫓아갈 테니——부디 가는 길 무사하십시오!"

돌아보니 경창도 마차 뒷줄에서 걸어 따라오던 애마에 재빨리 올라타고 있었다.

이렇게 혜월의 열단봉행은 본인이 원하던 것 이상의 속도와 기세로 성취되었다.

# 7. 영림, 수면을 올려다보다

“당신의 꼬리를 잡으려면 더 험난한 상황으로 몰아넣었어야 했는데.”

달빛 아래, 사나운 미소를 띤 은밀부대——아킴은 다음 순간 소리도 없이 움직였다.

영림이 대처하려 했을 때는 이미 아킴의 팔이 영림의 목을 조르고, 그대로 몸을 안아들고 있었다.

“무, 무슨…….”

“저런, 기운이 넘치네.”

영림이 발버둥 쳤으나 남자는 그런 영림을 쉽게 제압하더니 어깨로 번쩍 들어올려서 일직선으로 산속을 향해 내달렸다.

“무슨 짓을……!”

“하하, 말하면 혀 깨문다.”

가벼운 웃음소리를 내며 풀밭을 빠져나갔다.

리리가 뒤에서 필사적으로 쫓아왔으나, 도저히 따라잡을 수 있는 속도가 아니었다.

이윽고 나무와 풀이 사라진 너머로 강이 보였다. 아까 발견한 물가였다.

설마 싶어 더욱 격렬하게 버둥거렸으나 다음 순간, 아킴은 가볍게 영림의 허리를 붙잡았다.

——첨벙!

그리고 세차게 강물 속으로 내던졌다.

바위가 크게 튀어나와 있는 그 강은 일어서도 발끝이 바닥에 닿지 않을 정도로 깊었기 때문에, 영림의 몸은 점점 물 속으로 빨려 들어갔다.

“……!”

숨도 제대로 쉴 수 없고, 피부를 찌르는 듯한 차가움에 비명이 터져나올 것 같았다. 바위 근처는 아직 표면에 얼음이 남아 있는 곳도 있었다.

반사적으로 발버둥치자 입 속으로 물이 꿀럭 들어왔다.

기침하면 끝장이라고 생각한 영림은 간신히 숨을 참고, 쿵쿵 뛰는 심장을 억지로 누르며 수면 위로 떠올랐다.

“이런. 조금 더 가라앉아 있어 봐.”

그러나 푸핫 하고 물 위로 고개를 내민 것도 잠시, 금세 어깨를 발로 짓밟히는 바람에 할 수 없이 다시 물 속으로 잠겨들었다.

몸을 뒤틀어서 물의 흐름을 이용해 다리부터 도망치려 했으나, 남자는 가볍게 근처 바위로 옮겨 가서는 나른한 듯 다시 한 번 영림의 어깨를 걷어찼다.

공기를 갈구하며 허공으로 팔을 뻗었지만 수면을 헤집는 데 그쳤다.

발버둥 치는 영림을 향해 아킴이 물 위에서 고개를 들이밀었다.

“괴롭지?”

커헉, 하고 불길한 소리를 내며 공기가 입에서 달아났다.

아까부터 충분히 숨을 쉬지 못하고 있었다.
호흡할 수 없다는 본능적인 공포 때문에 마구 날뛰고 싶어졌다.
'안 돼. 진정해. 진정해야 해.'
날뛰면 물에 빠진다. 자제심을 놓아버려서는 절대로 안 된다.
하지만 무시무시한 기세로 초조함이 솟구쳐서 어지간한 영림도 비명을 지를 것만 같았다.
이 감각은 너무나 잘 알고 있다——죽음이 눈앞까지 닥친 상황이다.
"자, 일단 휴식."
"——헉."
한계를 맞이하기 직전, 갑자기 아킴이 발을 치웠다.
영림은 반동으로 몸이 떠오르자 육체가 원하는 대로 숨을 들이마셨다.
"콜록…… 콜록! 윽……."
충분한 호흡 따윈 불가능하다. 그저 기침을 하며 고통스러움을 맛보았을 뿐인데, 아킴의 다리가 다시 어깨에 올라앉았다.
"그럼 한 번 더 간다——."
——첨벙.
사정없이 물 속으로 잠겨든다.
목숨이 상대의 손바닥에 쥐여 있는 감각에 얼어붙을 듯한 공포가 느껴졌다.
'괴로워.'
괴로워, 괴로워, 괴로워.

머릿속을 온통 그 외침만이 점령했다.

불타는 듯한 공포와 고통에 시야가 명멸했다.

"자, 휴식. 괴롭지? 왜 이런 일을 겪어야 하는지…… 어처구니가 없겠지."

"……읏, 크윽, 하아……."

수면으로 올라올 때마다 아킴은 분위기에 어울리지 않게 다정한 목소리로 말을 걸었다.

이명과 정신없는 자신의 호흡 소리에 섞여, 그 목소리는 마치 상처 자리에 뿌려진 독처럼 스멀스멀 영림을 좀먹었다.

"당신 말이야, 왠지 태도가 묘해. 도술은 안 쓰는데 주혜월 본인 같지도 않아. 평판하고 너무 다르단 말이지. 믿기 어렵지만 이 세상에는 몸을 바꾸는 술법을 쓸 줄 아는 술사라는 게 있다던데, 당신이 그거야?"

콜록, 콜록콜록, 첨벙.

"하지만 당신은 술법을 통 안 쓴단 말이야. 그렇다면 진짜 주혜월——지금은 '황영림'의 몸에 있는 그 녀석이 그 술사인가? 그럼 당신은 몸을 빼앗긴 피해자구나. 불쌍하네."

첨벙. 콜록콜록.

"피해자라면 물고문은 안 할게. 자, 말해 봐. 주혜월에게 몸을 빼앗겼다고. 그러면 바로 물 속에서 꺼내 줄게."

아킴의 말투는 마치 어린아이를 어르는 듯했다.

한편 발로는 주저 없이 영림의 어깨를 걷어차 물속으로 쑤셔 넣었다. 기절하기 직전 억지로 물 위로 끌어내고, 그런가 하면 충분히 숨을 들이마시기 전에 다시 몸이 물 속으로 잠긴다.

살아날지도 모른다는 희망을 안겨준 뒤, 다음 순간 다시 물로 집어넣는다. 그러나 완전히 숨이 끊어지기 전 다시 삶과 해방의 가능성을 언뜻언뜻 보여준다.

반복되며 차츰 커지는 절망, 그리고 공포에 머리가 이상해질 것만 같았다.

'진정, 해야 해.'

몸을 찌르는 듯 차가운 물 때문에 정신이 아득해졌다.

영림은 흔들흔들 휘청거리다 그대로 무너질 것만 같은 사고를 간신히 긁어모았다.

'익숙한, 일이잖아. 이 고통도, 죽음의 공포도.'

그렇고말고. 익숙하다.

마음껏 숨을 쉴 수 없는 상황도, 가슴을 아무리 쥐어뜯어도 사라지지 않는 고통도, 내일은 죽을지도 모른다는 두려움도.

고통도 공포도, 언제나 자신은 곁에서 길들이며 살아 왔다.

'몸을 바꿀 수 있다는…… 혜월 님의 술법을, 들켜서는, 안 돼.'

무슨 수를 써서라도 혜월을 지켜야만 한다. 선명한 나날을 선사해 준 혜월에게 자신이 갚을 수 있는 것은 그것뿐이다.

병약해서 남들 같은 삶을 만족스럽게 누리지 못했다. 유일하게 갈고닦은 특기라 할 수 있는, 이 고통에 대한 내성을 여기서 발휘하지 않고 어쩌란 말인가.

물은 '주혜월'의 약점일지도 모르지만, 흙 성질이 강한 자신이라면 극복할 수 있으리라.

'이자는, 아마도 날 죽이지는 않을 거야.'

영림은 입으로 물이 들어올 때마다 목을 쥐어뜯는 대신에 생각했다.

온갖 고문에 익숙할 은밀부대.

그중에서도 물고문을 택한 것은 분명 몸에 흔적을 남기지 않기 위해서일 것이다. 아킴은 눈앞의 '주혜월'이 진짜 술자가 아닐 경우를 대비하여, 또는 그 외의 다른 사정이 있을지도 모르지만, 추녀가 고귀한 성질과 깨끗한 육체를 잃지 않을 방법을 택했다.

즉 계속 입을 다물고 있으면 살아날 가능성도 있다는 뜻이다.

'침묵을, 지켜야 해.'

비명을 지르지 않으면, 도움을 요청하지 않으면, 살아날 수 있을지도 모른다.

자신이 입을 다물고 있으면 혜월은 살 수 있다.

"추녀님을 놔 줘!"

문득 몸이 떠오르는 감각이 느껴지더니 수면 밖으로 얼굴이 나왔다.

아무래도 둘을 따라잡은 리리가 등 뒤에서 아킴을 끌어낸 모양이었다.

"놔! 놓으라고!"

"착실하긴."

리리가 아킴의 팔을 잡아당겼으나, 아킴이 가볍게 한 번 휘두르기만 했는데도 리리의 몸은 금세 바위 위에 내던져지고 말았다.

"악!"

"눈치가 있으면 가만히 보고 있어. 서민은 웬만하면 안 죽이고 싶으니까."

'리리…… 위험해…….'

콜록콜록 격렬하게 기침을 하면서 영림은 리리를 걱정했다.

"이제 그만 좀 해! 보면 알잖아?! 이 사람은 술사 같은 게 아냐!"

"아니, 하지만 뭔가 비밀이 있을 것 같다고. 더 몰아붙이면 뜻밖의 사실이 튀어나올지도 모르잖아?"

"그 전에 죽을 거라고!"

엉덩방아를 찧고도 리리는 바로 외쳤다.

아킴이 조금이라도 바위 쪽에 신경을 기울여 주면, 영림이 수면 위로 떠오를 시간이 길어진다. 그렇게 생각하고 시간을 벌어 주려는 모양이었다.

"귀족 딸이란 말이야! 겨울 강 같은 데 빠졌다가는 얼어 죽어! 진짜 죄가 없는데 죽여버리기라도 하면 어쩔 거야?! 이 사람은 술사도 아니고 아무 죄도 없어! 다른 누구보다도 선량해!"

"다르."

리리가 온 힘을 다해 고함을 지르자 은밀부대의 남자는 고개를 절레절레 저으며 무어라 중얼거렸다.

또 그 말이다. 이국의 어감.

"선량한 귀족 따위, 이 세상엔 존재하지 않아."

아킴은 웃는 듯했다.

재미있어서가 아니었다. 싸늘한 경멸을 머금은 웃음이었다.

"당신, 서민 동네 출신이지? 귀족이 여자를 임신시켜서 낳은 자식이라고 들어서 당신은 '이쪽'에 가까운 인간인 줄 알았는데. 귀족이 밉지 않아?"

그렇게 물으면서도 딱히 답변을 원하지는 않았는지, 아킴은 리리에게서 등을 돌리더니 다시 영림의 어깨에 발을 얹어서는 가라앉혔다.

"——커헉, 쿨럭."

"그만해!"

"나는 미웠어. 이봐, 열단봉 같은 형편없는 땅에 왜 사람들이 모이는지 알아? 이주민을 받아 주기 싫은 금가나 현가의 영주가 땅을 주겠다고 해 놓고는 영지 경계로 쫓아냈기 때문이야. 이 나라 말도 제대로 할 줄 모르는 이민족이나 가난뱅이들은 갑자기 주어진 땅에 환호하며 찾아왔지."

영림은 정신없이 허우적거리며 아킴의 발을 뿌리치려 했으나, 그러자 아킴은 그 손을 잡고는 일부러 천천히 물 속으로 밀어 넣었다.

"그 땅이 매년 수해로 고통 받는 곳인 줄도 모르고."

허공을 향해 버둥거리던 팔은 강한 힘에 눌려 속절없이 가라앉았다.

"우욱, 콜록……."

"흉년이 들거나 눈병이 유행하거나, 그 정도 수해가 아냐. 여름이 가까워지면 강물이 녹아서 이 일대 전체가 물에 휩쓸리게 돼. 그 덕분에 골치 아픈 자들이 죽어버리면 영주는 만족하는 거지. 그렇게 사람을 버리기 위한 땅이 이 근처에는 꽤 여러 곳 있고, 나도 그중 한 군데 출신이란 말씀."

"크, 으윽……."

"아무리 피해를 호소해도 주위 귀족들은 영지 경계라는 이유로 전혀 도와주지 않아. 그도 그렇겠지. 불필요한 백성을 처리하는 게 목적이니까. 그런 주제에 가끔 변덕을 부려 먹을 걸 나눠 주기도 해. 황족한테 점수 딸 생각으로."

발버둥을 치니 수면이 흔들려서 물 너머로 이쪽을 들여다보는 아킴의 얼굴이 일그러져 보였다.

그것은 마치 감격에 찬 표정으로 얼굴을 일그러뜨리던 '안기'의 모습을 연상케 했다.

——만일 제가 어렸을 때 이렇게 다정하게 말을 걸어 주시는 귀족분이 계셨다면.

아마도 아킴이 피해 지역 출신이라는 말은 사실일 것이다. 주어진 땅에서 달아나 기회를 잡아 공을 세워서 은밀부대에 들어왔으리라.

하지만 아킴은 그것을 '따스한 기억'이라고는 생각하지 않을 터였다.

오히려 자꾸 피해만 발생하는 땅으로 끌어들여 놓고, 아무런 도움도 주지 않는 귀족들을 미워했겠지.

그래서 그 고백을 시작하기 직전에 아킴은 웃음을 터뜨렸던 것이다.

'혜월 님은 이틀이나 쌀과 자비를 베풀어 주셨다'고 자랑하는 가청이 너무나 어리석어 보였기에.

고작 몇 그릇의 죽을 내밀어 놓고 '백성을 구했다'고 의기양양하게 구는 귀족의 태도가 너무나 증오스러웠기에.

그래서 우는 척을 하면서 얼버무렸다.

"안 돼……. 그만, 그만해!"

"입만 산 귀족을 난 제일 싫어하거든. 보기만 해도 죽이고 싶어. 아니, 뭐. 당시의 쓰레기 같은 금가의 영주를 죽일 수 있었던 것만으로도 은밀부대라는 신분에 감사해."

가볍게 과거 이야기를 끝낸 아킴은 '나 원 참'이라는 듯 어깨를 으쓱했다.

"하지만 봐, 겨우 20년쯤 지났을 뿐인데 놈들은 또 똑같은 짓을 벌이잖아. 정말이지 귀족 놈들이란 구제불능이라니까."

자리에 어울리지 않게 느긋한 태도로 "그러니까 뭐, 술사가 아니라면 죽일 필요가 없는 건 분명하지만" 하고 희망을 쥐여 주는 발언을 내뱉은 후 아킴은 갑자기 물 속의 영림을 향해 웃었다.

"어쩌다 우연히 죽어버린다 해도 뭐, 상관없지 않겠어?"

한층 더 세게 몸을 걷어차이는 바람에 충격으로 숨이 막혔다.

방어 자세를 취하려 했으나 추위 때문에 몸이 굳어 발버둥조차 칠 수 없었다.

몸이 푹 가라앉는 게 느껴졌다.

멀어져 가는 수면을 올려다보며 아아, 이 남자의 공격성을 너무 얕봤구나, 하고 생각했다.

남자는 표표한 데다 자신의 과거조차 딱히 숨기지 않았다. 가족을 잃었을 때의 강렬한 증오 따위는 이미 다 말라 버렸으리라.

귀족을 보면 죽이고 싶어진다면서 막상 자신을 공격할 때의 남자는 왠지 모르게 내키지 않는 눈치였고, 얼굴에는 아무런 감정도 떠올라 있지 않았다.

그래서 잘만 하면 살아날 수 있지 않을까 생각했지만——실제로는 그렇기 때문에 남자는 '무심코' 사람을 죽여버릴 수도 있을 것이다.

"그만 해애애애애!"

"알았어, 알았어. 무서우면 잠깐 자고 있어."

리리가 다시 한 번 아킴에게 매달리려 한 모양이었다. 하지만 금세 목소리가 사라졌다. 기절시켰는지도 모른다.

'리, 리……. 안 돼, 의식이…….'

수면으로 뻗으려던 팔을 제대로 들어 올리지 못하고, 그대로 물살에 흘러갔다.

만일 의식을 잃으면 아킴은 자신을 끌어올려 줄까. 아니면 그냥 죽게 내버려둘까.

어느 쪽이든 충분히 가능하다는 생각이 든다.

'안 돼……. 이건, 혜월 님의 몸인데.'

살아남아야 한다. 이 몸에 상처를 입혀서는 안 된다.

'기절하면 안 돼……. 수면으로……. 숨, 을.'

반드시 살아남아야 한다. 공격을 피하며, 떠오를 틈을 엿보아야 한다.

견딜 수 있다. 견뎌낼 것이다.

'견디는 건…… 특기잖아?'

영림은 차츰, 투병 중의 침대에 웅크리고 누워 있는 기분에 사로잡혀 갔다.

아침이 아직 먼 어둠 속.

울어도 소리쳐도 아무도 도와주지 않는다.

당연하다. 이 괴로움을 받아낼 수 있는 건 자기 자신뿐이니까. 눈물을 흘려 보았자 주위의 고통만 더해질 뿐.

그렇다면 비명 따윈 지르지 않으리라. 목숨을 구걸하다니, 말도 안 되는 소리다.

흉한 꼴은 아무에게도 보여주지 않는다. 그저 외톨이로, 자신만의 힘으로 싸워 이겨내리라.

지금껏 쭉 그렇게 지내 왔다.

――빨리 「도와주세요」라고 말해!

문득 귓가에 째지는 소리가 되살아나 영림은 희미하게 웃었다.

소중한 친구.

퉁명스럽고 툭하면 사람을 밀쳐내지만 실은 그 누구보다도 애정이 깊은.

혜월에게 도움을 요청할 수 있다면 얼마나 좋을까. 숨 쉬듯 기적을 안겨주는 혜월이라면 영림의 내면에서 터져 나오는 외침에도 반응해 줄 것만 같다. 그 아름다운 도술을 이용해서.

'아냐, 안 돼……. 혜월 님이 말려들 거야…….'

하지만 간신히 남아 있는 이성이 영림을 막았다.

떨어져 지내는 것이 곧 혜월의 몸을 지키는 길.

앞으로 계속해서 사람들 사이에 섞여 지내며 매력을 꽃피울 혜월에게 지금의 자신은 무거운 짐에 불과하다.
게다가 도움을 청하는 방식조차 이미 오래 전에 잊어버렸다——.
어두운 수면이 머리 위에서 출렁출렁 흔들린다.
정적으로 가득한 새카만 세계를 멍하니 올려보던 그때였다.
——고오오……!
수면 저편을 선명한 붉은색 빛이 가로지르는 모습을 보고 영림은 눈을 커다랗게 떴다.
'어?'
마치 밤하늘을 날아가는 혜성처럼.
압도적인 섬광을 내뿜으며 어둠을 찢으며 똑바로 날아간다.
"뭐 하는 거야!"
한 박자 늦게 여자의 고함소리가 울려 퍼졌다. 물로 가로막혀 있는데도 또렷하게 귀에 들어오는, 날카롭고 째지는 목소리였다.
설마, 하는 생각이 듦과 동시에 뜻밖에도 몸이 떠오르고 갑자기 폐에 공기가 들어오는 바람에 영림은 격렬하게 기침을 했다.
"붙잡아라! 이쪽이다!"
양 겨드랑이에 손이 쑥 들어와 몸을 끌어올렸다.
그 힘찬 손의 감각, 그리고 귀에 익숙한 낮은 목소리에 영림은 기침하며 소리를 질렀다.
"콜록……. 전, 하……?"
"말하지 마라. 헤엄쳐야 하니!"
요명이었다.
강 건너편에서 뛰어든 듯한 요명은 영림의 어깨에 팔을 두르고,

다시 원래 왔던 강가로 돌아갔다. 피부를 찌르는 듯 차가운 물은 신경도 쓰지 않고 힘차게 헤엄치는 모습은 그야말로 물을 관장하는 현가의 남자였다.

요명이 영림을 강가로 끌어내는 동안에도 머리 위에서는 여러 줄기의 섬광이 날아갔다.

"용서 못 해! 불태워 죽여버릴 거야! 가만 안 둬!"

아니, 섬광이 아니라 불꽃이었다.

강가에 선 인물이 강 건너편 바위를 향해 몸을 내밀 때마다 주위에서 불꽃이 일었고, 그것이 마치 불화살처럼 아킴을 덮쳤다.

분노의 불꽃으로 전신을 무장한 여인——주혜월.

'혜월, 님.'

멍하니 강가에 늘어진 영림의 눈동자에 혜월이 내뿜는 불꽃은 붉은색 빛이 되어 여러 줄기로 비쳐졌다.

"가만 안 둬!"

피를 토하는 듯한 외침과 함께 유달리 큰 불꽃이 날아갔다.

그것은 이미 날아가던 불꽃과 합류해 거대한 불기둥이 되어서 아킴의 몸을 휘감았다.

"우와."

노련한 은밀부대원은 지금까지의 공격을 뛰어서 피하던 모양이었으나, 이 공격에는 어지간한 그라도 놀랐는지 소리를 질렀다.

그러나 바로 강에 뛰어들어 옷에 붙은 불을 껐다.

"불화살, 은 아니지? 믿을 수가 없네. 이게 도술? 그렇다면."

첨벙, 하고 수면으로 얼굴을 내밀고 눈을 부릅뜬 채 젖은 머리를 쓸어올렸다.

휘익, 하고 휘파람을 불며 그는 물 속에서 무언가를 투척하는 시늉을 했다.

"당신이 술사 확정, 이네!"

——쉬익!

힘차게 던져진 그것은 눈에 보이지 않을 만큼 빠른 속도로 이쪽을 향해 날아왔다.

영림은 순간적으로 옆에 선 혜월을 감싸려 했으나 그보다 먼저 킹! 하는 금속성의 소리가 울려 퍼졌다.

"그렇겐 안 되지."

날아온 암살 무기——비표를 튕겨낸 것은 검을 꺼내든 경창이었다.

"작은 오라버니."

"저자는 암살무기를 다루는 게 특기인 것 같아. 너희는 물러나 있어. 여긴 내가 알아서 할게."

진지한 눈빛의 경창이 손을 뒤로 돌려 영림과 혜월을 감쌌다.

그러자 요명이 "아니" 하고 짧은 말로 말리고는 차례차례 지시를 내렸다.

"경창, 너는 거기서 두 사람을 지켜라. 아바마마의 수하라면 나와 진우가 대처하는 편이 나으니. 진우!"

"예!"

진우는 이미 요명의 뜻을 읽고, 달려나가고 있었다.

아킴은 금세 강가로 올라왔지만 그러는 사이 진우 또한 강가의 바위들을 훌쩍훌쩍 뛰어넘어 눈 깜짝할 사이 반대편에 도착했다.

"조심해라! 놈은 단도와 비표를 동시에 다루는 모양이다!"

"알겠습니다."

요명이 적의 패를 확인하고 외치자 진우는 짧게 대답하고 검을 휘둘렀다. 요명 또한 젖은 옷차림 그대로 바위 위를 달리더니 검을 꺼내 가세했다.

"잠깐, 잠깐. 2대 1은 비겁하잖아."

아킴은 아직도 말투가 가벼웠지만 양방향에서 공격을 당하니 아무래도 아까까지의 여유는 사라진 모양이었다. 표정도 심각해졌다.

"리리는 제가 피난시키겠습니다."

게다가 옆에서 익숙한 등황 궁녀의 목소리마저 들려서 영림은 눈이 동그래졌다.

동설은 얼음처럼 매끄러운 동작으로 바위 위를 이동하더니, 축 늘어진 리리에게로 접근하여 전투 중심지에서 멀찍이 데리고 나왔다.

"가만 안 둬, 가만 안 둬! 죽여버릴 거야! 불덩어리로 만들어버릴 거야!"

"잠깐, 혜월 님. 전하와 취관장님한테 맞을 수도 있으니까 일단 참아!"

혜월은 아직도 분노를 이기지 못한 듯 바위 위에 서서 몸을 내밀고 있었다.

옆에 있던 경창이 "워, 워" 하고 말을 걸자 혜월은 퍼뜩 놀라며 털을 당겼다가, 세찬 동작으로 흠뻑 젖은 영림에게 다가왔다.

"……무사한 거야?"

숨이 가쁘고, 목소리가 다 갈라졌다.

"살아, 있지?"

"네……."

이쪽을 노려보듯 내려다보는 혜월 앞에서 영림은 무어라 대답해야 좋을지 알 수가 없었다.

'혜월 님.'

놀람과 안도. 그리고 말이 되어 나오지 않는 무언가.

잔뜩 뒤엉킨 그것들이 가슴속을 짜부라뜨릴 정도로 부풀어서 단숨에 목구멍으로 치밀어 올랐다.

눈가를 달리는 물방울은 강물일 수도 있었고, 그렇지 않을 수도 있었다.

"왜……."

'무사해요'라거나 '감사합니다'라고 말하기 전에 그 중얼거림이 흘러나왔다.

"왜."

아아, 왜 혜월은 언제나 어둠 속에서 자신을 구해 주는 걸까.

이렇게나 든든하게 빛나며, 비명조차 지르지 못하는 자신의 손을 억지로 끌어당겨서.

'나의, 혜성.'

감정을 이기지 못해서 주위에 불을 띄우고 있는 혜월은 어떻게 이렇게나 아름다울까.

그 과격한 빛에 압도당함과 동시에 혜월이 도술을 쓰게 만들었다는 사실을 통감한 영림의 얼굴이 한껏 일그러졌다.

"왜, 술법을, 쓰셨어요?"

대체 어떻게 해야 좋단 말인가.

매달리고 싶은 것을 꾹 참았는데. 자신이 할 수 있는 일은 그것뿐이었는데.

이번에도 약하기 그지없는 자신의 존재가 혜월을 불리한 상황으로 몰아넣고 말았다.

"저 같은 걸 위해서."

"태워서 죽여버릴 거야!"

하지만 다음 순간 전신이 불로 휘감기는 바람에 영림은 깜짝 놀랐다.

붉은 빛이 고오오, 하고 소용돌이치며 옷자락이 허공에서 나부꼈다.

불꽃이 피부를 스치는 순간 꾹 참았던 곳곳의 상처들이 따끔따끔 아팠지만, 신기하게도 불은 피부를 태우지 않고 금세 녹아버리듯 사라졌다.

무섭다기보다는 따스하다는 느낌이었다.

실제로 몸을 얼어붙게 하던 차가운 물이 눈 깜짝할 사이에 말랐고, 몸은 황홀할 정도의 온기를 되찾았다.

"대체 뭐야! 왜 넌 그렇게 툭하면 물에 빠지고 얼어버리고 난리야! 그런 주제에 사람이 도와주러 왔더니 '왜 그런 짓을'?! 웃기는 소리도 작작 좀 해!"

스스로도 그 비슷한 말을 했음에도 불구하고, 혜월은 당당하게 그것을 제쳐두고 외쳤다.

불의 성질이 강한 혜월은 물에 젖거나 차갑게 얼어붙는 일을 진심으로 싫어하는 모양이었다. 노골적으로 아주 끔찍하다는 듯, 그리고 화가 나서 못 견디겠다는 듯 따져대는 통에 영림은 토라질 것 같기도 했고, 당황스럽기도 했다.

"그렇지만, 줄곧 도술을 감추어 왔는데 여기서 당당히 불을 조종해서는 모든 것이 허사로……."

"그래, 맞아! 이제 어떻게 할 거야?!"

멍하니 중얼거리는 영림을 향해 혜월이 짜증스럽다는 듯 쏘아붙였다.

"하지만 어쩔 수 없잖아! 너, 금방이라도 죽어버릴 것 같았단 말이야!"

"그냥 버려두셨더라면……. 저는 비밀을 잘 지킬 테니……."

——짜악!

말을 끝내기도 전에 따귀가 날아왔다.

"때릴 거야!"

"저기, 이미 때리셨는데요……."

"너 정말……! 너 정말!"

영림은 꽤나 세게 얻어맞은 뺨을 붙잡고 항의하려 돌아보았으나, 혜월이 눈물을 펑펑 흘리고 있었기 때문에 하려던 말이 쏙 들어가버렸다.

"너 정말!"

"혜월 님, 죄송해요."

흑, 흑, 하고 숨을 헐떡이는 친구의 등을 영림이 조심스럽게 쓸어내렸다.

"울지 마세요."

"저런~."

당황스러운 표정으로 옆에 서 있던 경창을 올려다보자 경창은 검만 앞으로 내민 채 익살스럽게 말했다.

"애를 울렸네~. 그럼 나는 우는 아이의 편을 들어 줘야지. 영림, 넌 앞으로 사흘간 설교야."

"작은 오라버니."

평소와 달리 심술궂은 태도의 경창을 보고 영림이 눈썹을 축 늘어뜨리자, 경창은 또다시 날아오는 비표를 깡 튕겨내면서 "영림, 너 말이야" 하고 차분하게 말을 이었다.

"필사적으로 구조하러 달려와 준 상대에게 '필요 없었다'라는 말을 듣는 슬픔을 이미 알고 있는 것 아니었어? 그리고 상상해 봐. 눈앞의 친구가, 또는 동생이 누군가의 발에 계속 걷어차이면서 물속에 가라앉는 모습을 본 인간이 어떤 기분일지."

가벼운 말투였지만 강렬한 분노가 배어났다.

"반드시 죽여버릴 거야."

눈은 아직도 요명 일행과 공방전을 벌이는 아킴을 응시하고 있었다.

영림은 무언가에 얻어맞은 듯 등을 곧게 폈다. 모두의 마음이 그제야 몸에 스며드는 기분이었다.

"혜월 님, 정말 죄송해요."

"그, 그래! 저, 절대 용서 못 해."

조심스럽게 손을 뻗자 난폭하게 뿌리친다.

"죄송해요."

그래도 꺾이지 않고 손을 쥐니 이번에는 상대도 아플 정도의 힘을 주어 맞잡았다.

"기억해 둬."

"네, 영원히."

두 사람은 서로 손을 잡은 채 맞은편 강가에서 싸우는 남자들을 바라보았다.

"와, 살기가 넘치네."

아킴은 좌우로 날아드는 검격을 피하며 가볍게 바위 위로 손을 짚었다.

그런가 싶더니 그 팔을 지지대 삼아 갑자기 허공에서 발차기를 하거나, 오른손에 든 단도로 검을 막으며 왼손으로 비표를 날리는 등 교묘한 공격을 퍼부었다.

"젊은 황태자 전하와 취관장이 둘이서 허리도 다리도 아픈 중년 남자를 괴롭히다니 너무하잖아. 창피하지 않아? 여자 하나를 위해서 이렇게까지. 추녀 따윈 얼마든지 바꿀 수 있는데."

남자의 움직임에는 형식이 없었다. 돌발적이며 변칙적이다. 무예로서의 아름다움이 없는 대신 실전을 뚫고 나오며 기른 기술 특유의 날카로움과 박력이 있었다.

지금도 발로 강물을 세게 걷어차서 요명과 진우에게 끼얹으려

하는 참이었다.

두 사람은 순간 소매와 검으로 물을 막았다. 물방울에 섞여 비표가 날아든다는 사실을 알아차린 요명이 험악하게 눈살을 찌푸렸다.

"비열한 범행 현장을 목격당하면 대부분의 자객은 달아나는 법인데, 그렇게나 대담한 태도를 보이는 모습을 보니 역시 폐하의 직속인 모양이군."

"뭐, 그렇지."

대화 사이사이로 날아드는 검을 피하며 아킴은 젖은 머리카락을 쓸어 올렸다.

"이 문신이 있는 한, 난 적어도 추녀를 죽인 정도로는 처벌받지 않아."

"호오. 이 나라의 유일한 황태자에게 검을 들이밀었다면 폐하의 천칭은 과연 어느 쪽으로 기울까."

"궁금하네. 그러고 보니 그 녀석, 이상할 정도로 자식을 적게 낳더라고."

황제를 '그 녀석'이라고 부를 만큼 아킴과 현요는 막역한 사이인 모양이었다.

"뭐, 그래도 괜찮은 승부가 될 것 같은데? 내가 중요한 인물이라는 의미가 아니고, 너희가 그 녀석에게 나만큼이나 하찮은 존재라는 의미에서."

이 세상에서 두 번째로 존귀한 신분인 요명을 대담하게 깎아내리면서, 아킴은 준비 동작 하나 없이 다리를 휙 뻗었다. 징이 박힌 그 신발 뒤축을 이번에는 진우의 검이 막았다.

“하찮은 잔재주를.”

“아저씨라서 도구에 의지하지 않으면 체력적으로 힘들다고.”

입으로는 그렇게 말하면서도, 아킴은 호흡 하나 흐트러지지 않고 다시 자세를 갖추었다.

“너희한테는 볼일이 없으니까 거기 있는 추녀만 데리고 돌아가게 해 주면 안 될까?”

“우습군. 그러고 싶다면 먼저 나를 죽여야 한다.”

“난감하네. 아무리 유일한 황태자라고는 해도, 네가 죽으면 분명 전대까지 거슬러 올라가서 누군가 후계자를 끌고 나올 테니 너무 신분만 믿고 까불지 않는 게 좋을 거야.”

뛰어난 무예 실력을 자랑하는 남자 둘에게 둘러싸인 채로도 아킴의 여유는 무너지지 않았다.

“저기, 직속 은밀부대원을 죽이는 건 폐하한테 검을 겨누는 꼴이 되거든. 추녀를 감싸면 네가 도술을 옹호한 모반자가 돼. 폐태자가 되는 것보다는 여자 한두 명쯤 그냥 저버리는 편이 낫지 않겠어?”

뭘 망설이는 건지, 하며 어깨를 으쓱한 다음 순간 아킴이 갑자기 요명의 코앞으로 육박했다.

“……!”

“고귀한 분들의 특기잖아, 여자와 어린애를 버리는 건. 거치적거리는 백성들은 물 속에 가라앉혀 버리면 그만이고, 귀찮은 약혼자는 죽이면 그만이지.”

"큭."

오른주먹으로 후려치는가 싶으면 왼쪽 다리로 걷어차고, 걷어찬 다음에는 비표를 쥔 다른 손발이 기다리고 있다.

검술에 익숙한 진우조차 옆에서 끼어들 틈이 없을 정도로 아킴의 공격은 격렬했다.

"괜찮아. 한동안은 복수심에 몸부림쳐도 그 또한 금세 시들어버릴 거야. 내가 보증해."

"헛소리."

——키잉!

몸을 젖혀 피하는 척하며 요명이 재빨리 검을 휘두르자, 아킴은 비표로 그것을 막았다.

기긱, 하고 불길한 소리를 내며 서로의 날끝이 상대방을 파고들었다.

"어차피 황가의 추녀 따윈 병약해서 금방 죽을 거잖아? 운명을 따라갈 뿐이지."

아킴이 내뱉은 말을 요명이 들은 순간, 숲 전체를 흔드는 천둥번개가 울려 퍼졌다.

——쿠우…… 웅!

"죽을 운명인 건 너뿐이다."

"꺄아아악!"

요명의 바로 옆 바위에는 혜월이 일으킨 불기둥을 뛰어넘을 정도로 거대한 빛의 기둥이 떨어져, 빠직빠직 소리를 내며 바위를 부쉈다.

새하얀 섬광과 굉음에 아킴 본인보다 강 건너편에 있던 혜월이 더 큰 비명을 질렀다.

"히…… 히익! 저, 용의 기운!"

방금 전까지 펑펑 흘리던 눈물도 쏙 들어갔다. 혜월은 떨리는 손으로 옆에 앉은 영림의 어깨를 붙잡고 흔들었다.

"수, 숨 쉬기가 어려울 정도야. 마, 말려 줘……."

"그렇군요."

영림 또한 혜월의 등을 쓸어내려 주면서 다소 겁먹은 얼굴로 남자들을 바라보았다.

"이 이상 전투가 격렬해지면 안 될 것 같네요……."

하지만 영림의 소망과는 반대로 아킴은 검을 튕겨내며 더욱 심술궂게 덧붙였다.

"아니면 주가의 추녀 쪽에 더 열을 올리는 중인가? 뭐, 어때? 저 정도 얼굴쯤이야 얼마든지 대신할 여자가 수두룩한데."

——쿠우…… 웅!

또다시 요명의 번개가 떨어졌다.

"꺄아아아아악!"

"뭐?"

혜월은 얼굴을 감싸며 비명을 질렀지만, 한편 영림으로 말할 것 같으면 방금 전까지의 겁먹은 태도에서 돌변하여 위협적인 고함을 질렀다.

"방금 뭐라고 했지?"

"왜 네가 화를 내는 거야! 빠, 빨리 막아 줄 수는 없어? 이 번개

좀…….”

“전하, 해치워 버리세요.”

벌벌 떠는 혜월의 곁에 있는 사람은 더 이상 죽음에 직면한 채 눈물을 글썽이는 여자가 아니었다. 싸늘한 두 눈으로 친구를 모욕당한 분노에 불타는 요괴였다.

금방이라도 “해치워! 해치워!” 하고 추임새까지 넣을 기세였다.

“공감이 가. 저렇게 표표한 척 거드름 피우는 녀석일수록 아주 꼴사납고 처참하게 패배했으면 좋겠어.”

“맞아요, 작은 오라버니. 정말 화가 나네요. 번개로 교묘하게 정수리를 노릴 수는 없을까요?”

“가세해도 돼?”

“아뇨, 만일을 대비해 이곳에서 혜월 님을 지켜 주세요.”

긴박한 전투 상황인데도 황가 남매는 엉뚱한 일로 화를 내고 있었다.

그러는 동안에도 번개는 계속해서 떨어졌고, 그 사이사이로 비표가 날았다.

검을 휘두르는 소리가 끊이지 않았다. 용의 기운은 폐부를 짓누를 정도의 밀도로 소용돌이치는 바람에 혜월은 점점 공포로 착란에 빠질 것만 같았다.

“그만……. 이제 그만.”

딱히 평화주의자도 아니고, 오히려 적의 죽음은 바라마지 않는 일이다.

하지만 제발 자신에게 해가 미치지 않는 범위 내에서 해 달라고 외치고 싶었다.

"이젠, 빨리, 좀 끝내!"

혜월이 비통하게 호소하는 옆에서 영림은 손가락을 입술에 댄 채 생각에 잠겼다.

"하지만…… 앞일을 생각하면 저분을 죽여 봤자 제 2, 제 3의 은밀부대원이 찾아올 테고 저희는 죄인으로 확정되겠죠. 좋은 일은 아니네요."

으음—— 하고 허공을 향해 얼굴을 찌푸리던 영림은 다음 순간 눈을 빛냈다.

"큰 오라버니!"

"뭐?"

생각지 못한 이름의 등장에 눈물을 글썽이던 혜월이 덩달아 고개를 들었다.

시선 끝, 숲 위로 튀어나온 어두운 절벽 위에 불꽃 같은 무언가가 깜박이더니 쭉쭉 거리를 좁혀서 아킴이 서 있는 강가 바로 옆에 둔한 소리를 내며 꽂혔다.

"잠깐, 잠깐."

——콰앙!

아킴이 투덜거리며 몸을 휙 비튼 순간, 꽂힌 그것이 폭발했다.

"화전(火箭)까지 등장할 줄이야."

절벽 위에서 날아온 흉기. 그것은 화약통이 묶여 있는 화살이었다.

"미안하다! 조금 늦었지!"

절벽에 선 인물, 황경행은 한쪽 팔을 마구 휘두르며 목소리를 높이더니 다음 화전을 시위에 메겼다.

“저 거리에서 이렇게나 정확히 노리다니, 대체 얼마나 대단한 실력인 걸까요…….”

어느 샌가 리리를 데리고 이쪽으로 건너와 있던 동설이 어딘가 모르게 질투가 난다는 듯 중얼거렸다.

재빠른 검으로 상대를 몰아넣는 진우와 번개를 작렬시키는 요명, 그리고 기습하여 화전을 쏘는 경행.

무예에 뛰어난 세 사람에게 둘러싸이자 어지간한 아킴도 얼굴을 찌푸렸다.

도망치는 쪽으로 마음을 바꾸었는지 몸을 낮추는 모습을 보고, 영림은 재빨리 제자리에서 일어났다.

“기다려요.”

늠름하게 목소리를 높인 순간 남자들이 긴장감을 띤 얼굴로 일제히 돌아보았다.

싸움의 균형을 무너뜨리지 않도록 유의하며, 영림은 아킴을 똑바로 쳐다보았다.

“교섭하지 않겠어요?”

그리고 입을 열었다.

수적으로 유리하니 아킴을 죽일 수도 있겠지만, 그것은 황제를 향한 반역을 의미한다.

가능하면 아킴이 여기서 포기하도록 대화로 결판을 내고 싶었다.

“먼저 말씀드리겠는데 저희는 당신을 검으로도, 번개로도 죽일 수 있어요. 지금 유리한 건 저희 쪽이에요."

"글쎄, 그건 과연 어떨까. 나를 죽이면 당신들은 무조건 처형당할 텐데."

영림이 교섭에서 우위를 점하려 하자 아킴은 금세 어깨를 으쓱하며 대꾸했다.

물론 아킴도 이 정도 도발로 넘어올 리가 없다.

하지만 영림 또한 유연한 미소를 지었다.

"그렇다 해도 결국 먼저 죽는 건 당신이에요. 죽이든 안 죽이든 상관없는 여자 때문에."

먼저 조급해지면 끝장이다.

괜찮다, 여유 있는 척하는 데에 자신보다 뛰어난 사람은 없다.

영림은 한 손으로 뺨을 감싸고 살짝 고개를 갸웃했다.

"그건――무척이나 '다르' 하지 않나요?"

다르. 아마도 '하찮다'거나 '무의미하다'는 의미의 단어.

유목민들 사이에서 전해져 내려온다는 이국의 언어를 일부러 인용하자, 아킴은 살짝 눈을 부릅떴다가 웃음을 터뜨렸다.

"그래, 맞아. 다르(하찮아). 말 그대로."

"그렇다면 무의미한 일 때문에 목숨을 내던지는 일은 그만두는 게 어때요?"

아주 잠깐 상대의 관심을 끈 그 틈을 영림이 파고들었다.

"물론 도술은 이 나라에서 모반이자 금기예요. 하지만 당신도 딱히 이 나라나 폐하께 진심으로 충성을 맹세한 건 아니잖아요?"

"글쎄. 무능한 귀족을 마음대로 죽여도 좋다는 허가를 내려 주신 폐하께는 나름대로 은혜를 입었다고 생각하는데 말이야. 거만 떠는 귀족을 죽이는 건 생각보다 꽤 즐거운 일이거든."

"거만 떠는 귀족……."

아킴의 말을 반추하며 영림은 신중하게 핵심으로 다가갔다.

이 남자에게는 순수한 충성심도, 과격한 복수심도 없다.

귀족을 죽이는 게 즐겁다고는 하지만 영림을 물고문할 때도, 요명 일행과 접전을 벌일 때도 일관되게 표표한 태도였고 심지어 귀찮아 보이기까지 했다.

감정 기복이 드문 만큼 이쪽에서 아무리 도발하거나, 또는 진심으로 다가가 보았자 마음이 흔들릴 리가 없다.

'그렇다면——얼마나 흥에 젖게 만들 수 있을까가 승부야.'

지금 자신의 손에 있는 단 하나의 '비밀 패'를 사용하기 위해, 영림은 이야기를 깔끔히 정리했다.

"당신이 그렇게 말하는 이유는 저희가 죽 한 그릇을 베풀면서 자아도취에 빠져 있는 듯 보였기 때문이었겠죠?"

"그래, 그 정도 자각은 있나 보네."

"그야 뭐."

그렇고말고. 아킴에게 모욕당하지 않았어도 자신이 무력하다는 사실 정도는 알고 있었다.

치유하고 보살피는 것이 음(陰), 즉 여자의 역할.

죽을 쑤어 굶주린 자들을 달래고, 다정한 미소를 뿌려 사람들의 마음을 편안하게 해 주는 것이야말로 추녀에게 요구되는 역할이다. 중요한 일이라는 사실은 알고 있다.

하지만 죽 한 그릇의 위안을 건넨다 한들 백성을 근본적으로 구제할 수는 없다.

자신들이 떠난 후, 백성들은 여전히 홍수에 집이 떠내려갈지도 모른다는 공포와 곡식이 제대로 자라지 않는다는 초조함, 그리고 굶주림과 슬픔에 계속 시달리며 지내지 않을까.

그렇다고 추녀인 자신에게 치수 공사를 명령하거나 다른 영지의 백성들에게 안전한 땅을 나누어 줄 권한은 없다.

정사에 관여할 수 없는 입장――자신의 팔이 너무나 가늘어서 뻗어 봤자 닿는 범위가 좁을 뿐이라는 사실을 영림은 늘 안타깝게 생각했다.

"열단봉에서도 어떤 소녀가 말하더군요. 죽 한 그릇 얻어먹어 봤자 여름이 되면 어차피 또 수해를 당한다고. 이 땅은 뭘 어떻게 해도 달라지지 않는다고."

손목에 감겨 있는 끈팔찌를 어루만지며 리안의 옆얼굴을 떠올렸다.

어차피 달라지지 않는다. 어차피 구원은 찾아오지 않는다. 그렇게 기대하는 일조차 스스로 금지해버린 소녀의 모습을.

그것은 혜월을 만나기 전의 자신 그 자체였다.

그렇기 때문에 영림은 생각한다. 소녀에게도 혜성이 찾아와 주었으면 좋겠다고.

암흑을 찢어 가르고 눈부시게 주위를 비추는 기적의 도래를 꼭 그 두 눈으로 목격했으면 좋겠다고.

"저는 그 아이에게 말했어요. 그렇지 않다고, 상황은 바꿀 수 있다고. 그리고 만일 제가 기적을 일으키면 믿어 주겠느냐고."

영림은 한 손을 높이 치켜들었다.

손가락 세 개를 세운 그 몸짓은 영국 사람이 천지인에 맹세할 때의 동작이었다.

절벽 위에 있는 경행이 놀란 듯 이쪽을 바라보았다.

영림은 정확히 시선을 맞추고 **마주 고개를 끄덕였다**.

"천지인에 맹세코 저는 백성을 위해 헌신하겠어요. 짧은 이 팔로도, 닿을 수 있는 범위 내의 모든 백성들을 구해내는――그런 기적을 일으키겠어요."

늠름하게 말했지만 아킴은 비웃을 뿐이었다.

"결의 표명은 좋은데, 그래서 뭐?"

"그렇겠죠. 역시 이럴 때는 구체적인 성과를 동반해야 해요."

"그럼, 그럼."

아킴은 검이 들이밀어진 상황에서도 여전히 맥 빠지는 태도를 무너뜨리지 않았다.

반대로 말하면 그것은 시종일관 이쪽을 얕보고 있다는 뜻이다.

"그래 봤자 어차피 '그래서 낚시를 가르쳤습니다. 굉장하죠?'로 이어질 거잖아?"

"아뇨."

빈정거리며 눈썹을 치켜올린 아킴에게 영림은 이렇게 말했다.

"강에 폭약을 설치했습니다."

"뭐?"

――쿠과과과과…… 광!

한 박자 늦게 주위에 굉음이 울려 퍼졌다.

울창하게 우거진 숲 건너편에서 쿠우웅, 하는 폭풍이 몰아치고 나무보다 높은 위치까지 새하얀 물보라가 솟구쳤다!

"꺄아아아악!"

깜짝 놀란 혜월이 또다시 털썩 주저앉았다. 반대로 리리는 정신이 들어 펄쩍 뛰고, 남자들도 순간적으로 경계 태세를 갖추었다.

그만큼의 진동과 굉음이었다.

"상당히 큰 소리가 나는군요. 역시 주민분들께 설명을 끝낸 후에 실행에 옮기고 싶었는데 말이죠."

놀란 새들이 일제히 숲에서 날아오르는 모습을 보고 영림은 난처한 듯 미소를 지은 뒤, 토라진 듯 아킴을 노려보았다.

"하지만 이분이 성과를 재촉하시잖아요. 정말이지 어쩔 수 없다니까요."

"뭐……?"

이쯤 되니 아킴도 허를 찔린 표정이었다.

"무, 무, 무, 무슨……."

하지만 그 이상으로 거품을 문 것은 혜월 쪽이었다.

급전개를 따라오지 못한 혜월은 지금이 급박한 교섭 도중이라는 사실도 잊은 채 바들바들 떨며 영림의 소맷자락을 마구 흔들어댔다.

"무슨 짓을 저지른 거야?!"

"그러니까, 언 강을 폭파했어요."

"직전까지 '백성을 구하고 싶다'던 여자가 왜 폭파 행위를 벌이는 건데!"

"그것도 다 대책이에요."

고함을 지르는 친구에게 영림이 진지한 목소리로 대답했다.

"혜월 님, 열단봉을 포함한 이 일대는 여름 직전이 되면 매년 홍수와 수해로 고통을 받는답니다. 그 이유가 무엇인지, 의아하지 않으세요?"

"이유? 그야…… 원래 그런 땅이니까?"

"맞아요. 그런 땅——그런 지형이에요."

애매하게 대답한 혜월의 말을 부정하지 않고, 영림은 눈앞을 흐르는 강과 거기서 이어지는 상류를 가리켰다.

"이 산에는 강이 여러 줄기 흐르고, 겨울이 되면 그 일부가 얼어붙죠. 초봄이 오면 얼음이 녹는데 그 어설프게 녹은 얼음끼리 서로 달라붙어서 강물을 틀어막는답니다. 그리고 여름 직전이 되면 제방 노릇을 하던 얼음이 녹아서 고여 있던 대량의 물이 터져나와서 하류의 촌락을 덮치죠."

지형 따위는 추녀와 가장 인연이 먼 학문 분야다.

혜월은 눈을 희번덕거리며 이야기를 이해하고는 결론을 알아차렸다.

"잠깐, 그렇다면……."

"네. 겨울 안에 얼음을 부숴 놓으면 여름의 수해가 사라질 거예요. 그래서 여기다 싶은 언 강에 미리 폭약을 설치하고, 방금 큰 오라버니가 화전으로 불을 붙여 주셨답니다."

생글생글 웃으며 말하는 영림은 세 손가락을 세운 손을 흔들어

보였다.
방금 전 손가락으로 하늘을 가리킨 동작은 맹세가 아니라 점화 신호였던 모양이다.
하지만 대체 언제, 어느 틈에 그런 신호를 정했을까. 범람을 막기 위해 얼음을 폭파한다는 생각을 떠올린 것도, 실제로 폭약을 설치한 것도 하루아침에 될 일이 아니다.
"대체, 언제부터……."
"사실 언 강을 폭파하는 일 자체는 열단봉에 오기 전부터 생각하고 있었어요. 그래서 오는 길에 오라버니와 함께 강을 둘러보며 빈번히 의논했죠. 오늘도 폭약을 설치해 주셨고…… 두 패로 갈라진 바람에 이런 사태가 벌어지고 말았지만요."
아직도 절벽 위에 서 있는 경행을 향해 손을 흔들자, 경행도 열심히 손을 마주 흔들어 주었다.
"수해가 일어난 뒤의 대규모 토목공사를 명령할 권리는 추녀에게는 없어요. 그렇기 때문에 '예방'할 수는 없을까, 라고 생각한 거죠."
수많은 병에 고통 받았고, 그 때문에 예방 의료와 평상시 단련의 중요성을 잘 알고 있던 황영림이기에 가능한 발상이었다.
"――자, 그럼 슬슬 시간이 되었네요."
문득 영림이 상류를 바라보며 눈을 가늘게 떴다.
아직도 강 안의 바위 위에 서서 검을 겨누고 있던 요명과 진우를 향해 "이쪽으로 오세요!" 하고 목소리를 높이자, 물을 관장하는 현가의 남자들은 금세 의도를 파악하고 재빨리 이쪽 물가로 뛰어왔다.

——콰과과과……!

그 순간 단숨에 양이 불어난 물이 바위에 이리저리 부딪히며 밀려들었다.

숲 너머에서 얼음이 부서진 강, 그것이 세차게 흐르는 바람에 영림 일행이 있는 곳까지 일시적으로 수량이 불어난 것이다.

거의 홍수나 다름없는 탁류가 방금 전까지 남자들이 서 있던 바위를 흠뻑 덮치고 어둠 속에서도 알 수 있을 정도의 물보라를 튀겼다.

"으악!"

발목을 잡힌 아킴은 자세가 무너지는 바람에 몇 걸음쯤을 밀려났다.

하지만 적도 만만찮았다. 금세 근처에 있던 바위를 붙잡고는 자세를 고쳐서 수면 위로 떠올랐다.

"푸핫! 더럽게 춥네."

——뚜벅.

그때 바위를 꾹꾹 눌러 밟으며 영림이 다가갔다.

등 뒤에 있던 남자들은 모두 아킴을 향해 칼을 겨누고 있었다.

"이봐요, 아킴. 다시 한 번 말할게요. 거래하지 않겠어요?"

물가에 선 여자가 물에 잠긴 남자에게 건네는 다정한 속삭임.

그것은 방금 전까지의 광경을 뒤집어 놓은 듯했다.

"가엾어라. 별다른 사명감도 없는데 임무 때문에 목숨을 잃다니. 자, 어서 말해요. 우리를 보내 주겠다고. 그러면 바로 물에서 꺼내 줄게요."

아킴은 이쪽을 빤히 올려다보았다.

증오도 아니고 짜증도 아닌, 그저 호기심이 엿보이는 눈매.

영림 나름대로의 '허 찌르기'에 아킴은 오히려 유쾌함마저 느낀 모양이었다.

"당신에게 폐하의 명령은 절대적인 것이 아니죠. 그리고 보다시피 내뱉은 말은 반드시 지키는 우리는 당신이 싫어하는 '거만 떠는 귀족'이 아니잖아요? 그렇다면 이대로 우리를 보내 줄 수도 있지 않겠어요?"

부디 이대로 보내 달라고 비굴하게 매달릴 생각은 없었다.

그저 몹시 매력적인 선택지를 보여주고 싶을 뿐이었다.

자신들은 백성을 구할 각오가 되어 있다. 옛날의 아킴이나 지금의 리안을 저버린 귀족들과는 다르다. 정의가 있다. 앞뒤 가리지 않고 덤비는 자세와 호전적인 태도, 그리고 꿈이 있다.

시시껄렁하다고 중얼거리면서 임무를 수행할 바에야 가끔은 가슴 설레는 패에 도박을 걸어 보는 건 어떨까?

"……얼음이 깨질 때는 이런 소리가 나는구만."

잠시 침묵한 후, 아킴이 중얼거린 것은 그런 말이었다.

"네?"

"숲 건너편에서 끼긱거리는 소리가 나. 저거, 깨진 얼음이 흘러갈 때 나는 소리잖아."

왜 입을 다물고 가만히 있었나 했더니, 얼음이 흐르는 소리에 귀를 기울이던 모양이었다.

"그렇죠……?"

의도를 파악할 수 없었던 영림이 애매하게 고개를 끄덕이자, 아킴은 코를 문지르곤 어째서인지 갑자기 미소를 지었다.

"좋은데."

"네?"

그러고는 자신에게 들이밀어진 검 따위는 신경도 쓰지 않고, 완력만을 이용해 물가로 털썩 내려앉았다.

"——!"

"좋아. 당신들한테 한 번 걸어 볼게. 얼음에 금을 내 줬으니까. 단, 봐 주는 건 하루뿐이야."

경계하는 남자들 앞에서 아킴은 천연덕스럽게 말하더니 들고 있던 비표를 휙휙 집어던졌다.

눈 깜짝할 사이 무장해제가 된 아킴 앞에서 영림 일행은 무심코 서로 얼굴을 마주보았다.

물론 의표를 찌른 것 같긴 했지만 이렇게나 쉽게?

심지어 직접적인 이유가 생명의 위기를 느껴서가 아니라, '얼음에 금을 내 줬으니까'라니 대체 무슨 뜻일까.

'뭐, 흥에 젖었다고 생각해도, 되겠지……?'

생각해 보면 세상에는 공갈협박을 했더니 홀딱 반해버린 남방춘 같은 괴짜도 있다. 대체 무엇이 상대의 '급소'인지는 본인밖에 모른다.

억지로 스스로를 납득시킨 뒤, 영림은 다음 수를 내놓기로 결정했다.

"이해해 주셔서 고마워요. 그렇지, 계속 이렇게 젖어 있으면 동상에 걸릴 거예요. 이젠 저희의 동료가 되었으니 보송보송하게 말려 드릴게요. 혜월 님, 부탁드려도 될까요?"

"뭐?! 왜 그렇게까지 해 주는 거야!"

기겁해서 고함을 지른 사람은 당연히 갑자기 지목당한 혜월이었다.

아킴의 배반을 경계하는 혜월의 귀에 영림이 입술을 대고 짧게 속내를 털어놓자, 혜월은 가볍게 혀를 차더니 불꽃을 불러왔다.

"흥. 날 편리하게 써먹지 말란 말이야."

거대한 불기둥이 아킴을 둘러쌌다가 금세 사라졌다.

"오— 신기하네. 아까랑 다르게 화상도 안 입었고. 뭐가 어떻게 된 거야?"

아킴은 완전히 따뜻해진 자신의 몸을 내려다보더니 도발적인 미소를 지었다.

"몸을 말려 주기까지 하다니, 꽤 신용하나 보네. 이제부터 내가 날뛸 거라고는 생각 안 해?"

"후후."

하지만 심술궂은 발언에도 영림은 손으로 뺨을 감싸고 느긋하게 미소만 지을 뿐이었다.

"지금 관자놀이의 문신이 욱신거리지 않았나요?"

"응?"

아킴은 순간적으로 관자놀이를 만지려다 가볍게 주먹을 쥐었다.

"……글쎄, 어땠더라."

"아마 욱신거렸을 거예요. 당연하죠. 방금 당신에게 저주를 걸었으니까."

남자는 멈칫했다가 한 박자 늦게 이쪽을 쳐다보았다.

"뭐라고?"

"은밀부대원이라는 증표인 그 문신에 저주를 걸었어요. 도술에 대해 이야기하지 못하도록. 아무리 멀리 떨어진 곳에 있어도, 당신이 폐하께 도술에 대해 말씀드리면 전신에서 불꽃이 치솟을 거예요."

듣고 있던 혜월은 저도 모르게 히죽히죽 웃을 뻔했다.

이 여자, 어떻게 이렇게 당당하게 거짓말을 할 수가 있을까!

하기야 방금 전 아킴이 관자놀이에 통증을 느낀 것은 사실일 터였다.

왜냐하면 문신은 곧 흉터라 할 수 있고, 아무리 술법으로 일으킨 불이라고는 하나 불에 휩싸이면 상처를 입은 피부는 유달리 더 고통스럽게 아플 테니 말이다.

——협박하고 싶어서 그러는데, 관자놀이를 특히 바삭하게 구워 주세요.

게다가 방금 전 영림이 부탁한 대로 혜월은 아킴의 관자놀이 부근을 특별히 강렬한 불꽃으로 그을렸다.

생각해 보면 황영림은 자애로운 성품이지만 적은 절대 용서하지 않았다.

자신의 몸을 강물에 가라앉히고, 친구를 모욕한 상대를 그리 쉽게 해방시켜 줄 리가 없다.

이 여자는 숨 쉬듯 타인에게 도움의 손길을 내밀지만——적에게는 바로 그 손으로 망설임 없이 숨통을 끊어 놓으려고 덤비는, 어마어마한 악녀다.

“뭐야, 농담이지?”

남자는 여전히 가벼운 말투로 중얼거렸으나 목소리가 살짝 굳어 있었다.

“거짓말이지?”

질문을 받은 남성진이 일제히 시선을 피하자 어지간한 아킴도 “어?” 하고 얼굴이 일그러졌다.

도술을 모르는 아킴은 술법 안에서 무엇이 가능하고, 또 무엇이 불가능한지 모를 터였다.

단순히 흉터를 지진 통증인지, 아니면 저주가 새겨진 통증인지 구별할 수 있을 리도 없다.

‘저주란 게 그렇게 쉽게 발동되는 건 아니거든.’

혜월은 그런 표정을 가슴속에 감추며, 영림의 어깨에 한 손을 얹은 채 고개를 살짝 갸우뚱하며 말했다.

“한 번 시험해 보지 그래?”

“혜월 님도 참, 과격하시다니까요.”

도발적이며 공격적이다. 과감한 혜월의 태도에 영림은 기쁘게 웃었다.

“뭐, 좋아. 그럴싸한 말만 늘어놓는 추녀님인 줄 알았더니 생각보다 뱃속이 시커멓잖아. 참 든든하네.”

아킴은 “한 방 먹었어”라며 쓴웃음을 짓고는 고개를 갸웃했다.

"그래서 시간은 벌었다 치고, 뭘 어쩔 생각인데? 말해 두겠는데 오늘 밤 일을 내가 못 본 체한다 해도, 그 녀석에게 주목받고 있다는 상황은 달라지지 않아."

"그거야――."

당연히 지금 당장 몸이 바뀐 주술을 풀고 원래 몸으로 돌아가서 증거를 은폐해야지.

뚱해진 혜월이 그렇게 대꾸하려 했으나 그것을 가로막고 영림이 일동을 향해 미소 지었다.

"네, 바로 그 부분에 관한 일인데요. 여러분."

손뼉을 짝 치는 모습은 천진난만함과 사랑스러움으로 가득했다.

"주목받고 있다는 상황은 달라지지 않으니――차라리 황제 폐하께 직소하러 가는 게 어때요?"

마치 '쌀이 없으니까 저녁으로 고구마를 먹는 게 어때요?' 하고 묻는 듯 가벼운 말투였다.

혜월이 갈라진 목소리로 고함을 질렀다.

"뭐어?!"

"뭐라고?"

"방금 뭐라고?"

요명과 진우, 경창과 동설, 리리까지 모두가 눈을 휘둥그렇게 떴다.

당연한 일이었다. 줄곧 현요에게 도술을 들키지 않아야 한다는, 오로지 그 일념만으로 전원이 요 한 달을 꼬박 보냈는데 말이다.

"기껏 못 본 척을 해 주겠다는데 왜 이쪽을 탄압하는 상대를 오히려 성큼성큼 찾아가겠다는 거야! 방금 전의 목숨을 건 거래는 다 뭐였는데?!"

"싸움터에 억지로 끌려나오는 것과 준비를 갖추고 상대를 찾아가는 건 전혀 달라요."

"아무리 완벽하게 준비한다고 해도 무의미해. 상대는 손가락 하나로 추녀조차 처형시킬 수 있는 황제 폐하야. 진짜 알고 있기는 한 거야?!"

"그렇죠, 상대는 황제 폐하. 국가의 최고권력자이기 때문에 저희도 필사적으로 도술을 감추려 노력했고요."

혜월이 언성을 높이거나 말거나 영림은 손으로 뺨을 감싸고 열심히 고개를 끄덕였다.

"그게 어리석었던 거예요."

"뭐라고?"

지금 영림의 머릿속에는 어둠을 똑바로 찢어 가르는 불길이 있었다.

어두운 물속에서 올려다본 희망의 빛.

혜월이 자아낸 혜성처럼 아름다운 도술에 영림은 매혹되었다.

그리고 문득 이런 생각이 들었다.

이렇게 눈부신 기적을 왜 자신들은 죽을 힘을 다해서 감추려 했을까.

"생각해 보면 아무리 황제 폐하라 해도 이렇게 아름다운 도술을 탄압하시는 게 어리석은 짓이에요. 폐하께서도 그것을 이해해 주셔야 해요."

"잠깐, 아무리 너라고 해도 불경하잖아."

방금 전까지는 자신만만했던 혜월이 얼굴을 있는 힘껏 일그러뜨리고 있었으나 영림은 신경 쓰지 않았다.

'이젠 손톱만큼도 참고 싶지 않은걸.'

친구의 비밀을 지키기 위해 자신이 할 수 있는 일이라고는 멀리 떨어져서 견디는 일뿐이라고 생각했다.

하지만 전제가 틀렸다.

혜월의 도술은 애당초 세상 사람들 앞에서 부끄러워할 것이 아니었다. 비밀로 하고, 숨기고, 금지해야 할 것도 아니다.

황제가 탄압한다는 이유로 혜월을 감추는 게 아니라, 이 자랑스러운 친구를 어찌 그리 모욕할 수 있느냐며 그의 멱살을 잡으러 갔어야 했다.

어차피 이번만 증거를 은폐할 수 있을 뿐, 결국 추궁은 이어질 테니 차라리 근본적으로 해결하는 편이 낫다.

"도망치는 것보단 공격해야 해요. 국가의 최고권력자가 뭐 어쨌다는 건가요?"

"자, 잠깐, 그 이상은 제발 그만해. 응?"

혜월은 겁먹은 표정으로 그 최고권력자의 아들인 요명의 눈치를 슬금슬금 보았으나, 요명은 화를 내기는커녕 과격한 약혼자를 보며 쓴웃음만 지을 뿐이었다.

"뭐, 아들로서는 주먹질을 하러 쫓아가는 것보다는 대화를 요청하고 싶은 마음이다. 실제로 주혜월이 추녀라는 점은 대화에 유리하게 작용하겠지."

"그렇죠."

영림도 요명을 돌아보며 생긋 웃었다. 어처구니없는 제안이었음에도 불구하고 쉽게 받아들여 준 약혼자의 태도가 고마웠기 때문이다.

"그, 그래? 내가 추녀라는 게?"

"네. 어설프게 유력한 가신이나 백성이라 해도 남자 분이 도술을 익혔다면 모반 혐의에서 벗어날 수 없을 거예요. 하지만 추녀라면 황태자 전하와의 사이에서 아이를 낳을 수 있잖아요."

"아, 아이를……."

저도 모르게 노골적인 상상이 떠오르는 바람에 말문이 막힌 혜월을 보고 영림은 의아한 듯 고개를 갸웃했다.

"즉, 그 강대하고 신비한 힘을 혈통에 녹여 넣어서 황족의 것으로 만들면 된다는 뜻이죠."

"모반을 두려워할 게 아니라 오히려 도술을 손에 넣을 수 있다고 설득하자는 말이군. 어떤 근거를 준비해야 할지."

요명도 턱을 감싸며 고개를 끄덕였다.

태생부터 고귀한 두 사람은 가끔 연애 감정이나 분위기 같은 것을 뛰어넘고 혈통과 권력의 계승을 언급할 때가 있었다.

"우선 야심이 없다는 사실을 강조하고 싶네요. 저희는 단순히 몸이 바뀌었을 뿐, 모반을 일으킬 생각은——."

"아— 분위기가 달아오른 참에 미안한데."

그때 느긋한 목소리가 울려 퍼졌다.

일동이 입을 다물고 돌아보니, 목소리의 주인은 바위 위에 책상

다리를 하고 앉은 아킴이었다.

"**몸을 바꾸는 도술** 쪽이 더 큰 문제야."

"네……?"

순간적으로 의미를 이해하지 못한 영림 일행을 향해 아킴은 나원 참, 하며 양 손을 펼쳤다.

"너희 말이다, 현가의 피를 가장 짙게 물려받은 그 녀석이 권위를 지켜야 한다거나 모반을 방지한다거나, 그런 멀쩡한 이유로 도사를 찾아다니는 줄 알았어?"

뜻밖의 지적을 듣고 영림은 심장이 철렁 내려앉는 것을 느꼈다.

현요가 혜월을 노리는 것은 당연히 역대 황제들과 마찬가지로 모반을 걱정해서인 줄로만 알았기 때문이었다.

그러나 만약에 자신들이 근본적인 무언가를 놓치고 있는 거라면――?

"아냐, 아냐. 그 녀석은 오히려 나라 따윈 멸망해도 상관없다고까지 생각하고 있어."

현요의 아들인 요명과 진우조차 깜짝 놀라서 서로의 얼굴을 마주보았다.

생각지 못하게 짚이는 데가 있었기 때문이었다.

그 무엇에도 속박되지 않는 현가의 피.

담담하며 그 마음은 대체로 호수처럼 잔잔하다.

그렇다. 집착하기로 결심한 단 한 명을 위해 미쳐 날뛸 때를 제외하면.

"혈통에 이익을 가져올 수 있으니 탄압하지 말자. 그런 멀쩡한 판단은 절대 안 할 거야. 왜냐하면 그 녀석의 동기는 정치적인 이유가 아니거든. 단순한 복수야. 그리고 복수란 그 어떤 이유보다 절실하고 흉포하고, 논리가 없지."

늘 온화하며 정무는 대부분 가신들에게 맡겨 두는 황제, 현요.

후궁에도 거의 간섭하지 않으며 자식도 둘밖에 낳지 않았다.

현요에게는 권력도, 색도, 재물도, 전부 아무것도 아니었다. 분명 백성조차도.

그러나 단 하나——아무리 오랜 시간이 걸려도, 아무리 멀리 돌아가는 방법을 동원해서라도 반드시 해내야 할 일이 있었다.

"무슨, 복수인가요?"

수습되는 줄 알았던 사태가 기묘한 방향으로 굴러갈 것만 같은 불온한 예감이 느껴졌다.

영림은 쿵쿵 뛰기 시작한 가슴을 누르면서 갈라진 목소리로 물었다.

어째서인지 어젯밤 들었던 슬픈 진혼가 선율이 귓가에 되살아났다.

아직도 진의를 파악할 수 없는 황제. 언제나 감정을 내보이지 않고 끝없는 싸늘함만이 느껴지는 사람.

그러나 그 언동의 이면에 저 피리 소리처럼 듣는 사람의 마음까지 쥐어짜는 듯한 통곡이 감춰져 있다면.

"**누굴 위한** 복수인가요?"

그렇게 다시 묻자 아킴은 훗 웃더니 기슭 아래로 흐르는 강을 바라보았다.

귀를 기울이자 숲 너머에서도 기긱, 기긱 하고 얼음이 서로 스치는 소리가 들렸다.

멈춰 있던 시간이 기세를 얻어 겨우 봄을 향해 흐르기 시작한 듯했다.

"……좋은 걸 보여줬으니, 그 답례만큼 얘기해 볼까."

아킴은 혼자 중얼거리더니 일동을 돌아보았다.

서로가 서로를 지키려는 듯 경계심을 불태우며, 마른침을 삼키고 이쪽을 지켜보는 그들.

그 도전적인 눈동자는 너무나도 젊은 데다 앞뒤 가리지 않고, 그리고 아름답다.

'그 녀석도 이만큼 젊었을 때 복수를 끝낼 수 있었다면 좋았을 텐데.'

현요가 품은 과거를 아킴이라고 딱히 그 심경까지 파악하고 있는 것은 아니다.

그저 다른 누구보다 가까운 은밀부대의 일원으로서 현요의 복수는 마치 강에 얼어붙은 두꺼운 얼음 같다고 생각하고 있었다.

딱딱하고 영원히 얼어붙어 있어서 스스로의 힘으로는 더 이상 흐를 수 없는.

'뭐, 하지만 이 녀석들이 화약이 되어 줄지도 모르니까.'

구하고 싶으니까 폭파해 버리겠다는 이 소녀의 발상은 꽤나 통쾌하다.

그렇게 따지자면 숲속에서 쇠솥을 폭발시켰을 때도, 또 죽이 든 솥을 폭파했을 때도 그랬지만.

그래서 아킴은 표표한 태도에 아주 조금의 기대를 담아 이렇게 대답했다.

"그 녀석의 이복형――폐적된 제1황자, 호명을 위한 복수지."

라고.

아킴이 가족과 함께 영국 금령의 변경에 위치한 '등단계(騰丹溪)'에 이주한 것은 열여덟 살의 봄 무렵이었다.

그들의 본래 신분은 '단'이라 불리던 나라의 외곽을 자유롭게 이동하는 유목민이었다.

가축을 돌보고, 천막을 치고, 여름에는 보다 시원한 고지대로, 겨울에는 보다 따뜻한 저지대로 목초를 찾아 돌아다닌다. 그렇게 얻은 유제품과 고기와 모피로 교역을 하여 생계를 꾸렸다.

아킴은 원래 버려진 아이였으나 수많은 부족 중에서도 가장 양심적이라는 평판이 있는 일족에게 거둬져서 장래에 족장이 되리라는 이야기까지 듣고 있었다.

그러나 몇 개월 전, 그 사람 좋은 양부가 부족 간의 전쟁에 휘말리는 바람에 가축까지 전부 빼앗기고 말았다.

전쟁에 패배한 부족은 승자 측의 노예가 되는 것이 단의 규칙이었다.

아킴의 가족은 굴욕적인 나날을 각오했으나, 의외로 그때 양부의 옛 친구라는 다른 부족의 장이 중재에 나서 준 덕분에 일가는 영국의 등단계로 도망칠 수 있었다.

등단계는 최근의 영토 분쟁 때문에 단국에서 영국으로 넘어간 땅이었다.

영국은 개척을 시도했으나 사람 손이 부족해 난항에 처한 모양이었다.

땅을 개간하는 개척민이 된다는 조건으로 단국 사람들에게도 호적을 만들어 주겠다고 했다.

이미 생명줄인 가축을 빼앗긴 몸. 여자와 아이들이 겁간당하고 노예가 되는 것보다는 낫다며, 양부는 자신들의 부족을 해체하는 조건으로 영국에 도망치는 일을 허락받았다.

도착하고 나서 보니, 등단계는 기복이 심한 산지여서 살기 힘들기는 했지만 이곳저곳에 강이 흘렀기에 농사짓기 어렵지 않아 보였다.

주민의 9할이 영국인이어서 말도 통하지 않았지만, 그들 또한 각지에서 모여든 개척민이었기 때문에 오히려 이주민인 아킴 일행도 섞이기 쉬웠다.

어떻게든 해 나갈 수 있겠다고 생각한 일행은 고삐 대신 괭이를 쥐고 이 땅에서 농민으로 살아가기로 결심했다.

첫날, 주어진 폐가를 수리하고 얼마 안 되는 짐과 배급받은 식량을 날랐다.

둘째 날, 개척 담당 지역으로 할당된 땅을 확인하고 산을 탐색하며 시간을 보냈다.

그리고 셋째 날――벌써부터 아킴은 촌락 남자들 여럿을 상대로 난투극을 벌이고 말았다.

『믿을, 수가, 없어. 아킴, 이주 사흘째에 주먹질 소동이라니!』

분노한 나머지 단국의 말조차 띄엄띄엄 내뱉으며 여자는 자신의 무릎에 누운 아킴을 노려보았다.

여자의 이름은 파트마. 황갈색 머리카락과 진한 갈색 눈동자를 지닌, 아킴보다 한 살 연상인 여인이었다.

파트마는 전 족장, 즉 양부의 딸로 아킴에게는 의붓누나에 해당한다.

하지만 성품이 엄하고 남 돌봐주길 잘 하는 파트마는 누구에게나 누나 같은 사람이었기에 부족 남자들은 친근함을 담아 '우카(누님)'라고 불렀다.

파트마는 진흙투성이가 된 아킴의 얼굴을 천으로 닦아 준 뒤, 다친 곳이 없는지 보살펴 주던 중이었다.

『어디, 입안도 좀 보자. 이가 부러지진 않았어? 볼 안쪽은?』

『평지에 사는 허여멀건한 남자한테 한 대라도 맞았을 거라고 생각한다면 아무리 그래도 날 너무 얕보는 거 아냐? 다 때려눕혔어. 이럴 때 처음부터 서열을 확실히 잡아 놓지 않으면 우카랑 다른 여자들까지 덮칠 수도 있다고.』

『그러지 마. 내일부터 분명 마을 전체에서 원망을 받을 거야.』

무릎베개에 누운 채 아킴이 대답하자 성실한 파트마가 끙끙 앓았다.

『이젠 유목민 생활과는 다르단 말이야. 문제가 생겼다고 바로 도망칠 순 없고, 부족 외 다른 사람들과도 잘 지내야 해. 이곳은 영국이고 우리가 이방인이야. 알겠어, 바두?』

파트마는 친근함을 담아 아킴을 '바두(남동생)'라고 불렀다.

나무 그늘에 버려져 있던 아킴을 주웠을 때부터 파트마에게 아킴은 보살펴 줘야 할 남동생 같은 존재였기 때문이었다.

그러나 파트마의 손가락 감촉을 느끼고 있던 아킴은 그 말을 듣자 한쪽 눈을 번쩍 뜨고는 유쾌한 듯 웃었다.

『여러 모로 틀렸어, 우카. 우선 나는 이미 바두가 아니라 엘(남편)이야.』

그렇다. 파트마는 아킴에게 누나 같은 존재지만, 지난 달부터 아내가 되었다.

혼인은 족장인 양부가 아킴을 후계자로 점찍었기 때문에 성사된 일이기도 하지만, 원래 두 사람의 마음이 하나였기 때문이기도 했다.

화가 났을 때도 어딘가 모르게 명랑한 목소리, 그리고 파트마가 내뿜는 햇살 같은 냄새는 언제나 아킴의 마음을 어루만져 주었다.

얼굴 주위로 쏟아진 파트마의 황갈색 머리카락을 한 줌 집어들며 아킴은 말을 이었다.

『그리고 엘은 집안의 여자와 가축들을 지키기 위해 위엄을 보여야 하고, 대부분의 상대는 두들겨 패서 이쪽이 우위에 있다는 사실을 보여주면 '잘 지낼 수 있어'.』

『말 한 마디를 안 지네! 그렇게 따지면 나도 이제 우카가 아니라 아야(아내)잖아.』

쉽게 화를 내는 파트마는 어이가 없다는 듯 한숨을 내쉬었지만, 그런 것치고는 친애가 담긴 동작으로 아킴의 코를 꼬집어 좌우로 흔들어댔다.

비뚤어진 아킴의 코를 잡고 흔들어내는 일은 언제나 파트마에게만 허락된 행위였다.

『하지만 솔직히 말해서 네가 등단계 남자들을 견제해 준 덕분에 살았어.』

파트마는 부드러워진 목소리로 말하며 여전히 무릎베개를 한 채 누워 있는 아킴을 향해 이마를 콩 찧었다.

『아버지도 어머니도 그 인간들과 어떻게 거리를 두어야 좋을지 고민하고 계셨거든. 그 인간들, 조금…… 질이 나쁘지 않아?』

『조금이 아니라 상당히. 그래서 똑똑히 보여준 거야. 우리가 우위에 있으니 결코 손댈 수 없다는 걸.』

말을 고르며 차분히 이야기하는 아내 앞에서 아킴은 금세 어깨를 으쓱했다.

아킴 입장에서 볼 때 이곳 등단계가 질 나쁜 자들이 모여 사는 땅이라는 사실은 일목요연했기 때문이었다.

말이 통하지 않는다는 이유도 있지만 그것을 제쳐두고도 주민들의 말투는 난폭하게 들렸고, 혈기왕성한 자나 문신을 한 자도 많았다.

하나같이 각지에서 모여든 개척민들이기 때문인지 제대로 된 조직이나 규칙도 없고, 그저 모두가 드문드문 하류 일대에 오두막을 짓고서 연대도 하지 않고 논밭을 갈았다.

법도 규칙도 없는 이 땅에서 얕보였다가는 끝장이다――아킴은 그렇게 생각했기 때문에 파트마에게 음흉한 눈빛을 보낸 남자들을 두들겨 패서 서열을 확실히 했던 것이다.

『그래. 마을로서의 역사가 짧은 만큼 통제가 잘 되지 않는 건 사실이지만……. 그래도 영국은 원래 황제가 정한 법을 모든 사람들이 잘 따르는 훌륭한 나라잖아?』

남의 험담을 싫어하는 파트마는 기분을 북돋우려는 듯 미소를 지었다.

『이민족인 우리도 쉽게 받아 주었고, 당분간 먹을 식량도 배급해 준 데다 폐가지만 오두막도 줬어. 세금만 잘 내면 백성들을 교육해 주고 일자리와 보수도 주고 재해를 입으면 구제도 해 주는 낙원 같은 땅이야.』

자기 스스로의 힘만으로 살아가는 게 기본이었던 유목민 생활과의 차이점을 차례차례 거론하면서, 파트마는 신에게 감사를 올렸다.

『이 땅으로 도망치게 해 주셨던 아버지의 옛 친구인 족장님께 감사드려야 해. 역시 우정은 목숨까지도 구한다니까.』

『……그러게.』

한껏 기분이 좋아져 있는 아내의 무릎에서 몸을 일으키며 아킴은 애매하게 고개를 끄덕였다.

어린 시절 부모에게 버림받은 이래 늘 의심 많은 성격으로 살아온 아킴이 볼 때, 이 세상에 순수한 선의 따위는 존재하지 않는다.

양부의 패배로 승리한 부족의 노예가 될 뻔했을 때, 옛 친구였다는 족장이 그것을 말린 이유는 우정 때문이 아니라 단순히 승리 부족의 세력이 이 이상 확장되는 것을 막기 위해서였다.

그러나 그런 사실을 굳이 가르쳐 주는 것도 눈치 없는 짓이라는 생각에, 아킴은 이런 화제가 나오면 언제나 쌀쌀맞게 고개만 끄덕이곤 했다.

『뭐야, 무슨 맞장구가 그렇게 무성의해. 족장님의 은혜를 갚기 위해서라도 이 땅에서 잘 살아가야지.』

『뭐, 그렇게까지 부담 가질 필요는 없잖아? 여기서 사는 게 안 맞으면 몰래 단으로 돌아가서 다시 처음부터 유목민으로서의 삶을 시작하면 되는데. 나도 부족 안에서 계속 교역을 담당해 왔으니까, 그 정도는 가능해.』

포부와 함께 주먹을 불끈 쥐는 아내를 보며 아킴은 저도 모르게 그렇게 말해버렸다.

같은 부족 사람들은 금세 '이 땅에 순응해야지'라고 말하곤 했지만 아킴 입장에서 볼 때 자신의 인생에 제약을 부여할 필요 따위는 없었다.

싫으면 농민 생활 따윈 그만두면 되고, 맞지 않으면 등단계 따위 버리고 떠나면 그만이다.

이 손에서 결코 놓아서는 안 될 존재라고는 양부모와 파트마와 자신, 이 네 사람이 이룬 가족뿐.

그 이외의 것들은 버리고 떠나든 눈앞에서 사라지든 전혀 개의치 않았다.

그러나 파트마는 그런 아킴을 보더니 조금 난처한 듯 입꼬리를 축 늘어뜨렸다.

그러고는 화제를 바꾸려는지 벽에 걸려 있던 향신료 다발을 바라보았다.

『있잖아, 아무리 생각해도 너무 지나친 것 같아. 당장 내일이라도, 네가 때린 사람들에게 향신료를 나눠 주고 와야겠어. 원한을 사는 일도 방지할 겸.』

『다르. 그런 놈들의 환심을 살 필요는 없어. 괜히 기어오르기만 할걸.』

『하지만 몇 번이나 말하지만 우리는 농사일을 잘 몰라. 가르침을 청해야 해.』

『다르. 농사일 따위——.』

걱정 많은 아내를 향해 계속 고개를 가로젓자, 가냘픈 손가락이 입술을 가로막았다.

『넌 말버릇이 고약해. 뭐든 그렇게 삐딱하게 보면 행운도 달아날 거야.』

대지를 떠올리게 하는 빛깔의 눈동자가 토라진 듯 가늘어졌다. 이래서는 완전히 남동생에게 잔소리를 하는 누나의 눈이다.

『잘 들어, 아킴. 네게는 인생을 받아들이는 도량이 부족해. 우리는 이미 여기서 살기로 결정했단 말이야. 금세 내던지고 도망치거나 시시하다고 깎아내릴 게 아니라, 차분히 앉아서 즐거운 일을 찾아내며 살아가야지. 자, 긍정적으로!』

파트마나 양부는 툭하면 이런 말을 했다.

곳곳을 전전하며 살아 온 그들의 부족을 보며, 아킴은 사실 주위와의 관계 따위 아무래도 상관없지 않을까 생각했다. 하지만 그들은 오히려 그렇기 때문에 사소한 인연도 소중히 해야 한다고 믿는 사람들이었다.

『예를 들어…… 계속 한 자리에 머물러 살 경우, 근처에 친구가 있으면 그 친구와는 1년 내내 만날 수 있잖아. 그건 분명 굉장히 즐거운 일일 거야.』

『매일 만나면 금방 질리지 않겠어? 할 얘기도 없을 텐데.』

『그렇기 때문에 사소한 일도 요란하게 축하하는 것 아닐까? 아마. 오늘은 날이 맑구나, 하고 술을 마시고, 오늘은 따뜻하네, 하고 환호성을 지르며 살지 않을까? 상상이지만.』

『한가한 녀석들이네.』

우습다고 생각했다. 그러니까 발목을 잡히는 거라고.

하지만 파트마가 진한 갈색의 눈동자에 즐거운 빛을 띠고 입술에 짙은 미소를 지은 모습을 보니 반론할 기력도 사라졌다.

그리고 생각한다. 뭐, 파트마의 곁에만은 그런 세계가 존재해도 괜찮을 것 같다고.

『그리고 왜, 아내들은 우물가 회의라는 걸 하루 종일 한다잖아. 너는 논밭을 일구러 가고, 나는 베틀에 앉아 베를 짜지. 신이 나서 남편 흉을 보면서. 오랜 세월 교류할 친구를 만들어서 매일같이 만나 노는 거야.』

『그건 즐겁겠네.』

『하나도 안 즐거운 표정으로 말해 봤자야. 아, 그렇지. 집 개축도 신경 써야 해. 지금은 진흙 벽돌과 판자뿐이지만 최종적으로는 돌로 지어진 집에 살고 싶어. 아주 넓고 튼튼한 집. '마지막으로 정착할 곳'이라는 느낌의.』

계절마다 살 곳을 바꾸던 그들에게 '마지막으로 정착할 곳'은 미지의 울림을 띠는 단어였다.

그러면 말이야, 하고 파트마는 아킴의 목에 다정하게 팔을 감으며 귓가에 살며시 속삭였다.

『아무리 많은 아이들이 태어난다고 해도, 집이 망가질 걱정은 안 해도 돼.』

『그건 좋네.』

햇살의 향기가 나는 뺨이 아킴의 뺨에 비벼졌다.

『의욕이 생기는데, 아야(부인).』

방금 전까지 무릎베개를 하고 누워 있다가 일어난 참이었지만, 아킴은 파트마의 뒤통수로 손을 뻗으며 다시 바닥에 누웠다. 손목에 입을 맞추자 지난 달 선물한 홍옥 팔찌가 빛났다.

따스한 햇볕이 내리쬐는 장소. 햇살의 향기가 나는 여자.

아내가 방금 전 걸어 놓은 냄비가 아궁이에서 부글부글 소리를 내며 끓고 있었다.

뭐, 확실히 낙원 같은 땅이라고 말 못 할 것도 없었다.

그리하여 이주한 지 석 달쯤 지났을 무렵의 일이다.

싸늘하게 얼어붙었던 공기도 차츰 여름다운 열기를 띠어서, 온종일 농사일을 하다 보면 살짝 땀이 날 정도의 날씨였다.

아킴 가족에게 주어진 밭은 강 바로 옆에 있었다.

물주기는 쉬웠지만 익숙하지 않은 괭이를 석 달이나 휘둘러댄 바람에 양부모는 허리가 아프다고 하여 오두막에서 쉬게끔 했다. 파트마 또한 최근 수확한 마로 베를 짜고 있었기에 오늘은 혼자 농사를 지으러 나왔다.

사실 아킴은 농사 따위 팽개치고 싶었으나, 처음 배급받은 식량도 슬슬 바닥이 날 상황이었다. 자신들이 먹고 살 몫을 벌기 위해서라도 괭이를 계속 휘둘러야만 했다.

마침 봄밀 수확을 끝낼 시기였기에 금령에서는 때때로 징세관이 찾아왔다.

깔끔한 복장을 한 그들은 듣자하니 영 내에서 제법 지위가 있는 귀족의 자식들이라 했다.

아킴 가족이 어설프게 키운 밀을 그들은 거만한 태도로 검토하고는 불만스러운 표정으로 짐마차에 실었다.

그 후에도 등단계를 꼼꼼히 둘러본 후 흙을 손으로 한 줌 떠 보거나, 밭에 서 있는 주민들을 바라보고는 무어라 이야기를 나누곤 했다.

'「역시」, 「토질이」, 「나쁘군」. 「주민들의 질도」? 「값어치가」, 「안 나가」?'

아킴은 괭이를 휘두르던 손을 잠시 멈추고 그들의 대화에 귀를 기울였다.

주위와 교류할 생각은 애당초 없지만, 언제 어느 세상에서든 정보는 많이 쥐고 있는 편이 낫다.

폭이 넓은 천을 이마에 두르고 이주민다운 분위기를 풍기며 '영국어는 잘 몰라요'라는 표정으로 고개를 갸우뚱하고 있으면 징세관들은 완전히 방심하고 비밀 이야기도 술술 늘어놓는다.

요 석 달, 주민들의 대화를 통해 익힌 영국어는 대부분 저속한 말이어서 귀족들이 이야기하는 골치 아픈 단어는 거의 알아들을 수가 없었지만, 그래도 아킴은 뛰어난 기억력을 살려서 어감과 함께 그들의 말을 하나하나 외워 나갔다.

'뭔가 불길한 예감이 든단 말이지.'

고개를 들어 올려다보면 금방이라도 비가 쏟아질 것 같은 흐린 하늘.

강가 곳곳에서 밭을 경작하는 주민들은 자포자기한 태도였고, 징세관도 지겹다는 표정이었다. 습기를 가득 머금은 공기가 피부에 달라붙는 등 모든 것이 불쾌했다.

이윽고 징세관들은 철수하기로 했는지 밭에 서 있는 주민들을 흘끗 둘러보고는 무어라 형용하기 힘든 미소를 지었다.

물에 빠진 벌레를 바라보기라도 하는 것처럼 혐오와 희열이 섞인 표정.

'뭐지……?'

아킴이 의아해하고 있는데 등 뒤에서 "이봐!" 하는 외침과 함께 어떤 남자가 징세관 앞으로 뛰어들었다.

석 달 전 이 촌락에 막 왔던 아킴이 두들겨 팬 상대였다.

그는 영국 안에서 이동한 주민들 중에서도 꽤 고참인 듯, 가장 거만하고 가장 난폭한 남자였다. 이름이 분명 웅(雄)이라 했던가.

최근 보름쯤 웅의 패거리가 밭에 거의 모습을 보이지 않았기에 혹시 촌락을 떠났나 했는데, 그렇지 않았던 모양이었다.

웅은 징세관들의 팔을 붙잡고 침을 튀기며 무어라 호소하고 있었다.

'「당장」, 「오늘이라도」, 「빨리」……. 제길, 알아들을 수가 없네.'

때때로 하늘을 손가락질하거나 짐마차에 쌓인 밀을 가리키며 큰 소리로 고함을 질러댔지만, 말투가 너무 난폭하고 빨랐기에 거의 이해할 수가 없었다.

태도가 고압적이어서인지, 아니면 웅의 차림새가 지저분해서인지 징세관들은 웅의 손을 불쾌한 듯 뿌리치고 무어라 외쳤다.

'「망할」, 「주제에」, 「얌전히」?'

그들이 무슨 이야기를 하는지 통 알아들을 수가 없었다.

어쨌든 교섭은 결렬되었는지, 징세관들은 대화를 중단하고는 재빨리 마차에 올라탔다.

"이런 제기랄!"

웅은 또다시 밭의 흙을 걷어차더니 콧김을 거칠게 내뿜으며 발걸음을 돌렸다.

그가 향한 곳은 밭 근처에 있는 낡아빠진 오두막이었다.

둘둘 만 이불과 헌옷, 단도, 하루치 식량, 그리고 마로 만든 도롱이 등 여행이라도 떠나나 싶은 짐을 짊어진 웅은 분개한 표정으로 숲을 헤치고 들어갔다.

오두막들이 점점이 퍼져 있는 하류지역과는 반대 방향인, 산으로 이어지는 숲이었다.

'뭐지?'

웅이 커다란 짐을 짊어지고 갑자기 등산을 떠나는 이유를 알 수가 없었다.

그 행동이 불가해하다고 여긴 아킴은 웅을 쫓아가기로 했다.

괭이를 집어던지고 밭을 뒤로 했다.

웅이 길이라 할 수도 없는 짐승길을 걸으며 본격적으로 산을 오르기 시작했기에 아킴은 그 뒤를 따랐다.

"이봐, 웅!"

금세 비가 쏟아질 것 같았지만, 이렇게 불온한 직감을 느꼈을 때는 감에 따르는 편이 좋다는 사실을 경험상 알고 있었다.

"기다려."

이미 단어 정도의 일상회화라면 영국 말도 할 수 있었다.

"금방, 비, 와. 산, 위험해. 뭐, 해?"

말을 걸어도 웅은 걸음을 멈추지 않았다. 계속 성큼성큼 걸어 산 정상을 향해 올라가기만 할 뿐이었다.

비를 무릅쓰면서까지 산을 오르는 이유가 궁금했다. 괜찮은 사냥감이라도 있는 걸까.

하지만 그렇다 해도 강의 상류 지역을 목표로 하는 게 아니라, 오히려 점점 강에서 멀어져 높은 곳으로만 올라가는 모습이 의아했다. 짐승을 사냥한다면 강가를 노리는 게 빠른데 말이다.

아니면 웅은 이 촌락을 나가려는 걸까. 그렇다면 어째서 금령으로 이어지는 기슭으로 내려가지 않고 사람도 없는 산중턱으로 올라가는 걸까.

웅이 행동에 나선 것은 징세관과 말다툼을 벌인 직후였으므로, 어쩌면 그들의 발언과 무슨 관계가 있을지도 모른다.

그렇다면 도대체 징세관들이 무슨 말을 했는지 아킴도 알고 싶었다.

그런 생각이 들 만큼 그 관리들의 웃음은 천박하고 불길했다.

"이봐, 비, 엄청, 와. 위험해."

끈질기게 말을 걸자 웅이 칫 하고 혀를 차다니 한층 더 걸음을 빨리했다.

그러는 동안에도 빗방울은 점점 굵어져서 나무들로 뒤덮인 지면까지 적시기 시작했다.

그때는 천연의 우산 밑에서 발이 조금 젖는 정도였으나 두 사람이 산 위 높은 곳에 도달했을 무렵에는 마치 물통을 거꾸로 뒤집은 듯 요란한 장대비가 쏟아지고 있었다.

'이 지역에는 이 시기에 큰비가 오는구나.'

눈 깜짝할 사이 손바닥 뒤집듯 바뀐 산의 기후에 감탄이 나왔다. 이것을 받아 놓으면 우물에 가는 수고도 덜 수 있을 듯했다.

하지만 아무리 그래도 급경사 지역에 큰비가 온다니 다소 불안한 기분이다.

낙석과 산사태 위험도 있을 듯하니, 빨리 돌아가지 않으면 파트마를 걱정시킬지도 모른다.

"야. 왜, 지금, 산, 올라?"

"시끄러. 어설픈 영국어로 말 걸지 마."

"그래. 어설프니까, 가르쳐 줘. 아까, 남자들, 뭐라고, 했어?"

짜증스럽게 머리를 쓸어올리는 남자를 향해 아킴은 천연덕스러운 얼굴로 계속 물었다.

딱히 이 남자가 자신을 싫어하든 욕을 퍼붓든 알 바 아니었다.

"안 가르쳐 주면, 때린다."

그러나 웅이 어둡게 가라앉은 눈빛으로 이렇게 말을 이었기에 아킴은 미간을 좁혔다.

"……저 마을은 떠내려갈 거다."

"뭐?"

'떠내려간다'는 말의 의미를 바로 알아들을 수가 없었다.

하지만 그 직후 마치 하늘이 아킴에게 설명해 주듯 사태가 크게 움직였다.

——콰아아아아……!

등 뒤의 숲에서 전신이 떨릴 정도의 굉음이 울려 퍼진 것이다.

"어……?"

"시작됐네."

웅은 또다시 혀를 차며 끔찍하다는 듯 숲을 돌아보았다.

숲 너머에는 절벽이 있고, 그 아래로는 강이 흐르고 있을 터였다.

그리 넓지 않은 강이다. 저렇게 무시무시한 소리를 낼 리가 없는, 온화한 강.

그러나 불길한 예감에 휘말려서 숲을 빠져나와 절벽 위로 몸을 내민 아킴의 눈에 들어온 것은 무시무시한 소리를 내며 소용돌이치는 탁류였다. 기묘하게 수량이 불어나고 강폭까지 넓어진 상태였다.

"아니……."

"제길, 올해도 엄청 불었네. 논밭이고 집이고 뭐고, 하나도 안

남겠어."

아킴이 멍하니 서 있는데 뒤따라온 웅이 뒤에서 함께 절벽을 내려다보았다.

엄청 불었네. 논밭. 집. 하나도 안 남겠어.

모르는 단어가 섞여 있었다. 하지만 어째서인지 의미를 알 수 있었다.

이 강이 흐르는 너머――하류지역에는 아킴을 비롯한 주민들이 방금 전까지 경작하던 밭과 사는 집이 있다.

『이게 어떻게 된 일이야?』

정신을 차리고 보니 아킴은 모국어로 외치며 웅의 멱살을 잡고 있었다.

『강이 범람한 거야?!』

상대를 격렬하게 흔들어대던 아킴은 금세 손을 놓았다.

이런 짓이나 하고 있을 때가 아니다. 빨리 기슭으로 돌아가야 한다.

아킴은 젖거나 말거나 신경 쓰지 않고, 흙탕물을 튀기며 왔던 길을 전속력으로 돌아갔다.

『파트마!』

오늘의 파트마는 밭에 나오지 않고 집에 틀어박혀 베를 짜고 있을 터였다. 안전한 오두막 안에 있다. 그러니 괜찮을 것이다.

하지만 금세 또 한 명의 자신이 끔찍한 비명을 질렀다.

그 강폭을 봤잖아. 굉음을 내며 미쳐 날뛰는 탁류를.

중류가 그 정도였는데 하류로 가면 더욱 강폭이 넓어져서 아킴

가족이 세운 하찮은 오두막 따위는 통째로 집어삼킬 것이다.

경사면에서 수없이 미끄러지며, 심장이 쿵쿵 뛰는 것을 느끼면서 기슭으로 걸음을 서둘렀다.

――그러나 불길한 말만 쏟아내던 또 한 명의 자신이 옳았다.

아킴이 숲을 빠져나와 기슭에 도달했을 무렵, 논밭과 오두막은 흔적도 없이 휩쓸려간 후였다.

촌락이 있었던 자리는 탁류만이 퍼져 있을 뿐이었고, 아킴은 강변에서 꽤나 떨어진 곳에 있는 높은 바위 위에서 완전히 강이 되어버린 일대를 내려다보는 수밖에 없었다.

『말도 안 돼…….』

강이 콸콸 소리를 내며 흘러가고 있었다.

바위, 또는 강변의 오두막에 물살이 부딪히는지 마치 바다 같은 파도가 일었다.

휩쓸려 온 어느 집의 기둥이 둔탁한 소리를 내면서 바위에 부딪혔다.

농기구, 지붕의 일부, 옷, 온갖 물건들이 한순간 물결 위로 떠올랐다가 다시 쓸려갔다.

비가 쏟아지는 하늘은 아직 어두웠고 흙탕물을 머금은 강 또한 탁했다.

어두운 색조로 덧칠된 지옥 앞에서 아킴은 잠시 말이 나오지 않아 우두커니 서 있었다.

『파트마……. 아버지, 어머니.』

이윽고 정신을 차린 아킴이 첨벙 하고 탁류를 향해 다리를 내밀었다.

하지만 대체 어느 쪽으로 가야 한단 말인가?

『파트마.』

이상하다.

바로 몇 각 전까지 그렇게나 온화하던 강이었는데, 이렇게 괴물처럼 부풀어 오르다니.

『우카 파트마!』

피를 토하는 듯한 외침은 짐승 소리 같은 강물 소리에 완전히 묻혀버렸다.

가족 수색은 난항을 겪었다.

강물 자체는 비가 그치고 이틀쯤 지나니 줄어들었다. 하지만 촌락이 있던 자리를 마구 할퀴고 지나간 결과, 이곳저곳에 진흙과 건축 자재들이 축적되어 강바닥이 도무지 보이질 않았다.

시간이 흐름에 따라 쓸려 내려온 가축과 물고기, 그리고 사람 시체들이 악취를 풍기기 시작했다.

점점 더워지는 가운데 강은 계속 탁해져서 마실 물을 확보하기조차 어려웠다.

주위에 도움을 요청하고 싶어도 이주한 지 얼마 안 되는 백성들은 하나같이 파트마와 마찬가지로 오두막집과 함께 쓸려가버린 상태였다.

한편 웅처럼 범람의 공포를 미리 알고 있던 고참 주민들은 자신의 안전만을 생각하고 뿔뿔이 높은 지역으로 피난을 갔다. 최근 들어 그들의 모습이 보이지 않았던 이유는 이 시기가 되면 강이 높은 확률로 범람하리라는 사실을 알고 오두막을 산 속 깊은 곳으로 옮겼기 때문이었다.

고립무원. 시간이 흐를수록 지금까지 보았던 익사체들과 가족들의 미소가 교대로 머릿속을 스쳐 지나갔다.

고요해진 늦은 오후의 촌락 자리에 사람 그림자가 나타난 것은 바로 그때였다.

"냄새가 지독하네."

"빨리 끝내고 돌아가자고."

며칠 전, 이 지역에 시찰을 나왔던 영국 금령의 징세관들이었다.

얼굴을 찌푸리며 진흙 웅덩이를 걷어차면서 걸어가는 그들을 보고 아킴은 퍼뜩 고개를 들었다.

그랬다. 영국에서는 부족들 간의 결속이 없는 대신, 국가가 백성들을 돌봐 준다. 납세와 맞바꾸어 보호를 받을 수 있다.

관리들도 수해가 벌어졌음을 알고 이곳에 달려와준 것이다.

"도와, 주세요."

평지에 사는 나약한 놈들이라며 바보 취급했던 일도 잊고, 아킴은 그들에게 매달렸다.

"아내, 가족. 어디, 몰라. 찾아, 도와 주세요."

좋아하지도 않는 영국말로 말을 걸었다. 꼴사나워 보여도, 아첨하는 것 같아도, 아무래도 상관없었다.

잘난 척하는 귀족들의 등장을 아킴은 태어나서 처음으로 환영

했다.

넻 십 명, 아니, 열 명 정도라도 좋다. 수색 인원을 보내 준다면.

"빨리——."

"만지지 마라, 이 천한 이주민."

그러나 다음 순간, 흙탕물 웅덩이에 처박히는 바람에 아킴은 눈을 부릅떴다.

말은 제대로 알아듣지 못했다.

하지만 적어도 구조하러 달려와 준 인간이 할 짓은 아니다.

"냄새가 지독하네. 코가 썩을 것 같아. 이봐, 빨리 방을 붙이고 돌아가자고."

"어처구니가 없네. 어차피 글 읽을 줄 아는 인간도 없는데. 이 진흙탕 습지 어디에다 말뚝을 박으란 거야?"

"우리 금가 영주님은 형식에 연연하는 분이시니까 어쩔 수 없지. 방을 붙이는 판자를 세울 필요도 없어. 그냥 아무데나 펼쳐놔. 판자째로 비에 떠내려가 버렸다고 하면 돼."

남자들은 어깨를 으쓱하거나 히죽히죽 웃으며 진흙탕 위로 종이를 휙 집어던졌다.

귀퉁이에 금칠이 되어 있고 도장까지 찍혀 있는 거기에는 아름다운 글씨가 씌어 있었다.

『이봐, 그게 뭐야? 뭐 하는 거야? 도와주러 온 게 아니야?』

발걸음을 돌리려 하는 남자들의 팔을 아킴이 붙잡자, 그들은 끔찍하다는 듯 얼굴을 찌푸리며 뿌리쳤다.

진흙으로 더러워진 소매를 신경질적으로 문지르고 침을 뱉으며 무어라 외쳤다.

"건드리지 마, 더러워! 이 땅은 '구제할 가치 없음'으로 판단됐으니까."

『뭐라는 거야?! 그 종이에 뭐라고 적혀 있는데?!』

"으, 냄새. 이주민에 죄인들까지 와글와글, 그야말로 쓰레기장이나 다름없는 곳이네. 구역질 난다."

양쪽의 대화는 전혀 성립되지 않았다.

이윽고 짜증이 난 징세관 한 명이 흙탕물 구덩이를 요란하게 걷어찼다.

"망할, 얌전히 거기 자빠져 죽어버리기나 하라고!"

썩은 시체를 빨아들인 부정한 진흙.

입과 코에 들어가지 않도록, 순간적으로 아킴이 몸을 뒤튼 사이 그들은 "더러운 걸 밟았네" 하고 투덜거리며 재빨리 자리를 벗어났다.

"어휴, 아직 진흙도 안 말랐잖아. 엄청난 냄새네."

그때 등 뒤에서 말을 거는 자가 있었다.

코를 쥐고 얼굴을 찌푸리며 다가온 그 자는 요 며칠간 높은 산 위에 피난해 있던 웅이었다.

"또 형식적인 방만 던져 놓고 갔잖아. 필사적으로 호소할 때는 듣지도 않더니, 뻔뻔한 놈들. 또 이게 좀 잠잠해질 때쯤 되면 천연덕스럽게 세금이나 뜯으러 올 거야. 알겠어?"

아킴이 대답을 하거나 말거나 웅은 혀를 차면서 종이를 집어들었다.

“『부정한 곳을 구제하는 일은 곧 하늘에 대한 반역. 그저 하늘의 뜻에 따라 오물이 정화된 것으로 간주한다』란다. 나 참.”

아무래도 웅은 글을 읽을 줄 아는 모양이었다.

아킴은 흙탕물 웅덩이를 내려다보다 등 뒤의 웅에게 물었다.

“무슨, 뜻이야?”

“엉? 그러니까『세금도 제대로 안 걷히고, 죄인과 이주민밖에 없는 더러운 땅이라서 도와줬다가는 하늘의 뜻에 반하는 짓이라고 황제님이 그러시니까 금가는 이 땅을 방치합니다』라는 거지——.”

기백이 배어나는 목소리에 압도되어서 웅은 저도 모르게 줄줄 대답했으나, 어차피 알아듣지 못하리라고 생각했는지 쉬운 말로 바꿔 말했다.

“쓰레기 같은 동네라서 황제도 버린 거야.”

젖은 종이에서 진흙을 툭툭 털고는 아킴에게로 집어던졌다.

“——그렇군.”

가슴에 맞은 종이가 옷을 더럽히며 다시금 땅바닥으로 주르륵 미끄러졌다.

아킴은 그것을 무의식적으로 받아들고 꽉 움켜쥐었다.

구제할 가치도 없다. 쓰레기장 같은 곳. 정화. 황제. 버렸다.

단어의 모든 의미를 알아들을 수는 없었다. 하지만 이것만은 이해했다.

황제나 귀족 놈들에게 자신들은 ‘쓰레기’이고, 그것은 단 한 장의 방, 황제라는 사내의 고작 한 마디로 ‘정화’하는 일이 허락된다.

“그렇군.”

발 밑의 흙탕물 웅덩이를 아킴은 한없이 내려다보고 있었다.

방금 전 징세관이 걷어차는 바람에 미끈거리는 바닥이 드러난 진창.

썩은 물고기 사체와 원래 색을 알 수 없을 정도로 더러워진 직물 속에 섞여, 홍옥 팔찌를 낀 여자의 팔이 힘없이 늘어져 있었다.

그 후로 첫 한 달 동안 아킴은 등단계에 남아서 시간을 보냈다.

우선 파트마와 양부모의 시신을 금세 찾아내, 깨끗하게 씻어서 신생아 같은 자세로 구부려 관에 넣었다.

관은 산 속 깊은 곳으로 운반하여 높은 장소에 묻었다.

『이제 강 바로 옆은 지긋지긋하잖아?』

관을 묻은 장소에 아킴은 몇 날 며칠이고 멍하니 앉아 있었다. 비가 내리든 밤이 되든, 식사도 하지 않고 그저 멍하니 그러고 있을 뿐이었다.

『더는 무섭지 않아, 우카.』

달빛 아래, 봉긋하게 솟아오른 흙을 어루만졌다. 파트마는 아킴이 목과 등을 쓰다듬으면 몸을 웅크리면서 키득키득 웃곤 했다.

그러나 지금 습기를 머금은 흙은 그저 침묵을 지킬 뿐이었다.

『……틀렸네, 아야였지.』

이상하네, 하고 아킴은 멍한 머리로 생각했다.

파트마는 우카가 아니라 아야인데.

잘못 불러도 파트마는 이제 그 낭랑한 목소리로 정정해 주지 않는다.

그렇다. 파트마는 아킴의 아야였다. 그런데 아킴은 파트마가 죽게 내버려두고 말았다.

강의 범람을 예상하지 못했다.

징세관들은 고작 한 장의 방으로 백성들을 저버렸는데도, 그냥 앉아서 눈만 껌벅거리고 있었다.

『여러 가지로 틀렸어.』

움푹 들어간 눈구멍 속에 어두운 빛이 깃들었다.

아킴은 높은 곳에서 새카맣게 물든 기슭을, 그리고 그 너머로 펼쳐진, 등불이 여러 개 켜져 있는 영국 금령을 내려다보았다.

자신은 틀렸다. 정정해 줄 상대는 이제 없다.

그러니 스스로의 힘으로 바로잡아야만 한다.

파트마와 양부모의 죽음 이후 딱 한 달이 흐른 그날 밤, 아킴은 등단계를 뒤로 했다.

아킴은 등단계를 내려와 영국 금령의 영도(領都)를 찾아갔고, 거기서 자발적으로 어느 부농의 노예가 되었다.

눈 깜짝할 사이 영국어를 배우고, 타고난 기지를 발휘하여 주인이 특별히 총애하는 부하 자리를 손에 넣었다.

그렇게 조금씩 행동 범위를 넓혀 나갔고 정보를 모았다.

그리고 동시에 이 나라, 특히 귀족이라는 생물들의 생태를 이해하게 되었다. 등단계가 어떤 땅이었는지도.

한 마디로 그 땅은 영국 금령 입장에서 쓸모없는 사람을 내다 버리는 곳이었다.

눈에 거슬리는 죄인과 피난민들에게 무상으로 땅을 준다고 속이고 변경으로 보내 영도에서 내쫓는다.

외국에서 온 이주민들도 저항하지 않고 받아들인다.

영지 중앙에서 날뛰는 것보다 가치 없는 땅으로 쫓아내 만족시켜 주면 뒤끝이 없기 때문이었다.

그런 하찮은 백성이라도 존재하기만 하면 세금을 거둬들일 수가 있다. 우선 영지로 확보해 놓고, 의외로 농사가 잘 되거나 특산품이 생겨나면——즉 가치가 올라가면 그때는 본격적으로 무거운 세금을 매겨 개척을 재촉한다.

그런 가능성 하나 없이 마냥 불모의 땅일 경우, 빈번히 일어나는 수해에 맡겨버리면 된다. 겨울의 추위에 얼어붙은 강은 여름 직전에 한꺼번에 녹아 흘러서 하류의 촌락을 쓸어버린다.

그러면 불필요한 백성들이 전부 쓸려가고 땅만 남는다는 전법이다.

구조라니 말도 안 되는 소리다. 그렇게 하늘이 멋대로 땅을 청소해 주길 기다릴 뿐이다.

조사해 보니 그런 땅은 타국과의 국경을 접한 금령과 현령 주변에 드문드문 있었다.

사람을 사람으로 생각하지 않는 귀족들 앞에서 아킴은 구역질이 났다.

먼지를 집어서 휙 던져버리는, 그런 가벼운 기분으로 백성을 죽이는 그들이야말로 파리 목숨처럼 처참하고 허무하게 짓밟혀야 했다.

하루하루 가슴속에 증오가 쌓이는 한편으로는 몸이 눈 깜짝할 사이 영국식 문화와 언어를 흡수하여 '소탈한 청년' 연기에도 매우 능숙해졌다.

맛도 느껴지지 않는 식사를 무척이나 맛있다는 듯 먹는다. 취하지도 않는 술을 아주 즐거운 표정으로 마신다.

낮에는 동료들과 서로 어깨를 두드리며 웃고, 자기 방으로 돌아오면 허공을 바라보며 그저 밤이 지나가기를 기다린다.

때때로 몰래 가지고 다니던 그 날의 방을 책상에 펼쳐서는 거기에 스며든 진흙 얼룩을 손끝으로 어루만진다.

그런 나날이 반 년쯤 흘렀을 무렵 기회가 드디어 도래했다.

부농인 주인을 징세관들이 시찰 명목으로 찾아온 것이다.

그것은 아킴이 부농의 집에 처음 발을 들였을 때부터 기다려 마지않던 순간이었다.

아킴은 주인이 징세관들을 위해 연 연회에 숨어든 뒤, 우선 그들에게 술을 잔뜩 먹여 쓰러뜨렸다.

그리고 유능한 고용인 그 자체의 모습을 연기하며 그들을 객실로 옮겼다.

잔뜩 취한 징세관들은 당연히 아킴의 얼굴 같은 건 기억하지 못했다.

거기서 아킴은 그들을 밧줄로 꽁꽁 묶고, 취기가 가시기를 기다렸다가 거사를 실행했다.

방을 내던지고 촌락 사람들의 죽음을 방치한 자는 주민들과 마찬가지로 물에 빠뜨려 죽이고, 아킴을 비롯한 주민들을 매도하고 파트마의 시체를 걷어찬 자는 죄인에게 하는 것과 마찬가지로 무릎을 부순 뒤 목을 잘랐다.

"요, 용서해 줘! 그냥 명령에 따랐을 뿐이야! 촌락을 방치한 건 폐하의 의지, 천명이었다고!"

죽이기 전, 아킴이 등단계를 언급한 순간 그들은 얼굴이 새파래져서는 목숨을 구걸했다.

변명도 들었고 눈물을 동반한 사죄도 들었다.

하지만 그래도 아킴의 기분은 전혀 풀리지 않았다.

왜냐하면 파트마의 죽음은 천박한 남자들의 더러운 눈물투성이 사죄로는 도저히 갚을 수 없는 일이었기 때문이다.

그럼 징세관들을 죽이면 조금은 후련해지지 않을까 생각했는데 그렇지도 않았다.

그저 어리석고 허약한 남자 두 명이 죽었을 뿐.

추한 시체가 굴러다니는 방바닥을 내려다보며 아킴은 왜일까 고민했다.

이 복수가 틀렸다고는 생각하지 않는다. 파트마라면 '복수로는 아무것도 낳지 못해'라는 둥 그럴싸한 말을 늘어놓았겠지만, 아킴에게 앙갚음을 하지 않는다는 선택지는 없었다.

그렇다면 징세관을 죽이고도 아무런 감회도 느껴지지 않는 이유는 보복이 부족했기 때문이다. 사냥감이 너무나 하찮았으므로.

그렇고말고. 이 남자들은 내내 피해 지역을 방치한 것은 황제의 명이라고 호소했다.

그렇다면 황제 스스로가 얼마나 어리석은 짓을 저질렀는지 '이해'시켜 주지 않으면, 복수를 끝냈다고 할 수 없지 않을까.

잔챙이를 해치웠다고 들뜰 때가 아니다. 보다 근원에 있는 존재에게 복수해야 한다.

금가 영주, 아니, 그에게 명령을 내린 황제. 이 나라의 전부.

——영국은 원래 황제가 정한 법을 모든 사람들이 잘 따르는 훌륭한 나라잖아?

최선을 다해 이 나라에 녹아들려 했던 파트마의 목소리를 떠올리며, 아킴은 다음 목표물을 정했다.

황제에게 죽음이라는 이름의 흙탕물을 먹이기로.

징세관들을 죽인 후 아킴은 부농 주인에게 사정을 설명하지 않고 자취를 감춘 뒤 왕도로 향했다.

모아 놓은 돈으로 옷매무새를 정리하고, 이번에는 커다란 상인 가문에 고용인으로 굴러들어갔다.

무슨 일이든 요령이 좋고 머리 회전이 빠르며 신체 능력도 뛰어난 아킴은 금세 가게 주인의 눈에 들어서 안기라는 이름을 얻게 되었다.

그 시점에서 파트마의 죽음 이후 막 1년이 흐른 참이었다.

아킴은 거기서 1년을 더 들여, 상인으로서 천천히 황성과의 접점을 넓혀 나갔다.

우선은 주인의 짐꾼이 되어 본궁의 조달 부문에 드나들기 시작했다.

능란한 화술과 아낌없는 뇌물을 이용하여 점점 후궁까지 행동 범위를 넓혔다.

그렇게 하여 환관과 허드렛일을 하는 하인에 대해 알아냈다. 그들이 몇 명이고, 어디서 자고, 몇 시에 어떤 길을 이용하고, 무슨 일을 하는지.

익숙해지니 아킴은 그들의 관복과 장신구를 위조하여 변장까지 할 수 있었다.

거대한 제국을 떠받치는 수많은 인원을 전부 다 기억하는 인간은 없다.

그리고 마찬가지로 광대한 이 후궁에는 여러 지역에서 모여든 노예와 하인들이 있었기에, 이국풍의 이목구비를 지닌 남자가 숨어드는 일도 쉬웠다.

황제의 주위는 언제나 정예 무관들이 둘러싸고 있다.

하지만 그을음을 긁어내는 환관이나 꽃병의 물을 갈아 주는 하인의 얼굴이 평소와 조금 다르다는 사실을 대체 누가 알아차릴까.

죽음을 두려워하지 않았기에 아킴은 당당했다. 누가 봐도 정규, 그것도 고참 환관인 것처럼 행동했다. 그러다가 신입이 일 진행 방식을 물었을 때는 웃음이 날 정도였다.

당시의 황제는 쉰쯤 되는 장년의 남자였다.

최근 황자들이 연달아 수상한 죽음을 맞이하는 바람에 꽤나 신경질적인 상태였고, 밤에는 황후나 비들조차 침실에 다가오지 못하게 했다.

그렇다면 해가 떠 있을 때 죽이면 그만이다.

파트마와 양부모의 죽음 이후 2년이 흐른 그날, 아킴은 하늘이 하얗게 물들어 올 무렵을 노려 세숫물과 수건을 들고 나타났다.

황제의 옥체를 닦는 것은 당연히 측근 시종의 역할이다.

하지만 그 측근에게 물이 담긴 대야를 건네는 것은 허드렛일 담당 하인의 일이었다.

우선 측근을 대기실로 불러내서 대야를 건넬 때 기절시킨다. 그리고 재빨리 옷을 갈아입고 측근 시종으로 변장한 뒤 아킴은 황제가 누워 있는 침대 쪽으로 유유히 접근했다.

수만 명의 백성들을 지배하는 위대한 황제의 침소.

그런데도 한 번 작정하니 접근하는 일조차 이토록 쉽다.

"황송하오나 황제 폐하께 인사 올립니다. 일출의 각이 되었사옵니다."

아킴은 우선 상대를 깨워야겠다고 생각했다.

자신이 지금부터 살해당한다는 사실, 그리고 그 이유를 똑똑히 아로새겨 주어야 했다.

"세숫물을 가져왔사옵니다."

전 대륙의 재물과 백성을 마음대로 할 수 있는 남자는 대체 어떤 표정으로 자고 있을까.

평온하게? 아니면 즐겁게?

우선은 행복한 잠에서 깨워 지옥으로 떨어뜨려 줘야 한다.

그러나.

"폐하——."

침대에 누운 남자의 얼굴이 시야에 들어온 순간, 아킴은 저도 모르게 입을 다물었다.

최고급의 잠을 자고 있는 줄 알았던 남자가 고통스럽게 눈을 부릅뜬 채 경직되어 있었던 것이다.

'뭐지……?'

"유감이지만 그 남자는 이미 내가 죽였다."

그때, 침대 안쪽에서 목소리가 들렸다.

아킴은 몰래 숨겨 가지고 들어온 단도를 꺼내 든 뒤, 침대를 감싸고 있던 장막을 세차게 찢어발겼다.

찢어진 천 너머에는 검도 들지 않은 어느 우아한 남자가 의자에 걸터앉아 책장을 넘기고 있었기에 아킴은 미간을 찌푸렸다.

"어디서 온 자객인지는 모르겠다만 한 발 늦었군. 이 남자는 황후가 먹인 독에 쓰러져서 방금 전 숨이 끊어졌다. 내가 확인했으니 틀림없어."

어둠이 느껴지는 검은 머리와 같은 빛깔의 눈동자. 표정이 일절 드러나지 않는 아름다운 얼굴은 마치 겨울 호수처럼 싸늘하고, 보는 사람으로 하여금 다가가기 힘들게 만드는 분위기를 자아냈다.

청년은 단도를 쥔 아킴을 흘끔 쳐다보더니 다시 책으로 시선을 돌렸다.

"너를 하수인으로서 포박할 수도 있지만 그러면 계획의 앞뒤가 안 맞게 된다. 못 본 체해 줄 테니 썩 꺼져라."

남자가 천천히 말하는데도 무슨 뜻인지 도저히 알아들을 수가 없었다.

아킴이 간신히 떠올린 것은 이 청년도 황제 살해를 꿈꾸는 복수자인가, 자객이었던 건가, 하는 생각이었다.

"……당신은 누구지? 황후가 보낸 자객?"

"설마."

그러자 청년은 재미없는 농담이라도 들은 듯 얼굴을 불쾌하게 찌푸렸다.

그리고 책에 책갈피를 끼우면서 뜻밖의 대답을 했다.

"그 남자의 아들이다."

"뭐라고?"

즉, 황제의 아들──황자라는 말이 아닌가.

"왜 황자가 황제의 침실에……."

의문 섞인 혼잣말을 중얼거리면서도 머릿속으로는 바쁘게 황족 계보를 펼쳤다.

최근 들어 수상한 죽음이 끊이지 않는 황제의 자식들.

열 명 있던 황자들은 대부분이 '사고사'나 '병사'로 목숨을 잃었고, 그에 따라 대두되기 시작한 사람이 지금까지 아무도 돌아보지 않았던 현가 출신의 막내 황자──.

"당신, 영현요야?"

재빨리 가설을 세웠다.

현가 황후가 어떻게든 황태자로 옹립하려 했던 막내 황자.

아들을 끌어올리기 위해 황후는 비밀스러운 실력을 발휘해서 다른 가문의 황자들을 차례차례 살해했다고 한다.

그러나 황제는 맨 처음 황태자로 지명했던 제1황자를 폐적하기는 했지만 막내 황자의 황태자 지명은 내내 망설였다.

그래서 마음이 조급해진 나머지 일을 저지른 것일까.

분명 황후가 손을 써서 황자인 현요가 독살의 현장을 지켜보게끔 했으리라.

“굉장하네, 황족님들은. 옥좌를 위해서라면 친아버지도 죽일 수 있다니.”

“우습군. 누가 이 남자가 걸터앉은 의자 따위를 원한다는 거지?”

코웃음을 치는 상대를 향해, 아킴은 단도를 든 채 천천히 침대를 돌아 다가갔다.

그래도 현요는 여전히 의자에 태연자약하게 앉아 있었다.

“이 남자가 죽은 것은 어리석었던 탓이지. 함부로 씨를 뿌리고 다니는 바람에 공연한 싸움을 불러오고 간신들의 아첨을 곧이곧대로 믿었다. 그 대가를 치렀을 뿐.”

“흐응, 그러셔.”

현요의 발언은 너무 추상적이어서, 그가 부왕을 원망한다는 사실 외에는 도통 알 수가 없었다.

그러나 단 하나, 이보다 더 잘 이해할 수 없는 부분이 있었다.

아킴의 복수는 이 남자에게 선수를 빼앗겨서 완전히 수포로 돌아가 버렸다는 사실.

“당신 덕분에 내 계획은 엉망진창이야.”

앉아 있는 상대의 멱살을 있는 힘껏 잡아당겨서 목에 단도를 들이밀었다.

——스륵…….

고귀한 목덜미에서 홍옥 같은 핏방울이 배어나자 현요는 상대를 바보 취급하듯 눈을 가늘게 뜨며 이렇게 중얼거렸다.

"기껏 놓아주려 했는데 차기 황제에게 칼을 들이밀다니, 어리석은 놈."

"차기 황제이기 때문이야."

그에 반해 아킴은 익살이라도 부리듯 한쪽 눈썹을 치켜올렸다.

"나는 황제라는 놈한테 '입에 안 맞는 음식을 버리듯이 백성을 죽이면 안 됩니다'라는 사실을 가르쳐 주려고 했거든. 2년이나 걸렸는데 상대가 사라져 버리다니, 이렇게 어처구니없는 상황이 또 있겠어? 그러니 하다못해 그 다음 황제에게라도 똑똑히 가르쳐 줘야지."

"호오."

그때, 아킴의 목덜미에 차가운 감촉이 느껴졌다.

"그 소원이 이루어질 때까지 살아 있다면 좋겠군."

어느 샌가 현요가 책에 끼워 놓았던 책갈피를 뽑아, 아킴의 목에 들이밀고 있었던 것이다.

책갈피로 보였던 그것은 사실 날을 아주 얇게 벼린 칼이었고, 목 위에서 조금이라도 옆으로 미끄러뜨리면 순식간에 아킴의 굵은 혈관을 끊어 버릴 수 있을 정도였다.

"……."

두 사람은 침묵한 채 서로를 응시했다.

그 고요함은 마치 강한 힘으로 맞부딪친 칼날이 서로를 파고들며 꼼짝도 하지 않을 때와 지독히도 닮아 있었다.

"방금 전 이국어로 중얼거렸지. 게다가 그 생김새를 보니, 너는 단 지방 출신인가."

먼저 침묵을 깬 사람은 현요였다.

"'입에 안 맞는 음식을 버리듯이 백성을 죽인다'——보아하니 정화정책에 휘말린 모양이군."

"정화정책?"

"귀찮은 난민이나 죄인을 변경지에 모아서 천재지변 등으로 자연스럽게 솎아내는 정책이지."

너무나도 단적이며 비인도적인 그 말투에 아킴은 입꼬리를 끌어올려 비웃었다.

"학살을 가지고 '정화'라니. 당신들의 작명 재능은 정말 소름끼치게 놀랍군."

"1년 반쯤 전, 금령에서 징세관이 참살 당했다는 이야기를 들었는데 그것도 네 소행인가?"

"뭐, 그렇지. 방 한 장으로 백성들을 죽여버리는 방식에 화가 좀 났거든."

아킴은 여전히 담담하게 대답한 뒤 이렇게 덧붙였다.

"하지만 말단만 처분하지 말고, 만악의 근원에 벌을 줘야 한다는 사실을 깨닫고 뒤늦게 반성했지."

눈앞에 앉아 있는 청년을 정면으로 마주보았다.

남자는 뜻밖에도 싸움 실력이 괜찮은 모양이었다.

소리 없이 움직이고, 바람도 일으키지 않고 무기를 휘두를 줄

안다.

수다는 이쯤 해 두고 재빨리 죽여버리지 않으면 이쪽의 목숨이 위험하리라.

균형 상태를 유지한 채 어느 시점에 칼날로 상대의 목을 찌를 것인가──.

아킴은 조용히 손에 힘을 주었으나, 그때 현요가 생각지도 못한 물음을 던졌다.

"그 방에 찍혀 있던 도장의 용은 발톱이 몇 개였지?"

"뭐라고?"

놀랍게도 현요는 물음만을 던지고는 딱히 협박할 가치도 없다는 듯 아킴의 목에서 아무렇지도 않게 칼날을 빼내 다시 책에 끼웠다.

아름다운 입가에 희미한 미소를 띤 채.

"난민이나 죄인 등을 언제든 처형할 수 있는 황제가 솎아내기 등의 번거로운 방법을 취하겠느냐? 정화정책을 이용하고 싶어 하는 건 각 가문의 영주들이지. 하지만 백성들의 원망을 사기 싫어서 일부 영주가 '황제의 명'을 참칭한다. 정말로 황제의 명령이 내려질 때는 발톱이 다섯 개인 금새(金璽)를 찍지만 백성들은 그런 걸 모르지."

아킴은 저도 모르게 눈을 부릅떴다.

흙탕물 범벅이던 그 날의 방은 잘 접어서 지금도 품속에 넣어 두고 있다.

밤마다 수도 없이 들여다보았기에 뭐라고 적혀 있는지도, 또 거

기에 찍혀 있는 도장의 그림도 완전히 외워버렸다.

확실히 방에는 용 모양의 도장이 찍혀 있었지만――그 발톱은 네 개뿐이었다.

현요는 아킴이 들이밀고 있던 단도를 아무렇지도 않게 맨손으로 잡아 자기 목에서 밀어냈다.

"금가 영주는 대대로 태만했지. 게다가 선민사상으로 똘똘 뭉친 결벽증 환자여서 약자를 보면 손을 내밀기보다 눈앞에서 치워버리는 일을 먼저 생각한다. 그러면서 치워버릴 때는 또 황제의 권위를 빌리니 이쪽으로서도 아주 성가셨는데."

입을 꾹 다문 상대의 모습을 보고 대략적인 사정을 파악한 모양이었다.

현요는 방금 전의 아킴을 흉내 내듯 한쪽 눈썹을 치켜올렸다.

"복수의 순서를 착각하는 바람에 2년이나 낭비한 모양이군."

――쾅!

비아냥거리는 그 말에 아킴은 눈동자에 난폭한 빛을 띠고, 말없이 단도를 바닥에 집어던졌다.

꽤나 상당한 완력으로 던졌기에 그것은 단단한 바닥을 뚫고 어이없을 정도로 깊이 박혔다.

살짝 눈을 크게 뜬 현요를 본체만체하고 아킴은 분노를 꾹 참듯 눈을 감으며 숨을 내쉬었다.

"……하아."

다음으로 눈을 떴을 때, 아킴은 지루하다는 표정을 되찾았다.

"친절하게 알려줘서 고마워."

무성의하게 중얼거린 뒤, 빈 손으로 침소를 나가려 했다.

황제는 이미 죽었고 만악의 근원은 황제라기보다는 그 이름을 참칭한 금가 영주였다.

지금까지 시간을 낭비했다는 사실에 짜증을 견딜 수가 없었지만, 그렇기 때문에 신속히 차선책으로 넘어가야 했다.

그러나 그때 등 뒤에서 현요가 이렇게 말을 걸었다.

"하나 가르쳐 주지."

뒤를 돌아보니 현요는 우수에 찬 얼굴로 팔꿈치를 괴고 턱을 받친 채 이쪽을 보고 있었다.

"네가 지금 죽이러 가려는 전 금가 영주는 반 년쯤 전 아들에게 집안을 물려주고, 지금은 방랑 여행을 떠났다. 어디 있는지 찾아내기란 쉽지 않겠지. 게다가 고령이어서 과연 늦지 않게 복수할 수 있을지."

아킴의 목젖에서 무심코 신음 소리가 흘러나왔다.

"당신, 사람 신경을 건드리는 재능이 있네."

기회를 놓쳤다는 말은 바로 지금 같은 상황을 가리킨다.

"그래서 제안이 있는데."

신경질이 난 아킴 앞에서 현요가 책을 침대로 집어던지고, 처음으로 의자에서 일어섰다.

"너, 내 직속 은밀부대원이 되지 않겠나?"

"……뭐라고?"

요 반각 사이 자신은 도대체 벌써 몇 번이나 '뭐라고?'라고 물었을까.

현요는 의아해하는 아킴의 곁으로 유유히 침대를 돌아서 다가왔다.

"나는 곧 황제가 될 것이야. 그리고 황제 곁에는 다양한 정보가 모이지. 은둔한 영주의 현위치를 포함해서 많은 것들이. 또한 나의 은밀부대원이라면 귀족을 죽였다고 벌을 받지도 않아."

게다가 현요의 강적들 중에는 전 금가 영주를 포함하여 정화정책을 밀어붙이고 진행시킨 귀족이 많다고 한다.

"내 비호하에만 있으면 전 금가 영주뿐만 아니라 네가 싫어하는 부류의 귀족들을 마음껏 죽일 수 있다는 뜻이다. 꽤 즐거울 것 같지 않나?"

현요의 제안은 지금의 아킴이 필요로 하는 모든 것을 내주겠다는 말이나 다름없었다.

"믿을 수가 없는데. 2년이나 시간 낭비를 한 멍청한 놈을 왜 고용하려는 거지?"

무척이나 먹음직스러운 이야기였기에 아킴이 경계심을 보이자, 현요는 얇은 입술에 희미한 미소를 지었다.

"'2년이나'라고는 했지만, 고작 2년밖에 들이지 않고 황제의 침소에 잠입하는 데 성공한 네 능력을 나는 높이 평가한다. 몸놀림도 민첩하고, 머리도 그럭저럭 돌아가는 모양이지."

게다가, 하고 현요는 차분하게 덧붙였다.

"다섯 가문 중 어느 집안의 입김도 닿지 않은 나만의 장기짝이 필요해. 나의 복수를 하기 위해."

나의 복수를 하기 위해.

다른 어떤 말보다 그 한 마디가 아킴의 마음을 움직였다.

복수. 타산보다 절실하고, 권력욕보다 흉포하고, 감정적이고, 갈피를 잡을 수 없는 감정.

"——당신도 죽이고 싶은 인간이 있어?"

정신을 차리고 보니 입 밖으로 그런 질문이 튀어나온 상태였다.

그리고 답변 또한 빨랐다.

"있지."

얼굴에 띠고 있던 미소를 지우며 현요는 낮은 목소리로 대답했다.

"마음속에서 벌써 몇 번이나 찢어 죽였는지 모르는 상대다."

청년의 검은 눈동자는 아킴을 노려보고 있지 않았다. 그저 허공을 향해, 가늘게 뜰 뿐이었다.

그러나 그 원념이 응축된 듯한 빛깔에 아킴은 등골이 오싹하는 것을 느꼈다.

동시에 본능적으로 이해했다.

상대가 자신과 동류라는 사실을.

요 2년, 아니, 양부모에게 거둬져 평온하게 살던 시절에도 느낀 적 없었던 기묘한 감개를 이때의 아킴은 품었다.

그것은 아마도 파트마가 좋아하는 말을 빌려 말하자면 '신뢰'와도 같은 것.

실제로는 더 비뚤어지고 음울하고 시커먼 무언가다.

어쨌거나 아킴은 문 밖으로 나가기를 포기하고 다시 침대 쪽으로 한 걸음 다가갔다.

"……어떻게 계약하면 되지?"

호화로운 침대 앞에서 두 사람이 마주보자 이번에는 아킴이 먼저 물었다.

"요 1년 반 사이 나는 상인 노릇을 해 왔어. 내게 신분과 임무를 주겠다면 그것을 입증할 무언가가 필요해."

"그것도 그렇군."

현요는 침대 옆 책상 쪽으로 몸을 내밀고 가까이 있던 종이를 꺼내, 글자를 술술 적어 내려갔다.

"이름은?"

"아킴이든, 안기든, 단인(丹人)이든 뭐든지."

서로의 이름과 보수, 원하는 역할.

계약에 필요한 내용을 차례차례 적고, 마지막으로 현요는 이렇게 덧붙였다.

——계약기간. 양자의 복수가 완수될 때까지.

"뭐 이렇게 애매해? 몇 년이 걸릴지 모르는데."

"네가 유능하다면 빨리 끝나겠지. 뛰어난 자가 있으면 얼마든지 부하로 들여도 좋아. 조직은 원하는 대로 꾸리도록."

파격적인 조건이었다.

그렇게 생각한 뒤, 아킴은 금세 자신의 감상을 정정했다.

아니, 이 남자는 단순히 앞뒤 가리지 않을 뿐이다.

그는 복수에 모든 것을 걸었다. 다른 모든 것은 아무래도 상관없을 만큼.

"그래서 당신이 원하는 복수의 내용인지 뭔지를 당연히 자세히 들려주겠지?"

"그 전에 말투를 고쳐라. 내가 주인이고 너는 수족이다."

"예, 예. 분부대로 합지요, 차기 황제 폐하."

바로 옆 침대에는 천하에서 가장 존귀한——아니, 존귀했던 신분의 남자가 죽어 있다.

그러나 두 사람 모두 이미 그쪽에는 시선도 주지 않았다.

새벽을 맞이한 침실이 차츰 밝아지고 있었다.

진짜 하인이 세숫물을 들고 들어왔을 때, 아킴은 이미 현요의 은밀부대원이 되어 있었다.

그 후 결론부터 말하자면 아킴의 복수는 너무나 손쉽게 끝났다.

전 금가 영주의 발자취를 찾아내 단죄하는 일.

황제 곁에 매일같이 들어오는 대량의 정보를 이용하면 그것은 어린애 장난이나 다름없었기에, 허무하다는 느낌마저도 들지 않았다.

왜 자기 목숨을 노리는지 이해조차 하지 못하고 멍한 표정을 짓는 상대를 향해 아킴은 수해로 죽은 여자의 이야기를 했다.

시체가 얼마나 부풀어 올랐는지, 생전의 그들이 얼마나 명랑한 인물이었는지 이야기해 봤자, 전 영주는 '왜 파리가 내게 말을 거는지 모르겠다'라는 듯 끝까지 넋이 나간 표정일 뿐이었다.

이자를 죽이면 이번에야말로 마음속에 구름이 걷히고 햇볕이 쏟아질 줄 알았는데 실제로는 징세관들을 죽였을 때와 상황이 전혀 달라지지 않았다.

하늘에 정의의 번개가 치지도 않고, 눈에 눈물이 차오르지도 않았다.

복수라는 건 아무래도 청소, 또는 배설 같다는 느낌이 들었다.

오물을 담담히 치우는 작업일 뿐. 그것을 하지 않는다는 선택지는 없지만, 끝냈다고 한없이 달콤한 성취감에 몸을 맡길 수 있는 것도 아니다.

과거에 양부를 꼬드겼던 단의 족장도 죽여 보았다. 다른 영지에서 똑같은 짓을 하던 귀족도 죽여 보았다.

아킴은 보기 흉한 시체만이 굴러다니는 바닥을 매번 내려다보면서 자신에게도, 또 하늘에도 어떤 극적인 변화가 일어나지 않는다는 사실을 이해하고는 매번 어깨를 으쓱하며 밖으로 나섰다.

그런 일이 되풀이될 뿐이었다.

심지어 원수를 갚다 보면 그만큼 살아갈 목적이 줄어들었다.

복수를 마친 아킴을 기다리고 있는 것은 아무 감흥도 없는 삶의 나날이었다.

잘난 체하는 귀족을 죽인다는 임무——대의명분이 없었다면 분명 지루해서 죽어 버렸을 것이다.

아니, 솔직히 말해서 그런 임무도 슬슬 질리기 시작했다.

——잘 들어, 아킴. 네게는 인생을 받아들이는 도량이 부족해.

때때로 얼굴을 찌푸린 파트마의 목소리가 떠올랐다.

정말 맞는 말이라고 생각했다. 요령이 좋은 만큼 쉽게 질리는 아킴은 태어나서 지금까지 차분히 앉아 무언가에 열중한 적이 거의 없었다.

잘 되지 않으면 다음, 잘 되면 그 경우에도 다음. 그런 식으로 두서없이 살아 왔다. 아킴은 때때로 젖빛 유리 너머로 세상을 바라보는 기분이었다.

그에 반해 현요는 어떤가.

현요의 복수는 결국 25년이란 세월이 지나도록 실현의 단서조차 찾지 못했고, 그의 까만 눈동자에는 여전히 깊은 증오가 드리워져 있었다.

아킴은 생생한 복수 한복판에 있는 황제를 부러워하기도 했고 가엾다고 느끼기도 했다.

이러니저러니 해도 20년 이상 곁에 있는 몸이다. 이제는 마치 오랜 시간 함께 지낸 친구, 아니, 친구조차 뛰어넘어서 분신 같은 존재가 되어버렸다. 그는 복수를 마치지 못했던 세계의 자신이다.

아킴의 복수심은 격렬하게 불타올랐고, 다 타버린 후에 재가 되었다.

한편 현요가 아직도 품고 있는 그것은 얼음과도 같다.

겹겹이 계속 늘어나며 시간이 지날수록 견고해져서 꼼짝도 할 수 없다.

그러나――.

"강에 폭약을 설치했습니다."

온화한 미소를 지으며 굉음과 함께 언 강을 부숴 버린 추녀에게는 허를 찔렸다.

겨울 동안 얼음을 부숴서 자연의 제방이 생기지 못하게 만들면 여름에 수해가 일어나는 일을 막을 수 있다.

대규모 토목공사를 명령하는 대신, 이렇게나 쉽고 또 근본적인 방법으로 피해 지역을 구하는 데 성공한 추녀를 보니 오랜만에 통쾌한 기분이 솟구쳤다.

그렇게 나오시겠다 이거지.

"이봐요, 아킴. 다시 한 번 말할게요. 거래하지 않겠어요?"

소중한 사람을 위해서라면 이 추녀는 황제를 적으로 돌리는 일조차 두려워하지 않는다.

그 무모함은 복수를 위해 황제 암살조차 꾀했던 자신이나 눈앞에서 황제가 죽는 모습을 지켜보던 현요와 크게 다를 바 없었다.

하지만 자신이, 그리고 그 남자가 이렇게나 명랑했던가. 눈을 빛내고 당당하게 서서, 입가에는 대담한 미소를 띠고 있던가.

'젊구나.'

숲 너머에서 얼음이 끼긱 하고 서로 부딪히는 소리가 들려왔다.

쩍쩍 갈라져 흐름을 되찾은 언 강은 이런 소리를 내는구나.

——금세 시시하다고 깎아내릴 게 아니라 즐거운 일을 찾아내며 살아가야지. 자, 긍정적으로!

정말로 오랜만에 파트마의 웃는 얼굴을 떠올린 기분이었다.

파트마는 바두를 야단칠 때 목소리만은 화난 듯, 그러나 입가에는 늘 미소를 띤 채로 코를 꼬집어대곤 했다.

"좋아."

아내의 손가락 감촉을 더듬듯이 아킴은 무의식적으로 코를 문질렀다.

언 강은 오늘 밤, 전부 박살이 났다.

어쩌면 올해 열단봉에는 비바람과 탁류가 아니라 햇볕으로 가득한 여름이 찾아올지도 모른다.

'어디, 그럼 실력을 한 번 보여주실까.'

아킴은 호기심에 찬 눈을 가늘게 뜨며 첨벙첨벙 강기슭으로 올라섰다.

# 후기

안녕하세요, 나카무라 사츠키입니다. 여러분 덕분에 제5막 '도술을 감추는 진혼제' 편이 막을 올렸습니다.

이번 막에서 드디어 최대 레벨의 강적과 대치하게 된 영림 일행. 7권처럼 코미컬한 분위기도 좋아하지만, 뭐라고 해야 하나, 강적과 맞서는 전개도 본편 같다는 느낌이 들어서 무척이나 좋아합니다.

그건 그렇고 클라이맥스 같은 분위기를 잔뜩 풍겨 놓고서 죄송합니다만, 여러분께 알려드릴 일이 있습니다.

그게 뭐냐면, 바로 이 『못 미더운 악녀』가 성원에 힘입어 5막 이후로도 이어지게 되었습니다! 네?! 그렇다면 10권을 넘어가는 게 확정인가요?! 괜찮은 건가요?! 아니, 최선을 다해 도전하겠지만요! 신난다!

더블 주인공의 성장에 다섯 추녀들의 우정, 모 커플의 연애 사정과 남성진(잊지 말아 주세요)의 활약. 파고들 요소는 아직 한참 남아 있습니다. 태평한 코미디도, 눈물 나는 시리어스도 잔뜩 쓰고 싶어요. 쓰고 싶어!

8권 간행 기념으로 캐릭터 인기투표도 받고 있으니 부디 응모해 주세요. 상위 캐릭터에게는 분명 좋은 일이 벌어질 겁니다!

열심히 함께 달려 주신 편집자님, 유키 카나 선생님, 오히츠지 선생님, 그리고 디자이너 님께도 진심으로 감사드립니다. 아직 축

제가 이어질 예정이니 목소리 한 번 내고 가죠! 앞으로도 잘 부탁드립니다!

2024년 4월 나카무라 사츠키

# 못미더운 악녀입니다만 ~추궁접서 교체전~

**8**


2024년 8월 25일 제1판 제1쇄 인쇄
2024년 8월 30일 제1판 제1쇄 발행

**지음** | Satsuki Nakamura
**일러스트** | Kana Yuki
**번역** | 김예진

**발행인** | 오태엽
**편집팀장** | 이수춘
**편집담당** | 이예솔
**표지 디자인** | Design Plus
**라이츠사업팀** | 이은선, 박경진, 정선주, 신주은
**전략마케팅팀** | 김정훈, 이강희, 정누리
**제작담당** | 박석주

**발행처** | (주)서울미디어코믹스
**등록일** | 2018년 3월 12일
**등록번호** | 제 2018–000021
**주소** | 서울 용산구 만리재로 192

인쇄처 | 코리아 피앤피

**Futsutsuka na Akujo de wa gozaimasu ga**
**~Suuguu Chouso Torikae Den~**



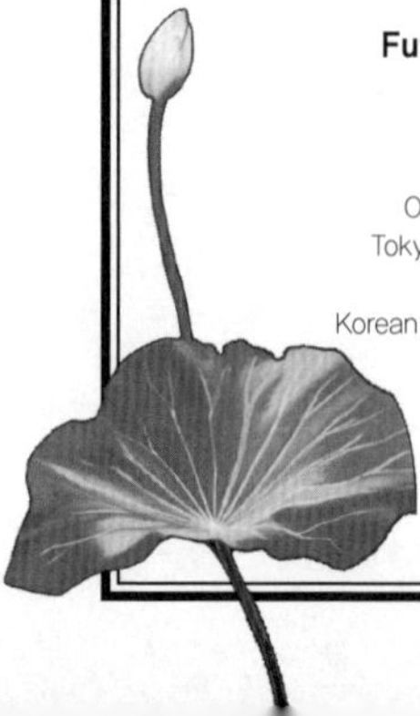